家藏文库

晏殊 晏几道词选

〔宋〕晏殊 晏几道 著　　何新所 贾倩 注析

中州古籍出版社
·郑州·

前　言

　　晏殊与晏几道是北宋著名的父子词人，二人又常被并称为二晏或大小晏。冯煦《蒿盦论词》云："子晋欲以晏氏父子追配李氏父子，诚为知言。彼丹阳、归愚之相承，固琐琐不足数尔。"在古代词史上，出现了一些父子词人，如南唐的李璟、李煜，宋代的葛胜仲（丹阳）、葛立方（归愚）等，冯煦认为晏氏父子的词作成就可以上继李氏父子，远远超过葛氏父子，这个评价应该说是符合实际的。晏殊被称为"北宋倚声家初祖"，晏几道被许为"两宋小令之最高峰，六百年后始有纳兰性德可仿佛之"，可见晏氏父子在唐宋词史上的重要地位。

　　欲要欣赏晏殊与晏几道的词作，首先需要了解晏氏父子的人生阅历与性格特点。

　　晏殊（991—1055），字同叔，谥元献，抚州临川（今属江西）人。晏殊自幼颖异，乡里号为神童，七岁能属文，十四岁即被荐举参加廷试，赐同进士出身，授秘书省正字，并命其于秘书省读书，以待养成大器。后为昇王府记室参军、太子舍人，成为后来的宋仁宗皇帝的东宫旧人。仁宗继位后，逐渐升迁为枢密副使、参知政事、枢密使，康定初，进同中书门下平章事。庆历中，拜集贤殿学士、同平章事，兼枢密使。晏殊还主持过天圣八年（1030）贡举，欧阳修即出自其门下。可以说晏殊少年得意，一生仕途较为顺遂,平步青云,又善于识拔人才,是当时文坛与政坛的领袖人物。故而晏殊的诗文创作,最为推重富贵气象,其词集名为《珠玉词》,取其珠圆玉润之意。但同时我们也要知道,晏殊一生仕宦生涯中还是多次遭到挫折和外放,晏殊的性格中还有刚介狷急的一面。史载其"坐从幸玉清昭应宫,从者持笏后至,殊怒,以笏撞之折齿,御史弹奏,罢知宣州",从中亦可体认晏殊性格的多面性。这对我们深入理解其作品是有益的。

晏几道(1038—1110),字叔原,号小山。为晏殊幼子,生长于富贵之家,历经华屋山丘,一生落拓,放浪不羁。而生就多情,赋性敏感,实乃天生之词人。年辈稍晚的著名文学家黄庭坚对于晏几道的个性有过极为确切的描述:"仕宦连蹇,而不能一傍贵人之门,是一痴也。论文自有体,不肯一作新进士语,此又一痴也。费资千百万,家人寒饥而面有孺子之色,此又一痴也。人百负之而不恨,己信人终不疑其欺己,此又一痴也。"正是其"痴绝"的个性,使其一生仕途坎坷,生计无着,饱尝人情冷暖,但也正因为其天真、纯洁的个性,造就了其词作"淡语皆有味,浅语皆有致"的特色,在唐宋词史上熠熠生辉。

由于晏氏父子人生经验与个性的差异,也形成了各自独特的鲜明词风。

晏殊的词风正如其词集之名为"珠玉",如珠之圆,如玉之润,温雅而富于理性之美。晏殊善写富贵气象,而这种富贵气象,不重在富贵,而重在气象。宋人吴处厚《青箱杂记》卷五云:"晏元献公虽起田里,而文章富贵,出于天然。尝览李庆孙《富贵曲》云:'轴装曲谱金书字,树记花名玉篆牌。'公曰:'此乃乞儿相,未尝谙富贵者。'故公每吟富贵,不言金玉锦绣,而惟说其气象。若'楼台侧畔杨花过,帘幕中间燕子飞'、'梨花院落溶溶月,柳絮池塘淡淡风'之类是也。故公自以此句语人曰:

'穷儿家有这景致也无？'"气象难言，借助于雅致清丽的景物来描写之。如《浣溪沙》之"小阁重帘有燕过。晚花红片落庭莎。曲阑干影入凉波"、《清平乐》之"紫薇朱槿花残。斜阳却照阑干。双燕欲归时节，银屏昨夜微寒"，等等。晏殊的词作又富于理趣，以理遣情，深于情而驭之以理。所以大晏词给读者的感觉是淡淡的忧伤、淡淡的惆怅，是一种超脱之感。如其名句"无可奈何花落去，似曾相识燕归来"、"昨夜西风凋碧树。独上高楼，望断天涯路"，它恰恰表达了一般的读者都会有的一种人生体验，进而将这种体验升华为一种人生的哲理，使词作在即景生情之外，具有了深厚的理趣之美。这是大晏词的典型特色，当然在此之外，大晏也偶有轻快明丽之作，如《破阵子》（燕子来时新社），有沉郁激烈之作，如《山亭柳》（赠歌者），有堂庑阔大之作，如《浣溪沙》（一向年光有限身），反映了大晏词作的丰富性。对于晏殊词作的解读，有一种倾向是应该尽量避免的，那就是过多地把词作和政治牵扯到一起。虽然晏殊一生与当时的政坛不可分割，但晏殊所继承的仍是花间词风，其词作一方面是娱宾遣兴，一方面是排遣个人的幽情单绪，很少直接在词作中表达政治见解。有些研究者将晏殊的一些作品如《踏莎行》（细草愁烟）、《踏莎行》（小径红稀）进行过度阐释，恐怕是有违作者本意的。

晏几道的词风则和其父有很大的区别。晏几道是"古之伤心人"，"尤有过人之情"，其深于情又善于言情，而不像其父那样以理遣情，而是直抒胸臆，言质而清浓。晏几道最善于写梦，以梦来寄托其衷肠。如其"相寻梦里路，飞雨落花中"（《临江仙》）、"梦后楼台高锁，酒醒帘幕低垂"（《临江仙》）、"梦入江南烟水路。行尽江南，不与离人遇"（《蝶恋花》）、"从别后，忆相逢。几回魂梦与君同"（《鹧鸪天》）、"如今不是梦，真个到伊行"（《临江仙》），皆深情绵密，尤其是"梦魂惯得无拘检，又踏杨花过谢桥"（《鹧鸪天》），连一向不喜诗词的理学家程颐也深为赞许，可见其情思之妙。小晏抒情词作中最为曲折哀艳的当属《思远人》（红叶黄花秋意晚），其中说"泪弹不尽临窗滴。就砚旋研墨。渐写到别来，此情深处，红笺为无色"，痴人痴事，慧心妙语，旖旎缠绵，深婉有味，堪可与孟郊《怨诗》"试妾与君泪，两处滴池水。看取芙蓉花，今年为谁死"相媲美，并多了一种词的哀婉凄艳。晏几道的多情，却常常面对着歌儿舞女们的无情，所以在其词作中有很多对于"浅情"人的描写，如《菩萨蛮》"相逢欲话相思苦。浅情肯信相思否。还恐漫相思。浅情人不知"、《留春令》"懊恼寒花暂时香，与情浅人相似"、《满庭芳》"别来久，浅情未有，锦字系征鸿"，等等。而晏几道对于这些浅情之人并没有过多斥责，而表现出同情、理解，体现了一种难得的现代意识。

二晏词作有不少共同的特点，比如都善于言情、善于取景，都以小令见长等。另外他们有一个鲜明的共同点，就是善于化用诗歌成句、借鉴诗歌意境，很好地提升了词作的境界。如晏殊的《清平乐》"人面不知何处，绿波依旧东流"、《浣溪沙》"满目山河空念远，落花风雨更伤春。不如怜取眼前人"、《木兰花》"长于春梦几多时，散似秋云无觅处"等，如晏几道的名句"落花人独立，微雨燕双飞"等。另外值得一提的是晏几道的创作深受其父的影响，他一方面曾经为其父词作中是否是写妇人语的"年少抛人容易去"辩护，另一方面也在自己的词作中应用或化用其父词作的句子或语意，如《临江仙》"酒筵歌席莫辞频"、《清平乐》"书得凤笺无限事。犹恨春心难寄"等，也算是对其父作的致敬吧。

晏殊的词集，流传至今最早的刻本为明末清初毛晋汲古阁所刻的《宋六十名家词》本《珠玉词》一卷，收词一百三十一首，唐圭璋先生《全宋词》收晏殊词一百三十六首，孔凡礼先生增补两首，晏殊现存词共计一百三十八首。晏几道的词集，流传至今最早的刻本亦为汲古阁所刻的《宋六十名家词》本《小山词》，后经朱祖谋增补编入《彊村丛书》，收词二百五十五首，唐圭璋先生《全宋词》收晏几道词二百六十首。关于二晏词的校注，民国时期王焕猷有《小山词笺》，二十世纪八十年代吴林抒有《珠玉词》、《小山词》的笺注，台湾李明娜有《小山词校笺注》，均较为简略，张草纫先生的《二晏词笺注》后出转精，可谓集大成之作。故本选本以张草纫先生的《二晏词笺注》为底本，共选取晏殊词四十五首、晏几道词八十九首，将二晏词中优秀的作品尽可能选出，并努力展示二晏词风格的多面性。本选本吸取了前贤今彦的研究成果，择善而从，这里谨致以诚挚的谢意。间有一孔之间，略抒对于二晏词解读的一些个人看法，希望能近于是而已。词作后面附有一些评论资料，书后还附有一些二晏的生平资料和词作总评，希望对阅读理解二晏词有所帮助。书中肯定还存在着许多疏漏和不足之处，盼读者朋友批评指正。

目 录

晏殊词选

谒金门（秋露坠） ………………………………………… 3

破阵子（燕子欲归时节） …………………………………… 5

浣溪沙（阆苑瑶台风露秋） ………………………………… 7

浣溪沙（一曲新词酒一杯） ………………………………… 8

浣溪沙（红蓼花香夹岸稠） ………………………………… 13

浣溪沙（淡淡梳妆薄薄衣） ………………………………… 15

浣溪沙（小阁重帘有燕过） ………………………………… 16

浣溪沙（一向年光有限身） ………………………………… 19

浣溪沙（玉碗冰寒滴露华） ………………………………… 22

更漏子（雪藏梅） …………………………………………… 23

鹊踏枝（槛菊愁烟兰泣露） ………………………………… 25

凤衔杯（青蘋昨夜秋风起） ………………………………… 28

清平乐（春花秋草） ………………………………………… 30

清平乐（金风细细） ………………………………………… 32

词牌	页码
清平乐（红笺小字）	35
采桑子（阳和二月芳菲遍）	37
采桑子（时光只解催人老）	39
撼庭秋（别来音信千里）	41
少年游（重阳过后）	44
木兰花（东风昨夜回梁苑）	45
木兰花（帘旌浪卷金泥凤）	48
木兰花（燕鸿过后莺归去）	50
木兰花（池塘水绿风微暖）	52
木兰花（玉楼朱阁横金锁）	54
诉衷情（青梅煮酒斗时新）	56
诉衷情（芙蓉金菊斗馨香）	58
殢人娇（二月春风）	60
踏莎行（细草愁烟）	63
踏莎行（祖席离歌）	65
踏莎行（碧海无波）	68
踏莎行（绿树归莺）	70
踏莎行（小径红稀）	72
雨中花（剪翠妆红欲就）	76
蝶恋花（玉碗冰寒消暑气）	78
蝶恋花（梨叶疏红蝉韵歇）	79
菩萨蛮（高梧叶下秋光晚）	80
相思儿令（昨日探春消息）	82
相思儿令（春色渐芳菲也）	84

滴滴金（梅花漏泄春消息） …………………………… 85
山亭柳（赠歌者） …………………………………… 87
睿恩新（红丝一曲傍阶砌） …………………………… 91
玉堂春（帝城春暖） …………………………………… 93
玉堂春（后园春早） …………………………………… 94
破阵子（燕子来时新社） ……………………………… 96
玉楼春（绿杨芳草长亭路） …………………………… 98

附录

晏殊生平资料 …………………………………………… 102
晏殊集著录 ……………………………………………… 107
晏殊词总评 ……………………………………………… 109

晏几道词选

临江仙（斗草阶前初见） ……………………………… 117
临江仙（淡水三年欢意） ……………………………… 120
临江仙（旖旎仙花解语） ……………………………… 122
临江仙（梦后楼台高锁） ……………………………… 124
临江仙（东野亡来无丽句） …………………………… 130
蝶恋花（卷絮风头寒欲尽） …………………………… 132
蝶恋花（初捻霜纨生怅望） …………………………… 134
蝶恋花（庭院碧苔红叶遍） …………………………… 136
蝶恋花（喜鹊桥成催凤驾） …………………………… 138
蝶恋花（醉别西楼醒不记） …………………………… 139

蝶恋花（笑艳秋莲生绿浦）	142
蝶恋花（碧玉高楼临水住）	144
蝶恋花（梦入江南烟水路）	145
鹧鸪天（彩袖殷勤捧玉钟）	147
鹧鸪天（一醉醒来春又残）	153
鹧鸪天（梅蕊新妆桂叶眉）	154
鹧鸪天（守得莲开结伴游）	156
鹧鸪天（斗鸭池南夜不归）	157
鹧鸪天（题破香笺小砑红）	159
鹧鸪天（醉拍春衫惜旧香）	161
鹧鸪天（小令尊前见玉箫）	163
鹧鸪天（十里楼台倚翠微）	166
鹧鸪天（晓日迎长岁岁同）	168
鹧鸪天（小玉楼中月上时）	170
鹧鸪天（手捻香笺忆小莲）	172
鹧鸪天（碧藕花开水殿凉）	174
生查子（金鞭美少年）	177
生查子（轻匀两脸花）	179
生查子（关山魂梦长）	180
生查子（坠雨已辞云）	182
生查子（红尘陌上游）	183
生查子（长恨涉江遥）	184
南乡子（渌水带青潮）	186
南乡子（小蕊受春风）	188

南乡子（花落未须悲）	190
南乡子（画鸭懒熏香）	191
南乡子（眼约也应虚）	193
南乡子（新月又如眉）	194
清平乐（留人不住）	197
清平乐（千花百草）	199
清平乐（红英落尽）	200
清平乐（春云绿处）	201
清平乐（蕙心堪怨）	203
清平乐（幺弦写意）	204
清平乐（莲开欲遍）	206
清平乐（沉思暗记）	207
清平乐（莺来燕去）	208
木兰花（秋千院落重帘暮）	209
木兰花（小颦若解愁春暮）	212
木兰花（小莲未解论心素）	214
木兰花（念奴初唱离亭宴）	216
减字木兰花（长亭晚送）	217
泛青波摘遍（催花雨小）	219
洞仙歌（春残雨过）	222
菩萨蛮（来时杨柳东桥路）	223
菩萨蛮（哀筝一弄湘江曲）	225
菩萨蛮（相逢欲话相思苦）	227
玉楼春（东风又作无情计）	229

玉楼春（当年信道情无价）	231
阮郎归（旧香残粉似当初）	233
阮郎归（天边金掌露成霜）	235
归田乐（试把花期数）	238
浣溪沙（二月和风到碧城）	240
浣溪沙（床上银屏几点山）	242
浣溪沙（家近旗亭酒易酤）	243
浣溪沙（日日双眉斗画长）	246
浣溪沙（午醉西桥夕未醒）	248
浣溪沙（已拆秋千不奈闲）	250
浣溪沙（闲弄筝弦懒系裙）	251
浣溪沙（浦口莲香夜不收）	252
六么令（绿阴春尽）	253
六么令（雪残风信）	256
更漏子（柳丝长）	258
愁倚阑令（凭江阁）	260
御街行（街南绿树春饶絮）	261
破阵子（柳下笙歌庭院）	263
点绛唇（花信来时）	265
点绛唇（妆席相逢）	266
两同心（楚乡春晚）	268
少年游（离多最是）	270
少年游（西楼别后）	271
虞美人（曲阑干外天如水）	273

虞美人（疏梅月下歌金缕）……………………… 275

满庭芳（南苑吹花）……………………………… 276

留春令（画屏天畔）……………………………… 279

清商怨（庭花香信尚浅）………………………… 280

思远人（红叶黄花秋意晚）……………………… 282

碧牡丹（翠袖疏纨扇）…………………………… 285

长相思（长相思）………………………………… 286

附录

晏几道传记资料 …………………………………… 289

晏几道诗选 ………………………………………… 289

黄庭坚唱和诗作 …………………………………… 290

晏几道词集序跋著录 ……………………………… 291

晏几道词总评 ……………………………………… 294

参考文献 …………………………………………… 299

晏殊词选

谒金门

秋露坠。滴尽楚兰红泪①。往事旧欢何限意②。思量如梦寐。

人貌老于前岁。风月宛然无异③。座有嘉宾尊有桂④。莫辞终夕醉。

[注释]

①楚兰：楚国的兰花。屈原作品里多写香草美人，写到兰花的如"春兰"、"秋兰"、"木兰"、"兰芳"、"幽兰"、"兰芷"、"兰蕙"、"椒兰"等，故后代诗词作品中多以"楚"修饰"兰"。如唐杜牧《将赴湖州留题亭菊》："陶菊手自种，楚兰心有期。"又《离骚》云："朝饮木兰之坠露兮，夕餐秋菊之落英。"红泪：旧题东晋王嘉《拾遗记》载：魏文帝曹丕选良家子为美人，常山薛灵芸被选中，"灵芸闻别父母，歔欷累日，泪下沾衣。至升车就路之时，以玉唾壶承泪，壶即红色。既发常山，及至京师，壶中泪凝如血矣"。后因以"红泪"称女子伤心之泪。

②往事旧欢：过往之事，旧日欢愉。晏殊词中多怀旧之语，如《浣溪沙》"旧欢前事入颦眉"，《玉楼春》"美酒一杯谁与共，往事旧欢时节动"，《凤衔杯》"何况旧欢新恨、阻心期"，等等。何限：多少，几何。五代韦庄《和人春暮书事寄崔秀才》："不知芳草情何限？只怪游人思易伤。"宋范成大《次韵陆务观编修新津遇雨》之一："平生飘泊知何限？少似新津风雨时。"

③风月：清风明月，美好的风景。宛然：依然。

④嘉宾：贵宾。《诗·小雅·鹿鸣》："我有嘉宾，鼓瑟吹笙。"尊：通"樽"，酒杯。《后汉书·孔融传》："及退闲职，宾客日盈其门，常叹曰：'坐上客恒满，尊中酒不空，吾无忧矣。'"桂：桂花酒，美酒。《楚辞·九歌·东皇太一》："奠桂酒兮椒浆。"

[赏析]

《谒金门》原为唐教坊曲，现存最早词作为《花间集》所收韦庄《谒金门》（空相忆）。本调为小令，共四十五字，双片，前、后片各四仄韵，句句押韵。

这首词是宴会之后，作者有感于前尘往事，抒发惆怅之情的作品。词作即景抒情，由秋天兰花上一滴一滴坠落的晶莹的露珠，联想到美人留下的伤心血泪。由此触发了作者对于旧欢往事的回忆。这些如尘往事，旧日欢愉，大约都和某个美丽的女子有关，当年无尽的柔情蜜意，现如今，思量起来，都好像在做梦一样。

虽然风景不异，宛然如旧，然而日月不居，体貌渐衰，这不仅仅是如花美人所担心忧伤的，就是对于一个士大夫而言，时间也是最为无情的杀手。在永恒的自然面前，人生是多么短暂，在短暂的人生面前，又何必沉溺于那些前尘往事呢？只要座上佳客常满，樽中美酒不空，那就不要推辞了，即使是终夕沉醉！

晏殊儿时是个神童，之后早早踏入仕途，一生无大起落，位极人臣，拥有享不尽的荣华富贵。正是这样的经历，使其更能够看破声色名利。词中有怅惘，但更多的却是对人生情事物理参悟之后所表现出的一种旷达。

[汇评]

赵尊岳《〈珠玉词〉选评》：此夜宴既终，无聊感怅之作，不须经心构思，不须炼字琢句，自然浑成有致，后人以浑金璞玉称晏词者，正是此等佳制。当筵嘉兴，人所共知，惟深于情者，在酒阑人散之余，每转感其盛之一忽即逝，不易重逢，不易流连，因之倍加珍重，此盖伤心见道之言，亦此词之主旨也。此词由当前之景物入手，因而追思旧事，至有如尘如梦之感，于情已深矣。乃至换头遽用朴质之笔，别写纯挚之情，以人貌与风月相比较，此正关合过拍之梦寐思量，于笔法为奇峰突起，于情绪为深入一层，直道心中事，眼前情，不假雕饰，不用比衬，直起直落，是固具有大力量者。

破阵子

燕子欲归时节，高楼昨夜西风①。求得人间成小会，试把金尊傍菊丛②。歌长粉面红③。　　斜日更穿帘幕，微凉渐入梧桐。多少襟怀言不尽，写向蛮笺曲调中④。此情千万重。

[注释]

①"高楼"句：晏殊《鹊踏枝》："昨夜西风凋碧树。独上高楼，望尽天涯路。"又《清平乐》："双燕欲归时节，银屏昨夜微寒。"意境均较相似。

②小会：小聚、短暂的相会。把：持。金尊：即金樽，华美的酒杯。

③粉面红：指歌女长时间唱歌而致粉面娇红。

④蛮笺：唐时高丽纸的别称。宋顾文荐《负暄杂录·纸》："唐中国纸未备，多取于外夷，故唐人诗多用蛮笺字，亦有谓也。高丽岁贡蛮纸。"亦指蜀地所产名贵的彩色笺纸。唐陆龟蒙《酬袭美夏首病愈见招次韵》：

"雨多青合是垣衣，一幅蛮笺夜款扉。"宋辛弃疾《贺新郎》："十样蛮笺纹错绮，粲珠玑。"宋韩浦《寄弟洎蜀笺》："十样蛮笺出益州，寄来新自浣溪头。"蛮笺象管，为诗词里常用的代表书写用具的词汇。

[赏析]

　　这首小令，是晏殊的艳情之作，写金秋时节，与一个歌女短暂的相会，以及分别后的万般情思。虽然内容上是普通的男女幽会，但整个作品的情调却是舒缓雅致的。词作从时令变迁写起，昨夜西风，又是燕子双双离去的时候；高楼之上，树叶飘落，视野所及，一片萧瑟的清秋之景。在这样的一个时候，排除各种阻碍，终于能够和那个心爱的女子短暂地相聚片刻。手持金樽，傍着菊丛，在淡淡的清香中微微迷醉，听着心爱女子悠悠的歌声。她由于长时间的动情吟唱，粉白娇羞的脸儿上泛起红晕。时间飞快流逝，夕阳的光线斜斜地透过帘幕，细细的金风，从梧桐树上吹来微微的凉意。到了不得不分别的时候，还有多少缱绻情怀没有来得及倾诉啊，只好铺纸拈笔，谱一曲新词，寄托我的万千情愫。这首词艳而不俗，颇能反映出晏殊词作的主要内容和风格特色。它包括了大晏词中常见的三点内容：对时序变迁的感伤，"一曲新词酒一杯"的生活场景，曲终人散后的相思之情。从风格上看，本词娴雅柔婉，意境疏朗。从表现手法上看，则动静结合，点面结合，通过特写，表现人物特定的情感。另外词作除写艳情之外，颇多感慨，多少襟怀、万千情绪，恐怕不是"艳情"二字能够概括得了的。

[汇评]

　　叶嘉莹《大晏词的欣赏》：至于写艳情者，如其……《破阵子》之"多少襟怀言不尽，写向蛮笺曲调中。此情千万重"，若以这些词句与柳永《定风波》之"彩线慵拈伴伊坐",《菊花新》之"欲掩香帏论缱绻"诸作相较,则大晏正所谓"虽作艳语,终有品格",因为大晏所唤起人的只是一份深挚的情意,而此一份情意虽然或者乃因儿女之情而发,然而却并不为儿女之情所限,较之一些言外无物的浅露淫亵之作,自然有高下、雅鄙的分别。

浣溪沙

阆苑瑶台风露秋①。整鬟凝思捧觥筹②。欲归临别强迟留。月好谩成孤枕梦③,酒阑空得两眉愁④。此时情绪悔风流⑤。

[注释]

①阆苑:阆风之苑,传说中仙人的住处。《神仙传》:"昆仑阆风苑有玉楼十二层,左瑶池,右翠水。"瑶台:传说中神仙所居之地。东晋王嘉《拾遗记·昆仑山》:"傍有瑶台十二,各广千步,皆五色玉为台基。"唐李白《清平调》:"若非群玉山头见,会向瑶台月下逢。"

②鬟:古代妇女头上所挽的环形发髻。觥(gōng)筹:角制的酒杯和行酒令记数之具。

③谩成:空成,徒成。

④酒阑:酒残,酒尽,宴会即将结束的时候。

⑤风流:多情。

[赏析]

《浣溪沙》,唐教坊曲。为双调小令,四十二字,上、下片均为三个七字句,上片三平韵,下片两平韵,过片二句多用对偶。龙榆生先生认为以三、五、七言句式构成而又使用平韵的词牌调,音节是最流美的。如《忆江南》、《浣溪沙》、《鹧鸪天》一类短调,它们的句式都属奇数,而在整体上看,必得加上一两个对称的句子,这就使参差和整齐取得一种调剂,而使它们的声容态度趋于流丽谐婉。在同一曲调中,凡属句句押韵的一段,声情比较迫促,隔句押韵的地方,即转入缓和。例如《浣溪沙》的上半阕句句押韵,情调较急;下半阕变作两个七言对句,隔句一协,便趋缓和。

本词描写了作者在一次豪华场所的宴会上,遇到一位端庄的侍女,她虽然手捧着酒杯,但却若有所思,没有一点放诞之意,恍若瑶池仙女,可望而不可即。作者被这位美丽的侍女所吸引,迟迟不肯离去。但终究是徒劳一场,酒阑人散后,在皎皎秋月下,自己孤枕难眠,只落得满怀愁绪。这个时候再后悔自己过于多情,又有什么用呢?作品隐约含蓄,不作艳情之语,似有所寄托。

[汇评]

俞陛云《唐五代两宋词选释》:瑶台阆苑,言地之高华;凝思整鬟,言人之庄重,虽捧觥筹,可望而不可即。明知徒费迟留,迨酒阑人散,独自成愁,始知追悔当时,固何益耶?既已悔之,而复孤梦愁眉,低回不置,姑寄其无聊之思耳。元献生平不作妮子语,此词或有所指,非述绮怀也。

浣溪沙

一曲新词酒一杯①。去年天气旧亭台②。夕阳西下几时回。无可奈何花落去,似曾相识燕归来。小园香径独徘徊。

[注释]

①新词：新谱写的歌词。词人听歌女演唱新曲，有时也自度新曲，让歌女演唱。早期的曲子词本来就是用来歌唱的。正如前面词中所写的"多少襟怀言不尽，写向蛮笺曲调中"。

②"去年"句：语本唐郑谷《和知己秋日伤怀》："流水歌声共不回，去年天气旧亭台。梁尘寂寞燕归去，黄蜀葵花一朵开。"

[赏析]

这首《浣溪沙》是晏殊词作中最为脍炙人口的代表作。关于这首词作的主题和写法，唐圭璋先生认为有"怀人"之意，燕归而人不归，故而"独徘徊"，或可作为对本词的一种解读。陈永正先生认为"在篇章结构上，此词采用'逆推'的手法，上片三句，因今而思昔，末句才是全篇的起点"，似乎有些求之过深。其实本词的写法是比较简单的，只是由眼前景，触发对于时光流逝、物是人非的感慨和惆怅。但是这不仅仅是像晏殊这样的敏感的士大夫才有的感触，它恰恰表达了一般的读者都会有的一种人生体验，进而将这种体验升华为一种人生的哲理，使词作在即景生情之外，具有了深厚的理趣之美。

这首词作亦因其名句"无可奈何花落去，似曾相识燕归来"而闻名遐迩。关于这一联，宋代吴曾的《能改斋漫录》记载了一种传闻，说是晏殊先偶得上联"无可奈何花落去"，久久不得下联，而由王琪对出下联"似曾相识燕归来"，如此说来，这一千古名对，其著作权应该是晏殊和王琪所共有。晏殊极其喜欢这一对句，不仅用在这首《浣溪沙》中，还在其诗歌《示张寺丞王校勘》中再次使用，诗云："上巳清明假未开，小园幽径独徘徊。春寒不定斑斑雨，宿醉难禁滟滟杯。无可奈何花落去，似曾相识燕归来。游梁赋客多风味，莫惜青钱万选才。"诗题中所云"张寺丞"、"王校勘"即晏殊知应天府时的僚属张亢和王琪。关于这一联，历代评论中涉及两个问题，一是这一联的对法之妙，二是诗、词在语言表达上的差异。就前者言之，其对法妙处即明人所云"实处易工，虚处难工"，这一联中"无可奈何"、"似曾相识"为虚，而"花落"、"燕归"为实，实处平平无奇，而虚语相对，则是妙手偶得，天然佳对。而又虚实相生，语言工丽，不愧为千古妙语。就后者言之，此一联既可用之于诗，又可用之于词，而诗、词之间，其语感、其特质是不一样的。王国维在《人间词话》中说："词之为体，要眇宜修，能言诗之所不能言，而不能尽言诗之所能言。诗之境阔，词之言长。"词这种文体，它的语言特质在于委婉细腻，而相对而言，律诗的语言则是高华雅健，同样的句子，可能放在律诗里不合适，而放在词里则是恰到好处。所以清张宗橚在《词林纪事》中说："细玩'无可奈何'一联，情致缠绵，音调谐婉，的是倚声家语。若作七律，未免软弱矣。"同样，晏几道借用唐人诗句入词的"落花人独立，微雨燕双飞"，也是如此。

[汇评]

宋吴曾《能改斋漫录》卷十一《花落去燕归来》：晏元献公赴杭州，道过维扬，憩大明寺。瞑目徐行，使侍史诵壁间诗板，戒其勿言爵里姓名，终篇者无几。又使别诵一诗云："水调隋宫曲，当年亦九成。哀音已亡国，废沼尚留名。仪凤终陈迹，鸣蛙只沸羹。凄凉不可问，落日下芜城。"徐问之，江都尉王琪诗也。召至同饭，又同步游池上。时春晚，已有落花，晏云："每得句，书墙壁间，或弥年未尝强对，且如'无可奈何花落去'，至今未能也。"王应声曰："似曾相识燕归来。"自此辟置，又荐馆职，遂跻侍从矣。

明杨慎《词品》卷五:"无可奈何"二语工丽,天然奇偶。

明卓人月《古今词统》卷四:("无可"二句)实处易工,虚处难工,对法之妙无两。

明沈际飞《草堂诗余正集》卷一:"细雨梦回鸡塞远"、"青鸟不传云外信"、"无可奈何花落去",律诗俊语也,然自是天成一段词,着诗不得。

清王士禛《花草蒙拾》:或问诗词、词曲分界,予曰:"无可奈何花落去,似曾相识燕归来",定非香奁诗;"良辰美景奈何天,赏心乐事谁家院",定非草堂词也。

清纪昀等《四库全书总目·珠玉词提要》:集中《浣溪沙·春恨词》"无可奈何花落去,似曾相识燕归来"二句,乃殊《示张寺丞王校勘》七言律中腹联,《复斋漫录》尝述之。今复填入词内,岂自爱其造语之工,故不嫌复用耶?考唐许浑集中"一尊酒尽青山暮,千里书回碧树秋"二句,亦前后两见,知古人原有此例矣。

清陈廷焯《词则·大雅集》卷二:有一刻千金之感。

清陈廷焯《白雨斋词话》卷七:昔人谓:诗中不可著一词语,词中亦不可作一诗语,其间界若鸿沟。余谓诗中不可作词语,信然;若词中偶作诗语,亦何害其大雅?且如"似曾相识燕归来"等句诗词互见,各有佳处。彼执一而论者,真井蛙之见。

清张宗橚《词林纪事》卷三:元献尚有《示张寺丞王校勘》七律一首:"上巳清明假未开,小园幽径独徘徊。春寒不定斑斑雨,宿醉难禁滟滟杯。无可奈何花落去,似曾相识燕归来。游梁赋客多风味,莫惜青钱万选才。"中三句与此词同,只易一字。细玩"无可奈何"一联,情致缠绵,音调谐婉,的是倚声家语。若作七律,未免软弱矣。并录于此,以谂知言之君子。

清刘熙载《艺概》卷四《词曲概》：词中句与字，有似触著者，所谓极炼如不炼也。晏元献"无可奈何花落去"二句，触著之句也。

俞陛云《唐五代两宋词选释》：首句但纪当日之事，入手处不侵占下文地位。次句即叙明本意，言风景不殊，亭台依旧，乃总括全篇。三句承去年天气而言，流光容易，又换今年，安得鲁阳挥戈，再反虞渊之日耶？下阕承前半首之意，言春不能留，花亦随之落去，花既无情，惜花者空付奈何一叹。"归燕"句承"旧亭台"之意，虽梁燕寻巢，似曾相识，若有情而实无情。花与鸟既无以慰情，徒增惆怅，伤离感旧之深，焉得逢人而语？惟有徘徊芳径，立尽斜阳耳。

唐圭璋《唐宋词简释》：此首谐不邻俗，婉不嫌弱。明为怀人，而通体不着一怀人之语，但以景衬情。上片三句，因今思昔。现时景象，记得与昔时无殊。天气也，亭台也，夕阳也，皆依稀去年光景。但去年人在，今年人杳，故骤触此景，即引起离索之感。"无可"两句，虚对工整，最为昔人所称。盖既伤花落，又喜燕归，燕归而人不归，终令人抑郁不欢。小园香径，惟有独自徘徊而已。余味殊隽永。

赵尊岳《〈珠玉词〉选评》：此为晏殊名作。晏无所不足于身世，其所以寄不足之情于词者，惟时光之易过与离别之难堪耳，此首泛述时光，却能回肠荡气。……此等小词，流连感慨，不难于铺叙，而难于歇拍。必求其思致闲淡，写事逼真，则在此无可奈何情绪之际，有非新词与酒所能解者，必不得已，只付之徘徊怆感而已。今仅及徘徊，不必明说怆感，怆感自在意中，若必明说，转成笨伯，所谓意有尽而情有余者，正指此等作法。

詹安泰《宋词散论·清新含蓄》："小园"句写在小园中满是落花的香径里来回往复的一种行动，就此打住，并不透露出当时的思想感情，语极含蓄。而其实，通篇所抒写的情事和景物，都是从这句展衍出来的，是总结也是起点。后阕的落花归燕的现场景物，是在徘徊香径时接触到的固不消说，即前阕的对酒听歌、亭台宴集直至夕阳西下，又何尝不是在徘徊香径时联想出来的情事？用一个"独"字很精警。正因为是"独徘徊"，使得那所见所想的都成为触拨心弦、引动愁思的对象。因此，这一句是这一篇之眼，而这一字又是这一句之眼。宋人有"诗眼"之说，如果要谈词眼的话，我认为是可以这样理解的。

　　刘逸生《宋词小札》：这首《浣溪沙》是晏殊的名作之一。它很可以代表晏殊的基本风格。写得那么温雅，那么明净，恰好反映了在那个相对承平的年代，又是他那种身份地位的人的基本情调。但是这首词却是以"无可奈何花落去，似曾相识燕归来"而知名的。这一联基本上用虚字构成。人们都知道，用实字作成对子比较容易，而运用虚字就不那么容易了。……它虽然用虚字构成，却具有充实的、耐人寻味和启人联想的内容，这就更使人觉得难能可贵了。为什么说它有耐人寻味和启人联想的内容呢？你看它上句的"花"，既是指春天一开一落的花，又使人联想到其他许多一兴一亡的事情。下句的"燕"，既是指春来秋去的燕子，又使人联想到像燕子那样翩然归来、重寻故旧的人或物。"花"和"燕"变成一种象征，让人们想得很开，想得很远。……"无可奈何……"显得何其无情，"似曾相识……"又是何其有情！一无情，一有情，对照强烈，互相激射，这样也构成此联起伏跌宕的艺术美。可见这一联之所以著名，并不是偶然的。

浣溪沙

　　红蓼花香夹岸稠①。绿波春水向东流。小船轻舫好追游②。渔父酒醒重拨棹③，鸳鸯飞去却回头④。一杯销尽两眉愁。

[注释]

①红蓼：一年生草本植物，又称水蓼、水红花。多生水边，花呈淡红色。唐杜牧《歙州卢中丞见惠名酝》："犹念悲秋更分赐，夹溪红蓼映风蒲。"

②舫：船。唐白居易《琵琶行》："东船西舫悄无言，唯见江心秋月白。"

③棹（zhào）：船桨。

④却回头：还回头。却，张相《诗词曲语辞汇释》："却，犹还也，仍也。"

[赏析]

清代刘熙载《艺概》："冯延巳词，晏同叔得其俊，欧阳永叔得其深。"说明晏殊词作中颇有清新俊爽的风格，而这首词就是如此。这首词不同于那些香艳之作，而是另辟蹊径，写水乡风光，渔父风流。词里描画了一幅春江水绿、红蓼夹岸的水乡美景，正是小船轻舟、尽情游赏的大好时候。词的下片描写了一个酒后醒来的渔父，拨弄船桨，惊飞了一对鸳鸯，鸳鸯飞去，却不断留恋地回头张望。一杯淡酒，就可以消愁解闷，因为本来亦没有什么深愁大闷。如此的风光，如此清闲自在的生活，实在是惬意至极了。渔父的生活里，没有什么大风大浪，没有大是大非，实际上正是晏殊理想中的生活的化身罢了。晏殊的词里经常写到借酒消愁，如《浣溪沙》"几回疏雨滴圆荷。酒醒人散得愁多"、"酒阑空得两眉愁"等，实则其也无深愁，文士陈词罢了。

[汇评]

宛敏灏《二晏及其词》第十一章《二晏词的风格》：同叔词无强烈的

色彩，无凄厉的音调，但出以平淡之笔，和婉之节，而声调自然，意境清新，形成一种闲雅的特殊风格。（举"红蓼花香"等例子）以上诸词，颇能表现一种和婉的情调，暇豫的风度，虽近于韦庄的清俊，实不尽相似，盖各有其社会背景与历史来源也。

浣溪沙

淡淡梳妆薄薄衣。天仙模样好容仪①。旧欢前事入颦眉②。闲役梦魂孤烛暗③，恨无消息画帘垂④。且留双泪说相思。

[注释]

①天仙：女子模样姣好如天上仙子。唐白居易《邻女》："娉娉十五胜天仙，白日姮娥旱地莲。"容仪：容貌和仪态。

②颦眉：皱眉，愁眉。

③闲役梦魂：空劳梦魂。五代韦庄《应天长》："碧天云，无定处，空有梦魂来去。"役，驱使。

④恨无消息：这一联暗用唐李商隐《无题》："曾是寂寥金烬暗，断无消息石榴红。"

[赏析]

这首词描写一个女子的相思之情。女子的身份不太清楚，但却长了一个天仙般的模样，拥有姣好的容貌、娴雅的仪态。她装饰淡雅，穿着薄薄的罗衣，暗示着她的孤寂无聊。往日的欢愉，常常萦绕心头。今日的索寞，使她不禁双眉紧皱。"往事旧欢何限意。思量如梦寐"（《谒金门》）、"美酒一杯谁与共。往事旧欢时节动"（《玉楼春》）、"何况旧欢新宠，阻心期。满眼是相思"（《凤衔杯》），这些美好的回忆，是支持女主人公生活下去的精神食粮。徒劳梦魂，苦苦求索，醒来依然只有一支昏暗的蜡烛相伴；音信全无，怅恨悠悠，有的只是那低低垂下的寂寞的画帘。欲诉相思谁与共？且把双泪待来日。

吴梅先生批评这首词"庸劣可鄙，已开山谷（黄庭坚）、三变（柳永）俳语之体"，是着眼于词史的流变而言。"淡淡"两句，虽稍俚俗，但《花间集》中已多有类似之语，如魏承班《菩萨蛮》"罗裾薄薄秋波染，眉间画时山两点"、李珣《浣沙溪》"入夏偏宜淡薄妆，越罗衣褪郁金黄"。而整首词在刻画心理、表现相思寂寥之苦方面，还是颇有思致的，与"针线闲拈伴伊坐"还是有雅俗、曲直之别的。

[汇评]

吴梅《词学通论》第七章：第细读全词，颇有可议者，如《浣溪沙》之"淡淡梳妆薄薄衣。天仙模样好容仪"、《诉衷情》之"东城南陌花下，逢着意中人"、又"心心念念，说尽无凭，只是相思"诸语，庸劣可鄙，已开山谷（黄庭坚）、三变（柳永）俳语之体，余甚无取也。

浣溪沙

小阁重帘有燕过①。晚花红片落庭莎②。曲阑干影入凉波。一霎好风生翠幕③，几回疏雨滴圆荷④。酒醒人散得愁多。

[注释]

①过（guō）：飞过。

②红片：飘落的花瓣。庭莎（suō）：庭院里所生的莎草。莎草，多年生草本植物。多生于潮湿地区或河边沙地。茎直立，三棱形。叶细长，深绿色，质硬有光泽。夏季开穗状小花，赤褐色。

③一霎：一会儿，一阵子。唐温庭筠《菩萨蛮》："南园满地堆轻絮，愁闻一霎清明雨。"好风：东晋陶渊明《读山海经》："微雨从东来，好风与之俱。"

④"几回"句：指初夏时节时雨时晴的天气。五代孙光宪《思帝乡》："看尽满池疏雨打团荷。"

[赏析]

此词写春末夏初庭院池阁的景象，清幽闲雅，生机盎然。庭院深深，帘幕重重，有燕子差池其羽，有片片落红飘坠，曲曲栏杆，影入清波。一会儿吹过清凉的风，吹动层层帘幕，稀稀疏疏的雨滴，叮叮咚咚打在碧绿浑圆的荷叶上。正如周邦彦所云"水面清圆，一一风荷举"。这样雅洁的亭台楼阁，这样清幽的场景，自然不是三家村中人有福消受的。这是富贵宰相晏殊家的庭院，虽然不及金碧辉煌，金玉锦绣，却自有一种富贵气象。然而，居于其中的主人，喜聚而不喜散，"喜宾客，未尝一日不燕饮"。"亦必以歌乐相佐，谈笑杂出。""稍阑，即罢遣歌乐，曰：'汝曹呈艺已遍，吾当呈艺。'乃具笔札，相与赋诗，率以为常。前辈风流，未之有比也。"（叶梦得《避暑录话》）然而终有酒阑人散之时，面对归于沉寂的庭院，主人依旧又是愁绪满怀。正如其《清平乐》中所写："酒阑人散忡忡。闲阶独倚梧桐。"而此词的高明之处，在于不写人而人俱在，不写盛宴,而盛宴可以想见。虚实相生,实为极高明的手法。

[汇评]

赵尊岳《〈珠玉词〉选评》:词中写景,必求生动,又必须于一句之中兼叙生动之事。此词起拍于"小阁",则掩以"重帘",帘外复有过燕,生动可知,且能领略清景矣。则此中自有人在,故不明言有人,留俟读者体会,匿剑帷灯之妙,端在于此。小令虽不过数句数十字,然当包举时地以尽其胜,方见布局之完整,故起拍就"小阁"言,为室中所见,继之即以时节言,为园中所见,其于时令并不明加勾勒,但就园中落花上轻轻用一"晚"字,则花落必为晚春时节,不言可喻,运思入神,于此为极则。换头下二句,率出以生动之笔,风曰"好风",雨曰"疏雨",既属晚春天气,复合园林景色。晏素用闲雅从容之笔,写从容驰荡之情,即以眼前所见,信手入词,绝不施以雕琢,而自见天趣,此所以开一代之风气,树词林之典范也。结句归入愁思,以"酒醒人散"四字,点出盛筵,省去无数歌舞劝酬之描写,为词家又开一法门。

唐圭璋《唐宋词简释》:此首写池阁景物,清圆宛转,笔无点尘。起句,写阁内燕入;次句,写阁外花落;第三句,写阑影入池,美境如画。换头,写风生,写雨滴;末句,总束全词,补出池阁盛宴,与人散后之愁情。此词二、三、五、六句之第五字皆用入声,其他用双声之处亦颇多,如阁过干、花红好回荷、帘落阑凉、莎疏散皆是,可见大晏严究声音之一斑。

叶嘉莹《大晏词的欣赏》:写富贵者,如其《浣溪沙》之"小阁重帘有燕过。晚花红片落庭莎。曲阑干影入凉波"……这些词句,皆所谓不言金玉而自有富贵气象者,正如《能改斋漫录》所载晁无咎云:"知此人不住三家村也。"

浣溪沙

一向年光有限身①。等闲离别易销魂②。酒筵歌席莫辞频。满目山河空念远③,落花风雨更伤春④。不如怜取眼前人⑤。

[注释]

①一向:即一晌,片刻、片时之意。年光:年华,岁月。有限身:即吾生也有涯之意。

②等闲:平常,寻常。销魂:黯然神伤。南朝梁江淹《别赋》:"黯然销魂者,唯别而已矣。"

③满目山河:从唐李峤《汾阴行》"山川满目泪沾衣,富贵荣华能几时"句化出。

④伤春:唐李商隐《杜司勋》:"刻意伤春复伤别,人间唯有杜司勋。"

⑤"不如"句:化用唐元稹《会真记》中崔莺莺诗:"还将旧来意,怜取眼前人。"怜取:珍惜着,怜惜着。晏殊《木兰花》词亦云:"不如怜取眼前人,免更劳魂兼役梦。"怜,爱。取,语助词。

[赏析]

这是晏殊词中别具一格的名作。词作由伤别之离宴引起,本来这只是一场寻常的离别而已,然而在这样一个风雨落花的时节,伤春伤别叠加在一起,使人不由得感慨人生之有限,如露珠电光,"惆怅东栏一株雪,人生看得几清明"、"黯然销魂者，唯别而已矣"，所以，在酒宴歌席之上，就不需要再有所矜持顾忌，不要推辞，频频举起酒杯，劝君更饮一杯，"送君者皆自崖而返，君自此远矣"，余下的只是满目山河，苍苍凉凉，从别后，忆相逢，徒然劳魂役梦而已。离别既然不可避免，举杯消愁愁更愁，不如从愁城之中超拔出来，珍惜眼前之人，珍惜当下一切美好的事物，这正是本词的高明之处，翻出刻意伤春伤别的窠臼，给读者以哲理上的启迪。

在艺术表现上，本词堂庑特大，意境高远，具有重、拙、大的气度，反映出宋初词坛从花间派雕红刻翠的风气中摆脱出来的努力和实绩。吴梅先生在《词学通论》中特意提出"满目山河空念远，落花风雨更伤春"一联，认为胜过"无可奈何"一联十倍，虽然两联都是名句，但本联境界更为阔大，也更能触发读者深远的联想。

[汇评]

俞陛云《唐五代两宋词选释》：此词前半首笔意回曲，如石梁瀑布，作三折而下。言年光易尽，而此身有限，自嗟过客光阴，每值分离，即寻常判袂，亦不免魂销黯然。三句言销魂无益，不若歌筵频醉，借酒浇愁，半首中无一平笔。后半转头处言浩莽山河，飘摇风雨，气象恢宏。而"念远"句承上"离别"而言，"伤春"句承上"年光"而言，欲开仍合，虽小令而具长调章法。结句言伤春念远，只恼人怀，而眼前之人，岂能常聚，与其落月停云，他日徒劳相忆，不若怜取眼前，乐其晨夕，勿追悔蹉跎，申足第三句"歌席莫辞"之意也。

吴梅《词学通论》第七章：惟"满目山河空念远，落花风雨更伤春"二语，较"无可奈何"，胜过十倍。而人未之知，可云陋矣。

赵尊岳《〈珠玉词〉选评》：此词感慨特深，堂庑更大，忽尔拓之使远，又复收之使近，诚有拗铁为枝之幻。亦惟如此，始益见其沉郁。本来五代自韦庄一变飞卿之纤丽，别开境界以来，冯正中再得江山之助，举凡风骚之义，始不复限于兰房斗室间，至晏则更出以跌宕之笔，信乎宋词之日见精进矣。以寻常之语，就目前之景，写胸臆之情，糅远近于一词，合情事为一体，而不矫作新字新句，此即词笔之浑成。"浑成"二字，原不易解释，试即就此词体会，当可得之。以年光有限而不胜离别之苦，则遇盛会自不愿轻易放过，惟眼前所见之境界、天时，虽盛会亦不能减其幽忧。此直无可奈何之情绪？故只能珍惜此一刻之盛会，聊以自娱而已。远既无可排愁，返求诸近，尚以爱此当前人物为得计，庶足少慰。此中不得已之辛酸，回环讽咏，真深于情者。"满目"句，既就眼界所及，拓之极远，而曰"空念远"，则预识别后虽远望，亦终空无所补也。此句中暗转之法，愈转而情愈深，可谓厚矣。欲通厚字诀者，视此。

唐圭璋《唐宋词简释》：此首为伤别之作。起句，叹浮生有限；次句，伤别离可哀；第三句，说出借酒自遣，及时行乐之意。换头，承别离说，嘹亮入云。意亦从李峤"山川满目泪沾衣"句化出。"落花"句，就眼前景物，说明怀念之深。末句，用唐诗意，忽作转语，亦极沉痛。

叶嘉莹《大晏词的欣赏》：如大晏最有名的一首《浣溪沙》词之"满目山河空念远，落花风雨更伤春。不如怜取眼前人"，这三句词从表面看来，所抒写的只不过是"伤春"、"念远"的情感，丝毫也看不出有什么思致在其间，而大晏也确实未尝有心于表现什么思致，只是读这三句词的人，却自然可以感受到，它所给予读者的，除去情感上的感动外，另外还有着一种足以触发人思致的启迪，这种启迪和触发，便正是大晏的情中有思的特色之所在。即以这三句词而言，如"满目"一句，除"念远"之情外，它更使读者想到人生对一切不可获得的事物的向往之无益；"落花"一句，除"伤春"之情外，则更使人想到人生对一切不可挽回的事物的伤感之徒劳；至于"不如怜取眼前人"一句，它所使人想到的也不仅仅是"眼前"的一个"人"而已，而是所该珍惜把握的现在的一切。

浣溪沙

玉碗冰寒滴露华①。粉融香雪透轻纱②。晚来妆面胜荷花③。鬓亸欲迎眉际月④，酒红初上脸边霞。一场春梦日西斜⑤。

[注释]

①玉碗冰寒：古时富贵人家冬天把冰块藏于地窖中，夏天取用，以消暑气。晏殊《蝶恋花》词亦云"玉碗冰寒消暑气"。

②粉融：因天气炎热，女子的脂粉和汗水融合在一起。五代牛峤《女冠子》："粉融香汗流山枕。"香雪：指女子洁白芬芳的肌肤。

③妆面胜荷花：古人经常用荷花比作女子的容颜。如唐李白《西施》："秀色掩今古，荷花羞玉颜。"

④鬓亸（duǒ）：鬓发下垂。宋周邦彦《浣溪沙慢》："灯尽酒醒时，晓窗明，钗横鬓亸。"眉际月：指额黄，古时女子以黄粉涂额成月形。

⑤"一场"句：晏殊《踏莎行》："一场愁梦酒醒时，斜阳却照深深院。"意境与此句较相似。春梦：好梦。

[赏析]

这是一首典型的具有"花间派"风格的艳词。词写夏日女子之晚妆，因为天气炎热，故用玉碗乘着寒冰来消解暑气。脂粉融合着香汗，洁白芳香的肌肤隐隐约约从薄薄的罗衣下透出。春梦醒来，日已西斜，重施晚妆，娇羞宜人，玉颜胜似荷花。蝉鬓轻弹，掠过眉边额黄；酒意微醺，如初升之红霞。整首词丽而不密，婉妙有致，富艳精工，的确是花间本色。艳而不俗，自和三变家风不同。但和温庭筠的"鬓云欲度香腮雪"相比，则难称青出于蓝。

[汇评]

宛敏灏《二晏及其词》第十一章《二晏词的风格》：同叔亦往往作艳词，虽自称不会作"针线闲拈伴伊坐"。小山亦为之辩护，谓"平日小词虽多，未尝作妇人语"。但按之集中如："玉碗冰寒滴露华……"此类尽属绮语，固不仅"少年抛人容易去"为然，但方之小山，究有逊色。盖同叔身居朝廷，观瞻所系，作词已觉非是，更何敢作艳词。

宛敏灏《二晏及其词》第十二章《二晏词的艺术》：同叔《浣溪沙》云："玉碗冰寒滴露华……""妆面胜荷花"为明喻；"眉际月，脸边霞"为隐喻；而"香雪"则借喻也。是譬喻三种格式，已备此一词中。

更漏子

雪藏梅，烟着柳①。依约上春时候②。初送雁，欲闻莺，绿池波浪生。　　探花开③，留客醉。忆得去年情味。金盏酒，玉炉香。任他红日长。

[注释]

①雪藏梅：残雪覆盖着梅花。着：附着。唐马怀素《奉和人日宴大明

宫恩赐彩缕人胜应制》:"就暖风光偏着柳,辞寒雪影半藏梅。"唐李商隐《江亭散席循柳路吟归官舍》:"已遭江映柳,更被雪藏梅。"

②依约:依稀,仿佛。上春:孟春,农历正月。《周礼·春官·天府》:"上春,衅宝镇及宝器。"郑玄注:"上春,孟春也。"唐杨师道《奉和正日临朝应诏》:"九重丽天邑,千门临上春。"

③探花开:唐代制度,新科进士于曲江杏园举行宴会,称探花宴。以少俊进士二人为探花使(探花郎),遍游名园,采取名花,为宴会增彩助兴。这里仅指初春举行的宴会。

[赏析]

这首词描写的是冬去春来之时风物的变化,以及由此触发的追怀忆旧之情。词的高妙之处在于作者对于节物变化的细心体察和妙笔表达。立春过后,日长一线,春意在不知不觉之间,遍布于各个角落。梅和柳之间的变化是最直接的标志。古代慧心的文人们早已体察及此。唐代诗人杜审言《和晋陵丞早春游望》:"独有宦游人,偏惊物候新。云霞出海曙,梅柳渡江春。"春光最先光顾的就是风雪中开放的梅花和最早探知春意的杨柳。李清照《永遇乐》(元宵)不也说"染柳烟浓,吹梅笛怨,春意知几许"吗?残雪还压着梅朵,而因阳气上升,湿气氤氲着柳枝,已渐渐显出浓浓春意来了。刚刚送走大雁,将要听到莺啭,而池塘之上,风乍起,吹皱一池春水,这不正是"池塘生春草,园柳变鸣禽"的时节吗?在这样一个春意盎然的时候,如何能不举金盏、采名花、歌新曲呢?年年岁岁花相似,去年此时,亦是如此度过,是年复一年,还是物是人非呢?轻轻地感喟,淡淡地放开,玉炉名香,且来消受这迟迟春日吧。

[汇评]

赵尊岳《〈珠玉词〉选评》:此寻常写景之作,而不苟不黏。名家吐属,咳唾均为珠玑,此之谓也。此词主旨在当前景色之撩人怀旧,其着眼处,在上春时候,而无聊之旨,但有任其红日自长而已,即此琐琐之节物,缀为小词,使以妙绪,便觉春意盎然。"上春"二字,新而不纤。上春时候,正冬去春来之际,故以第二句为枢轴。由前以言冬景之将过,雪虽藏梅,烟已着柳,春色初动,端在"着"字,继之则春景之乍来,一"初"字,一"欲"字,写生之心,细如毫发。"绿波"则暗,使六朝赋"春水绿波",以隐射"春"字,又不见吞剥之迹,至"绿波生"则春色已分明,不待更言矣。后阕不仅言怀旧,必由今日所为,以引起旧情,"探花"、"留客",固今日事也。惟沉郁其情以出之,斯情愈深。盖由今以忆旧,则旧事历历在眼,非无因而至,亦即不可得而随便排遣之,于是只有听其红日之长而已。无聊之致,怅往之感,一并付于红日之自长,示其绝非人事可以为力。晏以情深之人,当显达之位,乃有此闲思,有此妙笔,其轩冕北宋宜矣。

鹊踏枝

槛菊愁烟兰泣露①。罗幕轻寒②,燕子双飞去。明月不谙离恨苦③。斜光到晓穿朱户。　昨夜西风凋碧树④。独上高楼,望尽天涯路。欲寄彩笺兼尺素⑤。山长水阔知何处。

[注释]

①槛:亭轩周围的栏杆。兰泣露:兰花上挂着露珠,好像在哭泣。描写兰花带露水的形象,表达一种哀伤的情绪。

②罗幕：庭堂内用来遮蔽的帷幕。燕子往往巢于帷幕边上，且出入庭堂，都要从帷幕经过，所以古代诗词中燕子和帷幕往往连用。

③谙（ān）：懂得，理解。

④碧树：玉树，碧绿的树木。南朝梁江淹《杂体诗·陈思王曹植赠友》："凉风荡芳气，碧树先秋落。"宋黄庭坚《汴岸置酒赠黄十七》："黄流不解涴明月，碧树为我生凉秋。"

⑤彩笺：彩绘的笺纸。尺素：古人将文章、书信写在绢帛上，通常长度为一尺，所以称所写文章、书信为尺素。这里的"彩笺"、"尺素"，均指书信。古乐府《饮马长城窟行》："客从远方来，遗我双鲤鱼。呼儿烹鲤鱼，中有尺素书。"

[赏析]

《鹊踏枝》本名《蝶恋花》，亦名《凤栖梧》，唐教坊曲，为双调小令，六十字，上、下片各四仄韵。

本词是晏殊的名作，特别是因为"昨夜西风凋碧树"等句为王国维激赏而广为人知。就词本身而言，只是吟咏"离恨"这一永恒主题而已，但由于作品写得情苦意深，格高境远，所以能够引起读者广泛的联想，所谓作者之用心未必然，而读者之用心未必不然，是一篇典型的被读者赋予新解的成功之作。

作品中只有一个标明主题的词语，那就是"离恨苦"，其他的句子则都是围绕着这个主题来描写的。菊花笼烟如愁云，兰花衔露如悲泣，愁云惨淡中，燕子又从罗幕后双双飞去，而罗幕中的女主人公，则是整夜无法入眠。不谙离愁别恨的月光，却不知趣地从天黑到天明，穿过朱门，透过帘栊，照着丽人的妆镜台。勉强熬到天亮，女主人公孤独地登上高楼，一眼似乎望到了天涯尽头，原来是昨夜飒飒西风，凋落了碧树，原野一片空阔苍茫，而这苍茫空阔让女主人公更觉得凄清孤独，四顾无言。想着给远人寄一封书信吧，而落雁沉鱼，山阻水隔，远人究竟在什么地方呢？

王国维《人间词话》三次称引"昨夜西风凋碧树。独上高楼，望尽天涯路"这几句词。第一次说它有"风人深致"，也就是说有《诗·国风》的特色，把它和《秦风·蒹葭》并论，认为《蒹葭》"洒落"，此词"悲壮"，两首诗歌都表现求之不得之苦，一俊爽，一悲壮，风格不同；第二次说它近似于表现"诗人之忧生"的《小雅·节南山》，所谓忧生，是对于国家、对于人生的一种忧患意识，这是超脱出简单的男女之情的更为深广的士大夫的家国情怀；第三次则将它与柳永、辛弃疾的两句词并提，喻之为"古今成大事业、大学问者"之"第一境"。关于三种境界，学界解释众多，我以为可以用《沧浪诗话》所云"立志须高"释之。虽然这些解读都未必是作者原意，但读者也不必拘泥于作品的字面意思，可以加入读者的经验。同时也说明，晏殊那些优秀的作品，具有广大的感发读者的特质，是晏殊作品"情中有思"特点的鲜明体现。

[汇评]

清陈廷焯《词则·大雅集》卷二：缠绵悱恻，雅近中正。

王国维《人间词话》：《诗·蒹葭》一篇，最得风人深致。晏同叔之"昨夜西风凋碧树。独上高楼，望尽天涯路"，意颇近之，但一洒落，一悲壮耳。（又）"我瞻四方，蹙蹙靡所骋"，诗人之忧生也。"昨夜西风凋碧树。独上高楼，望尽天涯路"似之。（又）古今之成大事业、大学问者，必经过三种之境界。"昨夜西风凋碧树。独上高楼，望尽天涯路"，此第一境也。"衣带渐宽终不悔，为伊消得人憔悴"，此第二境也。"众里寻他千百度，回头蓦见，那人正在，灯火阑珊处"，此第三境也。此等语皆非大词人不能道。然遽以此意解释诸词，恐为晏、欧诸公所不许也。

沈祖棻《宋词赏析》：这首词也是写离别相思之情的。时间是由夜到晓，地点是由室内、室外而到楼上。上片写词人在清晨时对于室内、室外景物的感受，由此衬托出长夜相思之苦。……下片写这首词的主人公，也就是作者，经过一夜相思之苦以后，清晨走出卧房，登楼望远。当他"独上高楼"的时候，最先收入眼底的是一片空阔，连远到天边的路也可以看到尽头，什么遮拦阻隔都没有。于是才回想起昨天那个不眠之夜里所听到的风声、落叶声，恍然悟出，是昨夜西风很厉，一夜之间，把树上的绿叶都吹落了。"高楼"伏下句"望尽"。"独上"是说人之寂寞，与上"燕子双飞"对照。三句总写登高望远，难遣离愁，境界极为高远阔大，与无名氏《菩萨蛮》"平林漠漠"等四句相近。

刘逸生《宋词小札》："欲寄彩笺兼尺素。山长水阔知何处"两句是全首的结穴，因此晏殊使用了复叠句法。"彩笺"指诗词，"尺素"指书信。虽不全同，都是寄情的物事。不避重复，正是为了加强欲寄无由的可悲现实。"山长"、"水阔"，也是复叠，同样为了强调"知何处"的怅惘。诗人在结尾有意用了重笔，使感情显得更加沉重了。

凤衔杯

青蘋昨夜秋风起[①]。无限个、露莲相倚。独凭朱阑、愁望晴天际。空目断、遥山翠[②]。　　彩笺长，锦书细[③]。谁信道、两情难寄[④]。可惜良辰好景、欢娱地[⑤]。只恁空憔悴。

[注释]

①青蘋：一种生于浅水中的草本植物。战国楚宋玉《风赋》："夫风生

于地，起于青蘋之末。"

②目断：望断，竭尽目力所及。

③锦书：据《晋书·窦滔妻苏氏传》：前秦时窦滔为秦州刺史，被流放到流沙，其妻苏氏思之，"织锦为回文旋图诗以赠滔，宛转循环以读之，词甚凄婉"。后因此称妻子寄丈夫的书信为锦书或锦字。唐刘兼《征夫怨》："曾寄锦书无限意，塞鸿何事不归来。"宋李清照《一剪梅》："云中谁寄锦书来，雁字回时，月满西楼。"

④谁信道：谁料到。

⑤良辰好景：南朝宋谢灵运《拟魏太子邺中集诗》序："天下良辰、美景、赏心、乐事，四者难并。"欢娱地：欢乐的地方。唐杜甫《可惜》："可惜欢娱地，都非少壮时。"

[赏析]

《凤衔杯》为双调小令，有平韵、仄韵二体，本篇即仄韵体，双调，五十六字，上片四句四仄韵，下片五句四仄韵。上片第四句与下片第四句俱为九字句，虽中间用顿号表示短暂停顿，读时须连绵不断。

本词写初秋时节，望远怀人之意。如赵尊岳先生的分析，这首词在写作上有两个特色：一是情景之间，似断实连。上片写景，下片言情，以"空目断、遥山翠"作为景情之间联系的关节点。当然上片景中亦含有感情，秋风渐起，带露的莲花正是开得艳丽热闹之时，天高气清，也正是一碧无际、适合望远之时。但主人公凭是独凭，望是愁望，徒然望断天涯，亦是天长水阔，天阻地隔，本想写下彩笺，寄出锦书，却不道书不尽意，绵绵情意，薄薄笺纸如何传递得了呢？可惜这良辰美景，清秋时节，心与谁赏？乐与谁共？只落得憔悴损。可以说是以乐景写哀，益增其哀。二是一反寄书传情的传统观点，却说两情难寄。鱼雁传书本就渺茫，即使真的能够到达,而真正的相思离别之苦却只能意会,难以言传,这种反转来写的手法,恰恰表现了思之苦、情之深。

[汇评]

赵尊岳《〈珠玉词〉选评》:此词前阕言秋景,未尝及于怀人,后阕言怀人,又不及于景色,乍即之,似两不相涉,细辨之,则正以"目断遥山翠"五字为机括。盖"遥山翠",景色也,"目断",怀人也。合言之,即由景生情,于是以过拍上承景色,下开怀人,继之以换头更深一层,不言怀人,只假手于音信,而又一收一放,曲尽其致。其放之也,曰"谁信两情难寄";其收之也,曰"空憔悴"。合言之,即谓书信纵可通,然终阻千里,空于憔悴而已。词中往往言音信不通,以示情深,此独言音信可通,不如晤聚,是又深入一层之作法。

清平乐

春花秋草。只是催人老。总把千山眉黛扫①。未抵别愁多少。劝君绿酒金杯。莫嫌丝管声催。兔走乌飞不住②,人生几度三台③。

[注释]

①总把:张相《诗词曲语辞汇释》:"总,犹纵也;虽也。李商隐《代赠》诗:'总把春山扫眉黛,不知供得几多愁。'总把,纵把也。"

②兔走乌飞:指时光飞逝。兔,代指月亮,古代传说月宫中有玉兔。

乌，代指太阳，古代传说太阳中有三足乌。

③三台：曲调名。《乐府诗集·杂曲歌辞十五·三台词序》："刘禹锡《嘉话录》曰：'三台送酒，盖因北齐高洋毁铜雀台，筑三个台，宫人拍手呼上台送酒，因名其曲为三台。'"唐王建《江南三台词》之一："朝愁暮愁即老，百年几度三台。"任半塘《教坊记笺订》："唐人酒宴催饮时多歌三台，其拍甚促。"

[赏析]

《清平乐》为双调小令，四十六字，平仄韵转换格，上片四句四仄韵，下片四句三平韵。上半阕全用仄韵，句句协韵，显示情调紧张；下半阕转平，第三句并改仄收，隔句一协，就显得音节和缓，转作曼声，有缠绵不尽之致，是短调中最为好听的。

本词写借酒消愁，及时行乐之意。对于词中所用的艺术手法可以参考赵尊岳先生的评赏。但由于对于"三台"一词的解释不同，也就造成了对于本词意旨理解上的差别。"三台"在古代有多种含义，常见的是将天上的三台六星指代人间的三公，为最高级别的官位。因为晏殊本人也曾贵为同中书门下平章事（首相）兼枢密使（军事首脑），似切合晏殊本人经历，但综观本词，特别是"人生几度三台"乃化用唐王建诗"百年几度三台"，则将"三台"释为催酒曲更为合适。本词上片写时光催人老去，离愁别绪常常萦怀。音节急促，情调紧张。下片则劝君举金杯，饮绿酒，不要嫌丝管急促，催人痛饮，人生百年，如白驹过隙，不乐复何如呢？声调舒缓，缠绵不尽。

[汇评]

赵尊岳《〈珠玉词〉选评》：此首直抒胸臆，放胆写来，已由感慨而入于沉痛之途，故商音激楚，已非向者可比，此于晏词应视之为"别裁"。"总把"下着一"扫"字，便并前文之"春花秋草"而率扫之矣，然扫此春秋之代谢，尚不克抵别愁，则别愁之深可知，然作者更出慧心，不言其深，而问其多少，使读者自己领悟，自己忖度，其运笔之妙如此。下文过拍，由别愁转入消愁。消愁惟持当前之歌酒而已，故继之以歌酒。然仍累用酬答体，别立作法。先之以劝饮，再申以莫厌丝管，丝管虽繁杂，固足以娱此浮生，扫此别愁者也，于情可谓深矣。末句提出主旨，自述身世，虽登台阁，能复几度，意者此词为罢相后留守南京时作。晏虽雅士达人，于留守外官之职犹不能无所慊然，故不免寄慨云尔。此词全用跳脱之笔，句句就侧面立言，正反相衬，以见沉痛之切，直说三台，不嫌其俗，则晏诚居是官，所谓真则质，质则不伤于庸，不伤于俗，非矫揉者所可比矣。

清平乐

金风细细①。叶叶梧桐坠。绿酒初尝人易醉②。一枕小窗浓睡。紫薇朱槿花残③。斜阳却照阑干。双燕欲归时节，银屏昨夜微寒④。

[注释]

①金风：秋风，古代以五行配四季，秋天为金，故秋风被称为金风。细细：微弱。

②绿酒：美酒。晋陶潜《诸人共游周家墓柏下》："清歌散新声，绿

酒开芳颜。"五代南唐冯延巳《长命女》:"春日宴,绿酒一杯歌一遍。"

③紫薇:植物名,又名满堂红、百日红,夏秋开花,花紫红色。朱槿:植物名,即木槿,开红、紫、白等色花。晏殊词中往往用这两种花残表示秋天的到来,如:"紫薇朱槿繁开后,枕簟微凉生玉漏。""紫菊初生朱槿坠,月好风清,渐有中秋意。"

④银屏:屏风上以云母石等物镶嵌,洁白如银,故称银屏,又称云屏。晏殊《浣溪沙》:"床上银屏几点山。"

[赏析]

这是一首能典型地反映晏殊闲雅风格和富贵气象的词作。首先,词作设色鲜艳,"金风"、"绿酒"、"紫薇"、"朱槿"、"银屏",色泽明丽、调配雅致。其次,作品用字极具匠心,如"细细"、"叶叶"、"初"、"一"、"小"、"浓"、"微"等,表现的是一种纯粹的温婉、细腻的心理体验。而浓睡醒来,斜阳脉脉,好像一切都在这样一种气氛中静凝下来。而结句"银屏昨夜微寒"实则是所有情景的叙事起因,但却放在最后,具有一种含蓄婉丽、余味不尽之美。整首词作几乎不见表现情感的词汇,作者似乎无悲无喜,只是静静体味着、享受着节序变化带来的光线、气味、色调的变动。静中情味,事外远致,需要读者也和作者一样去静静享受这碧空白云舒卷一般的美丽。

[汇评]

清先著、程洪《词洁辑评》卷一:情景相副,宛转关生,不求工而自合。宋初所以不可及也。

俞陛云《唐五代两宋词选释》:纯写秋来景色,惟结句略含清寂之思,情味于言外求之,宋初之高格也。

唐圭璋《唐宋词简释》：此首以景纬情，妙在不着意为之，而自然温婉。"金风"两句，写节候景物。"绿酒"两句，写醉卧情事。"紫薇"两句，紧承上片，写醒来景象，庭院萧条，秋花都残，痴望斜阳映阑，亦无聊之极。"双燕"两句，既惜燕归，又伤人独，语不说尽，而韵特胜。

赵尊岳《〈珠玉词〉选评》：此词抒写静中情味，雅韵欲流。前阕叙景、写事，择景中之最幽倩者入之于词，再写怨思，亦出以雅，全不着迹相。夫酒以多饮而醉，今日初尝易醉，则知醉人者，盖别有故，初不在酒，其故即在怨思而已。此较明用"愁"、"怨"等字，又深一层。少饮已易醉矣，醉且浓睡，此"浓"字点出深愁，运字之细，不见斧斤，直开二百年后吴梦窗之蹊径。以后阕重描前阕，使其益显精神，此固作家之一法，但重描则可，过于勾勒则伤朴。词伤于朴，便不浑厚。北宋词主浑厚，故描写多当于分际，无南宋太过之弊，于此可知。后人之描画浓睡者，多就梦中设想立言，以显其浓，亦即每患勾勒太过。此首不言梦中事，而言醒后事。当午小饮，醒已斜阳，以鼾睡之久，见睡之浓，诚白描圣手。再以"花残"陪衬"斜阳"，益形生色。况且与前"叶叶梧桐坠"相呼应耶？末后别开新境界，仍与全首照顾，以昨夜微寒，托出今日之细风斜阳，而又以燕归为之前驱，此与"朱槿"引出"斜阳"同一法门。事外远致，于风光婉约中见出无聊之情思，时光之易过，所谓静中情味也。

叶嘉莹《大晏词的欣赏》：在这一首词中，我们既找不到我国诗人所一贯共有的伤离怨别、叹老悲穷的感伤，甚至也找不到前面第一点所谈到的大晏所特有的情中有思的思致。在这一首词中，它所表现的，只是在闲适的生活中的一种优美而纤细的诗人的感觉。对于这种词，我们不当以"情"求，也不当以"意"想，而只当单纯地去体会那一份美而纯的诗感。语有之云："无用之为用大矣。"想在诗歌中寻找情感和意义的人，在大晏这种闲雅的作品中，自将无所收获。然而譬之醇醪甘醴，饮之者原不必要求得解渴之功用，更不可抱有解饥之目的。醇醪甘醴的好处，原只在它所给予人的一股甘美芳醇的味道，同样的，大晏的此种作品，其佳处亦仅只在于它所给人的一种闲静优美的诗意的感觉而已。

詹安泰《简论晏欧词的艺术风格》：用精细的笔触，写淡淡的愁感，看来全不着力，而用"细细"、"叶叶"、"初"、"易"、"一"、"小"、"残"、"微"等形状字又极见匠心。景象和心情融成一片，意境清新，耐人寻味。

清平乐

红笺小字[①]。说尽平生意。鸿雁在云鱼在水[②]。惆怅此情难寄。斜阳独倚西楼。遥山恰对帘钩。人面不知何处[③]，绿波依旧东流。

[注释]

①红笺：红色的笺纸。唐韩偓《偶见》："小叠红笺书恨字，与奴方便寄卿卿。"

②"鸿雁"句：鸿雁传书的典故见《汉书·苏武传》，苏武出使匈奴被扣，后来汉与匈奴和亲，向单于要回苏武，单于谎称苏武已死，汉使者就对单于说："天子射上林中，得雁，足有系帛书，言武等在某泽中。"单于只好承认苏武还活着，并将他送回汉朝。后来就以"雁足传书"称传递书信。古时邮寄书信，将书信藏于用木头刻成的鲤鱼形状的木匣中。

古乐府《饮马长城窟行》:"客从远方来,遗我双鲤鱼。呼儿烹鲤鱼,中有尺素书。"后以鱼为传书者的代称。

③"人面"句:化用唐代崔护《题都城南庄》:"去年今日此门中,人面桃花相映红。人面不知何处去,桃花依旧笑春风。"

[赏析]

此词抒写相思之情难寄的惆怅情怀。上片言情,下片写景,和常规的先景后情的写法稍有不同。"红笺小字",妙在"小字",与前选《凤衔杯》"彩笺长,锦书细"用意相同,小字、细字,均是密密麻麻的蝇头小字,自可见心里话之多,思念之情之深,真的要"说尽"平生意。鱼雁传书,本是古典诗词中常用的典故,无论是理解为鱼沉雁杳,并不能真正将情书寄达,或者理解为书虽能寄,情却不能寄,都不影响对"此情难寄"主旨的把握。从艺术技巧上言,作后一解则更高一筹。且与《凤衔杯》"谁信道、两情难寄"相合。下片化情为景,借景言情,从"惆怅"二字生出。一个人孤独地倚楼远眺,斜晖下的青山正好对着帘栊,遮挡着视线,去年今日,人面桃花相映红,而今人面已杳然无踪,只有那青山依旧苍翠,楼下流水,绿波仍然浩荡东流。结句化用崔护诗意,自然也暗含着那个有名的故事。但意境更为开阔,格调更为高雅。

[汇评]

清陈廷焯《词则·闲情集》卷一:低回婉曲。

俞陛云《唐五代两宋词选释》:言情深密处全在"红笺小字"。既鱼沉雁杳,欲寄无由,剩有流水斜阳,供人愁望耳。以景中之情作结束,词格甚高。

唐圭璋《唐宋词简释》:此首上片抒情,下片写景,一气舒卷,语浅情深。"红笺"两句,述思念衷曲。"鸿雁"两句,怅无从寄笺。下片,但写遥山绿波,而相思相望之情,其何能已。"人面"句,从崔护诗化出。

赵尊岳《〈珠玉词〉选评》:此词说离情之深,莫与伦比,用笔之妙,更匪夷所思,诚不知开后人若干门路。为诉离情而致书矣,于书则以小字衬出,"说尽"二字,极言其长且冗,以见情之絮絮,不能自已。于是书就付邮,进述鱼雁,此致书之物毕具,致书之途俱在,宜可以书传情矣。其下乃紧接反语,另立新意,曰书虽得达,而情仍难寄,遽以惊险之笔,陡涉峰回,便成路转。盖能寄者书,书虽小字繁长,殷殷道意,固尚不足罄此衷肠,则寄书亦徒多此一举耳。立意绝妙,运笔绝精,十余字间,以能寄书起,以不能寄情结,而情之不能寄者,正由于情深。用反笔倍写其意,是古文家手法,以之入词,在在暗转,不见些许生硬,是何等力量耶。凡治词者,咸尚暗转,北宋初行此法者犹少,晏开其端矣。后阕申说寄书不能寄情,则作书之人始终惘惘,如有所失。遂述此所失之景象,曰倚楼,曰对帘,以"斜阳"喻时光之易逝,以"遥山"喻所思之眉痕,然后始结出内心,以"依旧东流"为歇拍,示此愁之永无可解,盖用后主"一江春水"句,而变化出之者,凡使用前人名句,当知变化,于此亦可窥其迹象。

采桑子

阳和二月芳菲遍①,暖景溶溶。戏蝶游蜂②。深入千花粉艳中。
何人解系天边日,占取春风③。免使繁红。一片西飞一片东④。

[注释]

①阳和：阳春。《史记·秦始皇本纪》："时在中春，阳和方起。"宋徐铉《柳枝词》："蒙蒙堤畔柳含烟，疑是阳和二月天。"

②"戏蝶"句：化用唐岑参《山房春事》"风恬日暖荡春光，戏蝶游蜂乱入房。"

③"何人"二句：传说中羲和驾驶着太阳车，所以设想用绳子系住太阳，使太阳慢慢行驶，免得春光消失得太快。晋傅玄《九曲歌》："岁暮景迈群光绝，安得长绳系白日。"占取：占得，占有。

④"一片"句：唐杜甫《曲江二首》："一片花飞减却春，风飘万点更愁人。"

[赏析]

《采桑子》又名《丑奴儿令》，双调小令，全篇四十四字，上、下片各四句，三平韵。

本篇写惜春之情。上片纯用白描手法，描写大好春光，阳和二月，姹紫嫣红，春光荡漾，游蜂戏蝶，翩跹飞舞于万花丛中。下片以"无理而妙"的手法，表达作者惜春留春的痴想。"春归如过翼，一去无迹"（周邦彦《六丑》），"惜春常怕花开早，更何况落红无数"（辛弃疾《摸鱼儿》），历代文人对于落花和春归都有着极为敏感的触觉，杜甫更是说"一片花飞减却春"，所以无人不想使春光常驻。由此就生出了许多留住春光的妙想、痴想。为了使时间的脚步慢下来，我们古代就有"鲁阳挥戈"的传说，而用长绳系住白日，也是很多文人的妙想。晋傅玄说"安得长绳系白日"，南朝陈沈炯《幽庭赋》说"那得长绳系白日，年年日月但如春"，李商隐也说"从来系日乏长绳，水去云回恨不胜"（《谒山》）。

可见人同此心，心同此理，惜春乃是人之常情，也是文学中经久不衰的一个主题。

【附录】

清贺裳《皱水轩词筌》：唐李益诗曰："嫁得瞿塘贾，朝朝误妾期。早知潮有信，嫁与弄潮儿。"子野《一丛花》末句云："沉恨细思，不如桃杏，犹解嫁东风。"此皆无理而妙。

采桑子

时光只解催人老，不信多情。长恨离亭①。泪滴春衫酒易醒。
梧桐昨夜西风急，淡月胧明②。好梦频惊。何处高楼雁一声。

[注释]

①离亭：路旁驿亭。即为商旅休息的地方，也常是古人送别的场所。唐郑谷《淮上与友人别》："数声风笛离亭晚，君向潇湘我向秦。"

②胧明：月光微明。唐元稹《嘉陵驿》："仍对墙南满山树，野花撩乱月胧明。"唐白居易《人定》："人定月胧明，香消枕簟清。"

[赏析]

这首词抒写离愁别恨，感慨深远。上片写春日离别之苦，分三层抒发，一层比一层紧迫。"惊心于时光易逝，这是一。想不到有情人长期隔别，这是二。企图忘却而又不能忘却，这是三。三层意思，层层相扣，层层拉紧,把读者投入强烈的心情震荡之中。"(刘逸生语)古诗说"思君令人老",除了时光这个因素外,相思同样也最易摧毁人的容颜。春日里的离别,即使是美酒也麻醉不了痛苦的心灵。下片写秋夜相思之苦。西风凄紧,月光迷离,主人公只能在梦中和心上人做片时欢会,然而好梦却时断时续,频频惊醒,虽则惊醒,却好梦留人睡,又沉沉睡去。是什么打断了女主人公的好梦?是凄厉的西风?是坠落的梧桐叶?是射入帘栊的月光?都是也都不是,真正让女主人公梦断高唐的,是高楼外那一声孤雁的哀唳!有论者认为此词为"感时"而作,把它和晏殊的政治生涯联系起来理解,也不无道理。这也能让我们更好地把握词中的寄托和苍凉郁勃的境界。

[汇评]

赵尊岳《〈珠玉词〉选评》:此首感时之作。以感时主旨置之起拍,开门见山,与前首人生乐事之置于过变者不同,盖主旨虽万变不离其宗,而作结则千门万户,各具胜场,必不能篇篇一律也。此词独惊秋梦,寄慨遥深,然用笔灵活,肆应开展,极其能事,其于梦中所接,则述离亭,于梦后所闻,则迷雁声,前后均以梦为枢纽,而梦之所以醒者,则由于梦中之泪滴春衫,层次可谓分明,说理可谓详尽。然信笔直书,毫不见诘曲勾勒之迹,此即所谓浑成矣。梦酒而醒,醒而闻雁,此瞬息间事,感则有之,又何有于时光之催人耶?作者心细于发,笔妙如云,只轻轻于梦中用"春衫"二字。以见所梦者,为春日事,而今梦醒,则为秋雨梧桐,相去已两季节,乃匆匆现于一梦,瞬息之中,是岂非时光之催人乎?借梦中之春,与梦醒之秋,说明时光之催人,是真敏于构思属事,较之明说者,远胜百倍。最后以何处雁声作结,事外远致,别具遥思,是善于言情者。点出"高楼"二字,境界既高,情更凄厉,柳耆卿"关河冷落,残照当楼",盖即由此化出。晏虽只作小令,然所以开词法者,固已多矣。

叶嘉莹《大晏词的欣赏》:《采桑子》的"时光只解催人老","泪滴春衫酒易醒"……所表现的自然都是伤感之情,然而《采桑子》的末一句"何处高楼雁一声",却结得如此其超脱高远……由这些词句,我们可以看出大晏在现实的无常的悲苦中,虽然也不免于伤感,然而他却既有着安于现实的达观,也有着面对现实的勇气。

刘逸生《宋词小札》:短短四十四个字,写出人生一种深沉的感慨。音节如此嘹亮,情感如此郁勃,真像听到天际的一声雁唳。虽然是那样短促的数声,却悲凉凄紧,盘旋回荡,使你的心情无法立刻平息下来。不过,它虽然使你沉思,惹起你一缕闲愁,却不会使你觉得阴森恐怖。它那强力震撼的幅度,恰好维持在你情感能容纳的宽度之内,因而你的感动是在情感的振幅之内回荡,是引起深深的赞叹,浮起对人生的许多联想。正如一杯真正醇美的酒给你产生的魅力。

撼庭秋

别来音信千里。怅此情难寄。碧纱秋月①,梧桐夜雨②,几回无寐。　楼高目断,天遥云黯,只堪憔悴。念兰堂红烛,心长焰短,向人垂泪③。

[注释]

①碧纱:碧纱窗。五代李珣《酒泉子》:"秋月婵娟,皎洁碧纱窗外。"

②梧桐夜雨：唐白居易《长恨歌》："春风桃李花开日，秋雨梧桐叶落时。"唐温庭筠《更漏子》："梧桐树，三更雨，不道离情正苦。一叶叶，一声声，空阶滴到明。"

③兰堂：华美芳洁的厅堂。心长焰短：蜡烛燃烧时间长了，则烛芯变长，火焰变短。这三句化用唐杜牧《赠别》诗"蜡烛有心还惜别，替人垂泪到天明"。

[赏析]

　　《撼庭秋》，始见于晏殊《珠玉词》，双调小令，四十八字，上片五句三仄韵，下片六句两仄韵。多为四字句。

　　此词抒写"此情难寄"的念远恨别之情。这样一种情感，对晏殊、对通信不发达的古人而言，都是一种极为常见的体验。即使在今天，我们也都会有这种衷情难诉的感受。晏殊词里多次写到，如"怅此情难寄"、"谁信道、两情难寄"，等等。而这首词通过对景物的细致刻画，拟人手法的巧妙运用，别开生面，很好地表达了这样一种情感体验。"碧纱秋月，梧桐夜雨，几回无寐"，赵尊岳先生讲"夫月与雨判然两事，而秋夜之乍雨乍晴，增人闷损，更不待言，故兼述之，俾于错综之间益深牢愁之致"，虽亦可通，但终究有点胶柱鼓瑟。还是像陈永正先生理解成"在碧纱窗下，对着皎洁的秋月，或是卧听着淅淅沥沥的夜雨，滴在梧桐叶上——有多少回一夜无眠"更稳妥些。"几回无寐"，所写并不是说"好梦频惊"，而是说在多少个秋夜，或是夜月皎皎，或是秋雨梧桐，无论是什么样的天气，愁人都是无法入眠的。下片写登高望远，目断天涯，而"天遥云黯"，山长水阔，只增憔悴。只有画堂红烛，对着孤独的居人流泪，这是多么无奈的悲愁啊！这个词调以四字句为主，节短语质，具有一种凄婉之美。

[汇评]

赵尊岳《〈珠玉词〉选评》：此词以"怅此情难寄"为言，凡全词前后均由是阐发，描绘极其难寄之致，诚有绘水绘风之妙。起拍于"此情难寄"前，先述其难寄之由，则以别远思深引起之，虽只六字，已尽回环，抑且沉郁，晏词于小境界中辟大天地，其最擅长处，学者不可不于此求之。下文则以难寄此情而述及其景、其时，景则"碧纱"、"梧桐"，时则"秋月"、"夜雨"。夫月与雨判然两事，而秋夜之乍雨乍晴，增人闷损，更不待言，故兼述之，俾于错综之间益深牢愁之致。然后结到"无寐"，尤更必宛转以出之，曰"几回"者，则以强图小睡，忽又无眠，辗转反侧，庶使情更深窈。以"无寐"为过拍，以"目断"为换头，二者似断却连，信乎其为水穷云起之笔，继之以"天遥"、"云黯"者，正以"天遥"呼应"千里"，"云黯"兼及"夜雨"，一字不肯轻放也。继用"兰堂红烛"，虽是愁悴之作，仍具富贵气象，非寒素之篝灯如豆者可得而比，以"向人垂泪"作结，又却关合"此情难寄"。凡作小令，不可以文简而失其理脉。晏最工此，允为百世不祧之祖。

叶嘉莹《大晏词的欣赏》：宛敏灏君在《二晏及其词》一书中，曾举大晏《撼庭秋》词之"念兰堂红烛，心长焰短，向人垂泪"三句，与小晏《破阵子》词之"绛蜡等闲陪泪"及《蝶恋花》词之"红烛自怜无好计，夜寒空替人垂泪"三句相比较，以为"向"字尚不及"陪"字之深，更不敢望"替"字矣。殊不知小晏之"陪"字、"替"字虽佳，然而其"陪"人、"替"人垂泪者，仍不过只是一支蜡烛而已，而大晏之"心长焰短，向人垂泪"二句，则使读者所感受的实在已不复仅是一支蜡烛，而同时联想到的还有心余力绌的整个的人生。虽然这在大晏也许未尝有此意，而其特色却正在使读者能生此想。故就情感言，小晏自较大晏为称挚，然而如就思致言，则小晏实不及大晏之深广，而此种差别也正是理性的诗人与纯情的诗人的主要区别之所在。

少年游

重阳过后，西风渐紧，庭树叶纷纷。朱阑向晓①，芙蓉妖艳②，特地斗芳新③。　霜前月下，斜红淡蕊④，明媚欲回春。莫将琼萼等闲分⑤。留赠意中人。

[注释]

①朱阑：红色的栏杆。向晓：临近天亮。

②芙蓉：此处指木芙蓉，秋冬间开白色或淡红色的花。又名拒霜花。冬凋夏茂，仲秋开花，耐寒不落。宋宋祁《益都方物略记》："添色拒霜花，生彭、汉、蜀州，花常多叶，始开白色，明日稍红，又明日则若桃花然。"元白珽《西湖赋》："秋容不淡，拒霜已红。"

③特地：特意。张相《诗词曲语辞汇释》："特地，犹云特别也；又犹云特为或特意也。……杜甫《陪柏中丞观宴将士》诗：'几时来翠节，特地引红妆。'此作特为解。"

④斜红：倾斜的红色花瓣。

⑤琼萼：如美玉一般的花萼。等闲：轻易，随便。

[赏析]

《少年游》，双调小令，字数从四十八字到五十二字不等。本篇五十一字,上片六句二平韵,下片五句三平韵。

　　此词乃借咏物以咏人之作。所吟咏的是又名为"拒霜花"的木芙蓉。在农历九月九日重阳节后,已是到了深秋时节,西风越来越凄厉,庭院里树叶纷纷落下,在这万物凋零的季节,平明时分,红色的栏杆边,木芙蓉却迎风怒放,好像特意在争芳斗艳。清霜前,明月下,斜斜伸出的花瓣,淡淡的黄色花蕊,明媚鲜丽,恍惚又春回大地。千万不要轻易把这些美玉一般的花朵摘下来,还是留着送给自己的心上人吧。晏殊《采桑子》里说"林间摘遍双双叶,寄与相思",和本词用意相同。所以说咏物即咏人,因为所咏之物恰恰配得上所赠之人,物之品性风神也就是人之品性风神。同时也可以说,吟咏对象的选择,也是作者光风霁月高洁品性的外射。

[汇评]

　　叶嘉莹《大晏词的欣赏》:大晏的词,圆融平静之中别有凄清之致,有春日之和婉,有秋日之明澈,而意象复极鲜明真切,这使我想起了大晏《少年游》的几句词,因仿王国维先生之言曰:"'霜前月下,斜红淡蕊,明媚欲回春',同叔语也,其词品似之。"(又)《喜迁莺》词之"花不尽,柳无穷,应与我情同",《少年游》词之"莫将琼萼等闲分。留赠意中人"诸作,或者表现了圆融的观照,或者表现了理性的操持。这种特色,正为大晏之所独具。欣赏大晏词,如果不能从他的情中有思的意境着眼,那真将有如入宝山空手回的遗憾了。

木兰花

东风昨夜回梁苑①。日脚依稀添一线②。旋开杨柳绿蛾眉③,暗拆海棠红粉面。　　无情一去云中雁。有意归来梁上燕。有情无意且休论，莫向酒杯容易散④。

[注释]

①东风昨夜：《艺文类聚》卷一："《礼记》曰：立春之日，东风解冻。"根据《岁时广记》引宋代杨湜《古今词话》，本词作于元日，而前一日恰好为立春，所以词中说"东风昨夜回梁苑"，正是对这一年节令巧合的纪实。梁苑：《史记·梁孝王世家》载，汉梁孝王刘武建造梁苑（又名梁园、兔园），用以招延四方文士宴饮游乐。梁苑建在东京开封，所以用以指代京城开封。

②日脚：穿过云隙下射的阳光。唐杜甫《羌村》："峥嵘赤云西，日脚下平地。"添一线：《海录碎事》卷二："《岁时记》谓，魏晋间宫人以红线量日影。冬至后日影添长一线。"又《文昌杂录》："唐宫中以女功揆日之长短。冬至后比常日增一线之功。"这句是说时令已过冬至，白昼一天长似一天。

③旋：逐渐。

④向：对。容易：轻易，随意。

[赏析]

《木兰花》又名《玉楼春》，原为唐教坊曲，该词调有字数、句数和韵脚不同的多种体式，晏殊《珠玉词》中此调都是五十六字，双调小令，上片四句三仄韵，下片亦四句三仄韵。这种调式如七言律诗，每句都符合七律的平仄，因此极便于熟悉近体诗创作的文人当筵挥毫填写，以供歌女演唱。

本篇为宴会间即席所作的劝酒歌。根据文献记载，此词的本事，乃是庆历四年（1044）时为丞相的晏殊在春节这一天，在私家花园宴请同僚，席上所作的歌词。而这一年在节令上有一个特异之处，那就是春节的前一天恰好是立春日。晏殊的词就是从这一本地风光起笔立意的。前一天正是立春之日，东风恰至京城，白昼一天长似一天。柳条绽绿如蛾眉般修长，海棠也要偷偷地羞红粉面。宴会上美丽的歌儿舞女也翩翩起舞，庆贺新年的到来。无情的大雁北飞远去，有意的燕子呢喃于梁间。且不去讨论哪个有情、哪个无意吧，对着美酒，珍惜春光，不要轻易地酒阑人散！节序词，极易陷入陈词滥调，宋代张炎《词源》里认为此类作品应该"不独措辞精粹，又且见时序风物之盛"，本词恰能够很好地切合此年此日的特点，所以，当时宴会上很多同僚都来唱和，也都以"东风昨夜"为首句，恰恰说明了晏殊词作的确当不易。

[汇评]

宋陈元靓《岁时广记》卷七《会两禁》：《古今词话》：庆历癸未十二月廿九日立春，甲申元日，丞相晏元献公会两禁于私第。丞相席上自作《木兰花》以侑觞。词曰（略）。于时坐客皆和，亦不敢改首句"东风昨夜"四字。今得三阕，皆失姓名。其一曰："东风昨夜吹春昼。陡觉去年梅蕊旧。谁人能解把长绳，系得乌飞并兔走。　清香潋滟杯中酒。新眼苗条江上柳。尊前莫惜玉颜酡，且喜一年年入手。"其二曰："东风昨夜传归耗。便觉银屏寒料峭。年华容易即凋零，春色只宜长恨少。　池塘隐隐惊雷晓。柳眼初开梅萼小。尊前贪爱物华新，不道物新人渐老。"其三曰："东风昨夜归来后。景物便为春意候。金丝齐奏喜新春，愿介香醪千岁寿。　寻花插破桃枝臭。造化工夫先到柳。镕酥剪彩恨无香，且放真香先入酒。"

赵尊岳《〈珠玉词〉选评》：宋人记晏元献公好客，每设文字饮，先陈酒果，渐治肴馔，盖家不预供，辄临事成庖也。酒上，歌伎进。歌舞数巡，即止之，曰"汝曹呈艺已遍，可退，待吾辈呈艺"。于是宾主各就楮墨作词，尽欢而散。晏之从容翰墨，于此可见。《珠玉词》中自多尊前所作，此其一也。论词之造诣者，每好言寄托，寄托自是词之极致，然平易冲淡之音，出于自然，而无所寄托者，于词尤属隽品，此所以北宋之高于南宋也。一任自然，一尚功力，天性所遣，诸名家如《珠玉》、《六一》诸词，最为上乘。后人必律以"思无邪"之说，而申君子小人之隐旨于其间，如射覆，如测蠡，失之固矣。《珠玉》此等词，又宁可实以政事耶？此词用笔，融景入情，以景之开柳、拆棠，度之于蛾颦粉面，是花是人，混之于一，足见情致也。雁去燕归，不必问其有无情意，且尽当前之欢。挽二不同者而糅合之，使读者低回不已，而出以直率之笔，是见工力也。

木兰花

帘旌浪卷金泥凤①。宿醉醒来长瞢松②。海棠开后晓寒轻，柳絮飞时春睡重。　　美酒一杯谁与共。往事旧欢时节动。不如怜取眼前人③，免更劳魂兼役梦。

[注释]

①帘旌：帘端所缀之布帛。亦泛指帘幕。唐白居易《旧房》："床帷半故帘旌断，仍是初寒欲夜时。"金泥凤：帘旌上以金粉涂饰的凤凰图案。

②宿醉：隔夜醉酒。瞢（méng）松：瞢腾，迷迷糊糊的样子。

③"不如"句：化用唐元稹《会真记》中崔莺莺诗："还将旧来意，怜取眼前人。"怜取：珍惜着，怜惜着。怜，爱。取，语助词。

[赏析]

本篇和前边所选的《浣溪沙》(一向年光有限身)所表达的感情非常接近，都是词人从往事旧欢之怀恋中超拔出来，珍惜当下，表现出一种对人生爱恨的理性的思考。前篇更为伤感、沉郁，而此篇格调上则轻松了许多。本词以"时节动"，作为构想的出发点。钟嵘《诗品序》里说："气之动物，物之感人，故摇荡性情，形诸舞咏。"春女思而秋士悲，节序的变迁，特别易于引起念远怀旧之情。而词里所描写的时节，正是春深时候，海棠已经盛开，大约是在二三月间吧，早上已经不觉得寒冷，柳絮蒙蒙扑面而来，这正是"春宵一刻值千金"，最适宜浓睡之时。当作者从昨夜的残酒之中醒来，仍然迷迷糊糊，似醒未醒，只看到帘旌上的金凤凰似乎呼之欲出，也许作者还在回忆美梦，梦魂是自由的，如晏几道所写"梦魂惯得无拘检"，然而，梦魂也是辛苦的，"梦中不识路，何以慰相思"？为了免得劳魂役梦，还是面对现实，珍惜现在，好好地疼爱眼前的美人吧！这是晏殊特有的一种理性精神，不至于为情所困！

[汇评]

赵尊岳《〈珠玉词〉选评》：春光旖旎，春色酣纵，由睡醒之目中，接窗前之景物，写来自然风韵，毫不费力。然细味一言之中，若起拍"帘旌"句，已极生动之致，帘卷者，风也，而言帘之被风如浪，却不点出"风"字。帘动而言帘上之凤动，此描写入细，极词心之至慧也。继之先说"醉醒"，后说"春睡"，一经倒置，即便摇曳生姿。作小令，求于数十字中，回环往复者，不可不知此法。以"海棠"喻春睡，以飞絮喻梦情,此至平易习见之语,惟工词者善化臭腐为神奇。通于此法,则一切陈言均可濯之使新,且新者不必贵生,若必求生,斯新有时转或流入拙涩之途。其能不生而新,斯见作者之智慧,足以驱使一切,琢磨一切,其力量固胜于独造戛戛者为尤难。后阕"时节动",此"动"字虽新,实有至理,盖一谓又届往事之时,一谓春已渐老,机动气随。合此两义,而词理益深。盖词中能以浅字达至理者,最属不易,视南宋梦窗之必择生字以用之,更高一等。"怜"本训爱,此古义也,六朝乐府已习用之。

叶嘉莹《大晏词的欣赏》:至于"不如怜取眼前人"一句,它所使人想到的也不仅是"眼前"的一个"人"而已,而是所该珍惜把握的现在的一切。大晏在另一首《玉楼春》词中也曾有句云:"不如怜取眼前人,免使劳魂兼役梦。"由此一句之重复使用,我们更可以体认出来,大晏之所屡次提到的"眼前人",实在只是表现了大晏的一种明决的面对现实的理性。

木兰花

燕鸿过后莺归去。细算浮生千万绪①。长于春梦几多时,散似秋云无觅处②。　　闻琴解佩神仙侣③。挽断罗衣留不住。劝君莫作独醒人④,烂醉花间应有数⑤。

[注释]

①浮生:因有感于生命短暂,世事无定,所以古人将人生称之为浮生。唐李白《春夜宴从弟桃花园序》:"浮生若梦,为欢几何。"千万绪:

千头万绪，纷纭复杂。

②"长于"二句：化用唐白居易《花非花》："来如春梦几多时，去似朝云无觅处。"

③闻琴：用卓文君事。《史记·司马相如列传》载，卓文君新寡，司马相如以琴心挑之，奏求凰之曲，文君闻琴心动，夜奔相如，二人结为夫妇。解佩：用郑交甫江汉遇仙女事。《列仙传·江妃二女》："江妃二女者，不知何所人也。出游于江汉之湄，逢郑交甫。见而悦之，不知其神人也，谓其仆曰：我欲下请其佩。……（女）遂手解佩与交甫，交甫悦，受而怀之，中当心，趋去数十步，视佩，空怀无佩。顾二女，忽然不见。"神仙侣：神仙一般的伴侣，指幸福美满的情侣。

④独醒人：语出屈原《渔父》："举世皆浊我独清，众人皆醉我独醒。"指不合流俗的清高之人。这里乃劝酒语，不要有酒不饮，故作清醒。

⑤有数：有限。唐杜甫《绝句漫兴九首》之四："二月已破三月来，渐老逢春能几回。莫思身外无穷事，且尽生前有限杯。"

[赏析]

　　此词乃深慨浮生短暂，人事多乖，不如以酒解忧，及时行乐。这本是古诗中常见的主题，《古诗十九首》里面不是说"人生忽如寄，寿无金石固"、"不如饮美酒，被服纨与素"吗？晏殊的词里面也经常表达这样一种思想。这种思想固然算不上新鲜，但作者通过自己的创作，仍然能够给读者以感动，这正是作品艺术上的成功。就艺术表现而言，本词有两点可言：一是活用前人诗句，"用古人句律而不用其意"、"规摹其意而形容之"，所谓"夺胎换骨"之法。晏殊化用白居易《花非花》诗语，但却表现了和白居易不同的意思，白诗所写乃男女之事，晏殊却用此表达对浮生短暂的感慨。二是使用典故。运用司马相如与卓文君、郑交甫与江妃二女这两个典故，以示人事多乖的无奈。整首词用笔流走，一气舒卷，颇能动人心魄。

木兰花

池塘水绿风微暖。记得玉真初见面①。重头歌韵响铮琮，入破舞腰红乱旋②。　玉钩阑下香阶畔③。醉后不知斜日晚。当时共我赏花人，点检如今无一半④。

[注释]

①玉真：原指仙女，这里指美丽的舞女。唐曹唐《刘阮再到天台不复见仙子》："再到天台访玉真，青苔白石已成尘。"

②重头：唐宋乐曲术语。一首词的前后阕完全相同者，或一套曲中前后数首同调者称为"重头"。歌韵：谓歌词协韵处以乐器应和。铮琮（cóng）：常形容清亮的金属撞击声、乐器演奏声、流水声等。这里指美妙的乐声。入破：唐宋乐曲术语。唐宋大曲每套都有十多遍，分为散序、中序、破三大段，破段的第一遍称为"入破"，大曲音乐演奏进入曲破之后，曲度由缓转急，节拍急促繁碎，舞蹈节奏也随之加快。宋李上交《近事会元》："入破则曲之繁声处也。"宋陈旸《乐书》："大曲前缓迭不舞，至入破，则羯鼓、震鼓、大鼓与丝竹合作，句拍益急，舞者入场，投节制容，故有催拍、歇拍之异，姿制俯仰，百态横出。"乱旋：指舞姿回旋。

③玉钩阑：栏杆的美称。钩阑，曲折如钩的栏杆。唐李贺《宫娃歌》："啼蛄吊月钩阑下，屈膝铜铺锁阿甄。"清王琦汇解："钩阑，即栏

杆。以其随屋之势，高下弯曲相钩带，故谓之钩阑。"香阶：台阶的美称。南唐李煜《菩萨蛮》："刬袜步香阶，手提金缕鞋。"

④点检：查点。

[赏析]

　　这首词通过今昔存亡的鲜明对比，表达一种伤感之情，也从另一个侧面暗含着珍惜当下幸福的意思。词的前六句都是在写曾经的一次印象极为强烈的赏花歌舞欢会。在一个池塘春水绿波荡漾、暖风微微吹拂的日子里，在一场鲜花掩映的宴会场所，第一次见到了那个如神仙一般美丽的女子。伴随着美妙的琴韵，她唱着重头歌曲，当舞曲演奏到入破的时候，羯鼓、震鼓、大鼓与丝竹齐声大作，轩昂激烈，她开始随着舞曲起舞，那婀娜的腰肢、飘飘的红裙，飞快地旋转起来，一时只见一团红色的气旋，不见舞者的容貌，这高妙的舞技，使观赏者都如醉如梦。钱钟书先生在评论鲍照《舞鹤赋》"众变繁姿，参差洊密，烟交雾凝，若无毛质"时说："岑参《卫节度赤骠马歌》：'君家赤骠画不得，一团旋风桃花色。'机杼相似，而名理不如。鹤舞乃至于使人见舞姿而不见鹤体，深抉造艺之窈眇，匪特描绘新切而已。体而悉寓于用，质而纯显为动，堆垛尽化烟云，流易若无定模，固艺人向往之境也。"完全可以移评此词。在那弯弯曲曲的栏杆边，在那花香扑鼻的台阶上，开怀痛饮，不知不觉已到了斜阳夕照的时候了。那次的宴会多么让人怀念，现如今算算当时一起赏花饮酒的朋侪，剩下的一半都不到了。杜甫说"访旧半为鬼"，苏轼《常润道中有怀钱塘寄述古》也说："世上功名何日是，樽前点检几人非。"浮生如此，不乐复何如呢？读此词，正如清代张宗橚所说："往事关心，人生如梦，每读一过，不禁怅然。"

[汇评]

宋刘攽《中山诗话》：晏元献尤喜江南冯延巳歌词，其所自作，亦不减延巳。乐府《木兰花》皆七言诗，有云："重头歌韵响铮琮，入破舞腰红乱旋。""重头"、"入破"，皆弦管家语也。

清张宗橚《词林纪事》卷三：东坡诗"樽前点检几人非"，与此词结句同意。往事关心，人生如梦，每读一过，不禁怅然。

俞陛云《唐五代两宋词选释》：极美满之风光，事后回思，都成陈迹。元献生当盛世，雍容台阁，而重醉花前，尚有旧人零落之感。若生逢叔季，衣冠第宅转眼都非，宁止何戡感旧耶？

木兰花

玉楼朱阁横金锁[①]。寒食清明春欲破[②]。窗间斜月两眉愁，帘外落花双泪堕。　　朝云聚散真无那[③]。百岁相看能几个[④]。别来将为不牵情[⑤]，万转千回思想过[⑥]。

[注释]

①金锁：铜锁的美称。楼阁的门上横挂着铜锁，表示人去楼空。唐崔橹《华清宫》："门横金锁悄无人，落日秋声渭水滨。"南唐冯延巳《菩萨蛮》："沉沉朱户横金锁，纱窗月影随花过。"

②春欲破：春天将过去。唐杜甫《绝句漫兴九首》之四："二月已破三月来，渐老逢春能几回。"

③无那（nuó）：无奈，无可奈何。那，直言之曰"那"，长言之曰"奈何"，一也。

④相看（kān）：这里有相守、相聚的意思。

⑤将为：原以为，表示测度和推断的动词。唐白居易《李德裕相公贬崖州》："昨夜新生黄雀儿，飞来直上紫藤枝。摆头撼脑花园里，将为春光总属伊。"

⑥万转千回：辗转反侧，翻来覆去。唐元稹《莺莺传》："自从消瘦减容光，万转千回懒下床。"思想过：犹思量遍。思想，思量，思念。过，犹遍。

[赏析]

晏殊的这首词写相思无法割舍的愁苦之情，在格调上和他的其他雅词不太一样，多用口语，颇有俚词的活泼情调。上片写人去楼空之后的苦苦思念。过罢寒食是清明，此时春天也已经快要到头了，那玉楼朱阁却被一把金锁紧紧锁着。我看到窗间的新月弯弯，好像看见了你那弯弯细眉；我听到帘外花瓣飘落的声响，好像听到了你滴下的眼泪。唉！人生聚散，如那朝云飘忽，真是无可奈何。百年厮守不离不弃的能有几个？分别后，万转千回，思量了一遍又一遍，原以为不会为情所牵。此词下片四句宛然是小儿女的口吻，颇有柳永词的风味。此词选韵用调，音节也是颇为动听的。

[汇评]

宛敏灏《二晏及其词》第十一章《二晏词的风格》：（晏殊词）无病呻吟："……朝云聚散真无那。百岁相看能几个。"（《木兰花》）"时光只解催人老……浮生岂得长年少。"（《渔家傲》）"所惜光阴去似飞。"

(《破阵子》)此类词句,在《珠玉集》中,随处可见。皆无沉挚的情感,实与真正叹光阴易逝、伤聚散无常者有异,盖同叔于富贵得意之余,念百年之易尽,欢愉之难再,偶生愁绪,辄见之于词。但究系一瞬的感觉,不能久占心灵,故表现于文学上者亦不充实,不深刻,徒令人读之生厌,故可谓之无病呻吟也。

诉衷情

青梅煮酒斗时新①。天气欲残春。东城南陌花下,逢着意中人。回绣袂,展香茵②。叙情亲。此时拚作,千尺游丝,惹住朝云③。

[注释]

①青梅煮酒:以青梅佐酒,这可能是宋代流行的时俗,后为《三国演义》所袭用,演成《青梅煮酒论英雄》的经典故事。宋苏轼《赠岭上梅》:"不趁青梅尝煮酒,要看细雨熟黄梅。"宋陆游《春晚杂兴》:"青梅荐煮酒,绿树变鸣禽。"宋范成大《春日三首》之一:"煮酒青梅寒食过,夕阳庭院锁秋千。"煮酒,烫热的酒。斗:趁。时新:应时的新鲜物品。

②回:掉转。绣袂:绣花的衣袖。香茵:坐褥、坐垫的美称。

③拚:豁出去,舍弃不顾。后作"拼"。五代牛峤《菩萨蛮》:"须作一生拚,尽君今日欢。"晏几道《鹧鸪天》:"彩袖殷勤捧玉钟。当年拚却醉颜红。"游丝:春天蜘蛛等吐出的飘荡在空中的细丝。北宋庾信《春赋》:"一丛香草足碍人,数尺游丝即横路。"惹:牵扯住。朝云:喻意中

人。语本战国宋玉《高唐赋》:"妾在巫山之阳,高丘之阻,旦为朝云,暮为行雨,朝朝暮暮,阳台之下。"亦暗示意中人的身份为歌妓。

[赏析]

　　《诉衷情》为唐教坊曲,本词为双调,四十四字,连缀三、四、五、六、七字句,形成长短错落、回环曲折的抒情气势,上片四句三平韵,下片六句三平韵。

　　此词抒写春日里一位男子对陌上相逢的女子产生的缠绵恋情。上片叙述了爱情产生的时间、地点,即暮春时节,青梅佐酒正当时令,在汴京城的东郊,宜春苑里,南陌花下,邂逅了一位可意人儿。吴梅先生将"逢着意中人"斥为"庸劣可鄙",有点斥之过苛。五代韦庄《思帝乡》不是早就有过"春日游,杏花吹满头。陌上谁家年少,足风流。　妾拟将身嫁与,一生休。纵被无情弃,不能羞"的描述,岂不比晏殊此作更加热烈、直白吗?不亦被评为"做决绝语而妙者"吗?下片叙写恋情之热烈、绵长。两个人产生了强烈的感情,这位女子回转衣袂,展开香茵,拿出青梅,斟上美酒,诉说衷肠。最后三句,作者化实为虚,另立新意,以比兴的手法,诉说自己强烈的爱意:我甘愿化作千尺游丝,也要死死地牵惹住这如朝云一般美丽的巫山神女。叶嘉莹对这三句情语极为欣赏,认为它们"虽作艳语,终有品格",能唤起人们心中的"一份深挚的情意",确为恰当的评论。

[汇评]

　　吴梅《词学通论》:《诉衷情》之"东城南陌花下,逢着意中人"、又"心心念念,说尽无凭,只是相思"诸语,庸劣可鄙,已开山谷(黄庭坚)、三变(柳永)俳语之体,余甚无取也。

赵尊岳《〈珠玉词〉选评》：此为歌舞当筵之作，称美歌伎者。歌筵必有酒，今不述盛筵，只以酒衬出时令，用一"斗"字，新而不患生硬，运笔殊极其妙。其先之以"青梅煮酒"而后之以"天气欲残春"者，使笔有盘旋之势，以益增其笔力也。继时令以及于地，则继之以"东城南陌"，然后因时地再及于人，愈转愈深，愈入愈切，即是沉郁之法。凡言沉郁者，不难于用暗写内蕴之笔，而难于明写浅显之笔。盖明显者多为第一义语，就所闻、所见、所感者，据事直书，脱口而出。沉郁之致，遂不能见之于字里，仅可施之于行间，似此以时令领出人来，步步紧逼，先声夺人，集光气之盛于一人之身。于是所写之人，自益见其矜重，其曰意中人者，正即重之之谓也。下阕先叙歌舞，不待明言，只述部署及整衣，一切胥属待舞之态，其下接以"叙情亲"，则舞后清言之趣，合此舞前者。言之歌舞，自其中烘云托月，为画家妙诀，固可同施于词笔者。作文字于结处，必另立新意，方见工力，且叙事后，必间以抒情，始能相映成趣。今以行云喻歌，而欲惹住之，其流连向往之诚，可谓极深。即在运笔行文之道言，即属另立新意。读者不可轻以为寻常点缀之语，始能尽其妙处。

叶嘉莹《大晏词的欣赏》：至于写艳情者，如其……《诉衷情》之"此时拼作，千尺游丝，惹住朝云"……若以这些词句与柳永《定风波》之"彩线慵拈伴伊坐"，《菊花新》之"欲掩香帏论缱绻"诸作相较，则大晏正所谓"虽作艳语，终有品格"，因为大晏所唤起人的只是一份深挚的情意，而此一份情意虽然或者乃因儿女之情而发，然而却并不为儿女之情所限，较之一些言外无物的浅露淫亵之作，自然有高下、雅鄙的分别。

诉衷情

芙蓉金菊斗馨香[①]。天气欲重阳。远村秋色如画，红树间疏黄②。　　流水淡，碧天长。路茫茫。凭高目断③，鸿雁来时，无限思量。

[注释]

①芙蓉：指木芙蓉。斗：比，对。晏殊另一首《诉衷情》："数枝金菊对芙蓉。"

②红树：指秋天叶子变红的树，如枫树、乌桕树等。间（jiàn）：夹杂。

③目断：目力所及之处。

[赏析]

夏承焘《唐宋词人年谱·二晏年谱》："仁宗宝元元年戊寅（一〇三八），四十八岁，自陈州召还为御史中丞三司使。"又："《宋元宪集》有《和中丞晏尚书木芙蓉金菊追忆谯郡旧花》、《和杨学士和答中丞晏尚书西园玩菊》诸诗。《宋景文集》有《贺中丞晏尚书春阴》、《和三司晏尚书忆谯涡》诸诗……当皆此时作。《珠玉词》有《诉衷情》'芙蓉金菊斗馨香'、'数枝金菊对芙蓉'二首，据二宋诗题，知二词皆此年作。"

郑骞《夏著二晏年谱补正》："原谱据宋庠、宋祁和诗，定《诉衷情》'芙蓉金菊'二首为本年作，欠酌。芙蓉金菊年年有之，处处有之，且二宋所和者是诗非词，不能据定《诉衷情》作年。"

根据夏承焘先生的考订，本词当作于宝元元年秋天的汴梁。郑骞先生的补正所持理由并不充分，本书不予采信。这首词在晏殊作品中可谓别具一格，所写汴梁郊区秋景，宛如一幅明丽的山水秋意图。芙蓉秋菊争芳斗艳，又到了登高赏菊的重阳佳节。凭高望远，远处的村庄，如一幅美丽的画卷，色彩斑斓，红树丛中，间杂着疏疏落落的金黄树叶。河水缓缓流动,碧空万里,远路茫茫。雁字来时,心中充满了无尽的感慨思念。词里所描写的画面,所用的语言风格,已颇具元散曲的疏爽健朗之美。结句则颇为含蓄,余味无穷。

[汇评]

赵尊岳《〈珠玉词〉选评》:此写秋景之词,题材似极浅近,然作结仍极精严,非浅人所易着笔。北宋词以抒情为主,然非有景物,不足衬出情绪,故往往情景兼写,惟其时尚少以情景虚实杂糅间用者,故又辄于前阕写景,后阕写情,至东坡始参以变化,交相为用,然名家如柳耆卿、周美成,虽长调百字,仍复如是,可知一时风会之所趋矣。惟其前阕写景,后阕写情,呼应之际自尤重于过变,必假过变,以由景入情,方无斧凿痕迹。即后来张玉田《词源》所举之所本。今治词者人人知水穷云起之说,然其所以穷,所以起者,多不易言,若以此首验之,则按图正不难索骥。此首前阕写景,曰"欲重阳",曰"如画",已极生动之致,后阕深写盼书之情,以"无限思量",结出本旨,其过变之妙,即在"流水"、"碧天"转景入情,盖"流水"、"碧天",就实物言,固属景色,就情绪言,则饶有情意,足为"鸿雁"之先容。则由景之水天,度入致书之鸿雁,宁非过变有法。于"鸿雁来时"前,先以"路茫茫",一收一放,无垂不缩,正是沉郁之笔。

殢人娇

二月春风,正是杨花满路①。那堪更、别离情绪。罗巾掩泪,任粉痕沾污。争奈向、千留万留不住②。　玉酒频倾，宿眉愁聚③。空肠断、宝筝弦柱。人间后会，又不知何处。魂梦里、也须时时飞去。

[注释]

① "二月"二句：化用北周庾信《春赋》："新年鸟声千种啭，二月杨花满路飞。"

② 争奈向：怎奈，怎奈何。向，语助词，无实义。张相《诗词曲语辞汇释》："向，语助辞。专用于'怎奈'、'如何'一类之语，加强其语气而为其语尾。……有曰争奈向或怎奈向者。如晏殊《殢人娇》词：'罗巾掩泪，任粉痕沾污。争奈向、千留万留不住。'"

③ 宿眉：昨夜晚妆时画的眉。这里暗示一夜无眠。

[赏析]

《殢人娇》，双调，六十八字，上、下片各六句四仄韵，篇幅较一般小令为长，便于展开铺叙，比较从容地写景、叙事和抒情。殢娇，娇柔貌。宋王沂孙《天香·龙涎香》："几回殢娇半醉，剪春灯，夜寒花碎。"所以，这首词也算是吟咏调名本意。

此词咏写春闺女子缠绵哀婉的相思之情。整首词只有开头两句是写景，具有因物起兴的意味。杨花，即柳絮，在二月的春风里，柳絮蒙蒙扑人颜面，是春天一道特有的风景。而敏感的文人们也经常把杨花和离别联系起来。这大约和折柳送别的传统以及杨花飘荡无根的特质有关吧。如唐代郑谷的名篇《淮上与友人别》："扬子江头杨柳春，杨花愁煞渡江人。数声风笛离亭晚，君向潇湘我向秦。"苏轼《水龙吟·次韵章质夫杨花词》："细看来，不是杨花，点点是离人泪。"吕本中《济阴寄故人》："柳絮飞时与君别，南楼把酒看新月。"吴潜《贺新郎》："最无情，飘零柳絮，搅人离绪。"当杨花满路的时候，最难堪的就是逢上离别。主人公想留住心上人，怎奈千留万留，也阻挡不住离去的脚步。她伤心落泪，任泪水将妆容破坏，沾污了凤罗手帕。频频举酒，希望破解愁城；枉凝愁眉，昨天的晚妆任其黯淡。一弦一柱，空自华年肠断。后会何期？后会何地？纵使如此，劳魂役梦，也要时时飞向伊那边！作者将杨花关合离情，以淡景写浓愁，使离别愁绪笼罩着整个诗篇。后来晏几道《鹧鸪天》"梦魂惯得无拘检，又踏杨花过谢桥"即从晏殊此词脱化而来。此词篇幅长，几乎纯粹为情语，而语言又极为质朴沉挚，实已开以长调写离愁的先声，也说明以小令擅长的晏殊也完全具有写作长调的才具。

[汇评]

赵尊岳《〈珠玉词〉选评》：此词主旨在后会不知何处，而作者层层抒叙，抑扬宛转，由浅入深。先自节候入手，其曰"杨花"者，以折柳河桥为离别之资也。其曰"罗巾"、"粉痕"，即写别时之情绪，承前一语，引申而出之也。叙事之余，重以抒情，曰"留不住"，是为一顿挫，于是词笔益见宛转，词情亦益沉郁矣。前阕追叙别情，后阕方入现景，现景正即伤离之极致，故酒曰"频倾"，示作者独酌之无俚也，眉曰"愁聚"，示所忆之人同深离绪也。"宿眉"，言忘施粉黛也。必二人同心，而后词始不为浪费楮墨，故下以"宝筝弦柱"兼括之，一为赏音之人，一为弄音之女，轻下一语，两情并见，运思造句，自然而具神力。歇拍以有余不尽之致，再深入一层，再多一回旋，故前曰"不知何处"，后更曰"魂梦飞去"。惟其不知何处而飞去，若昧于事理者，遂益见其情深。所谓情之痴，有不可理解者在，转为理趣，其此之谓乎？但非笔力纯厚者，不足胜此。若漫作无理之语，往往易迷歧途，学者不可不慎者。

踏莎行

　　细草愁烟，幽花怯露。凭阑总是销魂处。日高深院静无人，时时海燕双飞去。　　带缓罗衣①，香残蕙炷②。天长不禁迢迢路。垂杨只解惹春风，何曾系得行人住。

[注释]

　　①带缓罗衣：因相思瘦损而衣带显得宽松了。《古诗十九首·行行重行行》："相去日已远，衣带日已缓。浮云蔽白日，游子不顾返。"宋柳永《蝶恋花》："衣带渐宽终不悔，为伊消得人憔悴。"

　　②蕙炷：用蕙草做成的香。

[赏析]

　　《踏莎行》，为双调小令，五十八字，上、下片各五句三仄韵，上下片皆四字句双起，通常使用对偶句式。

　　此词写春日闺怨，情思凄婉幽怨。上片写景，景中含情，已写出春闺中人孤单幽寂心事。上片所写之景，皆是闺中人眼中之景，皆带着闺中人的情绪。虽不直接写人，而人物呼之欲出。草曰细草，且含烟似愁；花为幽花，而悬露如怯。这何尝不是幽闺女子情感的外射呢？凭栏所见，一切皆使人黯然魂销。太阳高照，庭院深深，寂无人声，了无生机，海燕双飞双宿，勾起女主人公多少羡慕和哀怨呢？下片由写景到写人。分离的时间越长，女主人公越发瘦损，你看那罗衣上的腰带都显得宽松了。熏炉里，蕙香渐渐烧残，时间在一点一点地消逝。然而天遥地远，怎禁受得了这迢迢长路呢？垂杨那千条万条绿丝绦，只知道去招惹春风，何尝能把远行之人牵绊住呢？歇拍两句纯粹是闺妇的娇怨口吻，而其怨恨则殊为深长。应该说本词是一首比较纯粹的闺怨之作，也是词作传统中的代言之体。至于有些分析者从中间看出寄托来，并和当时的政治斗争联系起来，则不免求之过深了。

[汇评]

明沈际飞《草堂诗余别集》卷二：娇怨。

清李调元《雨村词话》卷二：晏殊《珠玉词》极流丽，能以翻用成语见长。如"垂杨只解惹春风，何曾系得行人住"，又"春风不解禁杨花，蒙蒙乱扑行人面"等句是也。反复用之，各尽其致。

赵尊岳《〈珠玉词〉选评》：此词由眼前之秋景，追忆残春之欢惊，感慨甚深，句意至韵，而用笔质朴。前阕以"总是销魂处"领起，下文销魂盖无可奈何，惘然欲绝之谓也。偏于其时，又见"海燕双飞"，因而忆远，承转毫不费力。且"细草"、"幽花"为静景，"海燕双飞"为动景，静景已极销魂，继再申之以动景，宁不更加深入。其运用沉郁之思者，庶尽其能事矣。后阕以"海燕双飞"为呼，以"迢迢路"为应，即此呼应之间，敷陈旧事，前为欢娱时际之"带缓罗衣"，后为伤离时节之"香残蕙炷"，虽只八字，已备悲欢离合之情事，可谓简而有致，尤其穿插于"海燕"与"迢迢路"二句间，不见斧凿之迹，笔力足以包举有余，洵为杰构，足资来学之矩范。歇拍别立新义，以托出词意，归之于"销魂"，是又一呼应也。回环杼轴，借景于"垂杨"，"垂杨"似与前文无涉，然就"垂杨"以言，只系"春风"，不能系"人"，是正足为伤离之事证，"垂杨"之与前文无涉者，至是遂相涉及，其钩连之巧，借喻之精，有如此者。

刘永济《唐五代两宋词简析》：此二首［《踏莎行》（细草愁烟）、《踏莎行》（小径红稀）］表面皆写闺情，而言外寄托之意固甚为分明。前首言"垂杨"只知招惹"春风"，却不能留住"行人"。古人临行有折柳赠别之习，故诗人用杨柳与离别有关。后首说"春风"不知禁止"杨花"，以致"杨花"蒙蒙乱扑行人之面。两首之"春风"、"行人"皆同，惟前首用"垂杨"，后首变而用"杨花"者，因所托之意有不同也。考仁宗朝朋党之祸已兴，晏殊与孔道辅、范仲淹、余靖、尹洙、欧阳修相善，而与吕夷简不合。及夷简为相，就因故贬逐孔、范、余、尹诸人。此二词当即暗指此事。前首之"垂杨"似指同党之谏官，言谏官虽犯颜谏诤皇上（"春风"），何尝能留住被逐之人（"行人"）。后首则言皇上（"春风"）不能禁止异党之小人（"杨花"），致使彼辈纷纷排斥同党之正人（"蒙蒙乱扑行人面"）。其余各句，则不过从景物中衬出离别后之情感而已。由此可知前《玉楼春》（绿杨芳草）词所描写别离之人，即此二词之"行人"；《玉楼春》词之"离愁"和"相思"，即此二词之"销魂"和"愁梦"也。前人有因此便句句比附来说者，太觉牵强，不可从。

踏莎行

祖席离歌①，长亭别宴②。香尘已隔犹回面③。居人匹马映林嘶，行人去棹依波转④。　　画阁魂消，高楼目断。斜阳只送平波远。无穷无尽是离愁，天涯地角寻思遍⑤。

[注释]

①祖席：古人出行时祭祀路神叫"祖"，因称饯别的宴席为祖席，也叫祖饯。离歌：伤别的歌曲。唐骆宾王《送王赞府上京参选赋得鹤》："离歌凄妙曲，别操绕繁弦。"

②长亭：古时于官道上五里置一短亭，十里置一长亭，供商旅休息，送别时经常送到长亭，在此为行人饯行。北周庾信《哀江南赋》："十里五里，长亭短亭。"

③香尘：芳香之尘。多指女子之步履而起者。语出晋王嘉《拾遗记》："（石崇）又屑沉水之香如尘末，布象床上，使所爱者践之。"唐沈佺期《洛阳道》："行乐归恒晚，香尘扑地遥。"回面：回脸，回头。

④"居人"二句：居人和行人相对，一为送行的人，一为远行的人。语义化用南朝梁江淹《别赋》："舟凝滞于水滨，车逶迤于山侧。棹容与而讵前，马寒鸣而不息。"棹：船桨，代指船。

⑤天涯地角：指极边远的地方。南朝陈徐陵《为陈武帝作相时与岭南酋豪书》："天涯藐藐，地角悠悠。言面无由，但以情企。"

[赏析]

本词是一首送别之作，唐圭璋先生说它足可以抵得上一篇《别赋》，说明这一首小小的令词，有着足够多的内涵和高明的技巧。这首送别之作在短小的篇幅内，经过精心组织与构思，将离别这一主题进行了完整而富有画面感且余味无穷的描述。词作开门见山，写出送别的主题，在十里长亭，伴随着悲伤的离歌，饯别的宴席已快结束，分别的时刻就要到来。作者没有去写"执手相看泪眼、竟无语凝咽"的场面，而是把镜头对准了别后依依不舍的画面。香尘已隔，去者还不住留恋地回头张望。极见两者之间的缱绻深情。渐行渐远,送别的人也不得不掉转马头,连马儿也觉得孤单,在林子中仰首长嘶;载着行人的小舟,随着曲折的江流,渐渐隐没不见。一般的作品更多的是从行者或送者的视角进行描写,而这首作品则将两个场景拼贴在同一个画面上,产生了历历在目的现场感,可以说极具匠心。这不禁使我们想起《西厢记·长亭送别》的场景来:"青山隔送行,疏林不做美,淡烟暮霭相遮蔽。夕阳古道无人语,禾黍秋风听马嘶。……四围山色中,一鞭残照里。遍人间烦恼填胸臆,量这些大小车儿如何载得起?"此情此景,亘古如斯。上片从双方写送别,下片则紧接着从居者这一方写返回后之思念。当船儿愈行愈远,闺中人只能凭栏远眺,希望能够看到孤帆远影。然而,斜晖脉脉水悠悠,斜阳映照着江波,一直到目力所尽之处,看不到一点船儿的踪影。一切都使人黯然魂销,那离愁啊,无穷无尽,天涯藐藐,地角悠悠,我也要把它寻思个遍!作者在构思之时,草蛇灰线,而水波大约是勾连这一切的引线,行人随波而去,居人登楼眺望,烟波浩渺,思绪不禁随之荡漾而去。这首词将事、景、情完美地结合起来,将送别及别后的思念,依次描摹,历历如一幅长卷。足见作者乃此中高手。

[汇评]

明王世贞《艺苑卮言》:"斜阳只送平波远",又"春来依旧生芳草",淡语之有致者也。

唐圭璋《唐宋词简释》:此首为送行之作,足抵一篇《别赋》。起两句言饯别。"香尘"句言别去,香尘已隔,而犹回面,极见缱绻不忍之意。"居人"两句,一写去者,一写送者,两两对照,情景如见。换头一气蝉联,因行舟已依波转,故必登楼望之。但转瞬更远,即登楼望之,亦不得见,只余斜阳映波,徒教人目断魂销也。"无穷"两句,说出人虽不见,而心则随人俱远,无时或已。通体自送别至别后,以次描摹,历历如画。

赵尊岳《〈珠玉词〉选评》:此录别之词,前人每以行者为言,少及居者,此作乃并举居者、行者兼言之,各系一言叙事,而情味隽永。以开门见山为作法,然不写歌酒筵宴间事,纯以景物衬托别情,胥出以珍重留连之致。"香尘"句,不特引起下文之"匹马",且用迂回之笔,曰虽"隔犹回面",则惜别之意已显然矣。推此别宴,当设帐饮于津亭者,方宾主同去之时,自不只匹马,迨行人解缆,居人独归,即就匹马为言,以见居者之索然寡俦。其曰"映林嘶"者,马见棹远,独行无偶,似亦远瞩生情。夫马之情如彼,则人之情不言更可喻解,其为深入,为细写之妙,尤在能以朴笔曲传其趣,不用虚字为助词,使人一见即悟,因知凡多用助词者,转促入于柔、荏一途耳。后阕就居者返归后之所见,引入所思,再以秃笔作结语,歇拍之"寻思遍",语虽秃,而情不尽,此即令词之长处。以"目断"呼应"去棹",以"魂销"唤起"寻思",上下衔接之密,似无意而实有意,盖作法之极工者。

踏莎行

碧海无波,瑶台有路①。思量便合双飞去②。当时轻别意中人,山长水远知何处。　　绮席凝尘③,香闺掩雾。红笺小字凭谁附④。高楼目尽欲黄昏,梧桐叶上萧萧雨。

[注释]

①碧海:传说中神仙居住的地方。《海内十洲记》:"扶桑在东海之东

岸。岸直，陆行登岸一万里，东复有碧海。海广狭浩汗，与东海等。水既不咸苦，正作碧色，甘香味美。"唐李商隐《嫦娥》："嫦娥应悔偷灵药，碧海青天夜夜心。"瑶台：传说中神仙所居之地。晋王嘉《拾遗记·昆仑山》："傍有瑶台十二，各广千步，皆五色玉为台基。"

②合：应当。

③绮席：华丽的席子。南朝梁江淹《拟休上人怨别》："膏炉绝沉燎，绮席生浮埃。"

④红笺：红色的笺纸。唐韩偓《偶见》："小叠红笺书恨字，与奴方便寄卿卿。"小字：细字，密密麻麻的字。凭：请，依仗。附：寄予。

[赏析]

此词仍是写别后的思恋，但写法上有自己的特点。上阕言情，下阕写景。词作开头即出以奇想：如果辽阔的碧海波澜不惊，如果神仙居住的瑶台有路可达，想想便应该和她双飞双宿。可惜当时轻易地离开了意中人，现在山长水远，怎知道她身在何处？下阕开头两句非实写，而是悬想意中人闺中寂寞之景，华美的坐席落满尘土，香闺也被愁云笼罩，人去楼空，狼藉寂寥。纵使小字写满红笺纸，这情书又能凭谁寄去呢？脉脉此情谁诉！登楼远眺，极目远望，直到天已黄昏，又下起了潇潇秋雨，一叶叶，一声声，岂不愁煞人也！南宋沈义父《乐府指迷》中说："结句须要放开，含有余不尽之意，以景结情最好。"这首词的结句，可以说完美地做到了这一点。

[汇评]

清陈廷焯《词则·闲情集》卷一：起三句妙，是凭空结撰。

赵尊岳《〈珠玉词〉选评》：此词突空而出，凌波而起，于晏词作法中可谓特异，以见贤者之无所不能，无所不工。且出语直率，"思量"数句，竟开柳七之门径。叔原谓先公未尝作妇人语，如"针线闲拈傍伊坐"者，庶几于此失之。柳七诚得谓所作固有所师也。此词似承前作（祖席离歌）为之继，申惜别之情，且具寄书之事，又及于"绮席凝尘"，则其为祖饯离筵之迹乎。词贵回旋，斯有风度。今作追忆离筵之词，乃先之以别后之情，由"碧海"、"瑶台"入手，再一转，始云"当时轻别意中人"，有意前后易位，即于体制中特见生色。所谓"凝尘"，所谓"掩雾"，是别后之景之情也，因别情之深而作书，此深入一层也。继称"凭谁附"，则情不得达，又深一层，亦即沉郁之笔也。且用此三字以呼应前文之"知何处"，尤见一字不苟，理脉井然。结句以无可消遣，遣之"叶上萧萧雨"，悠然意远，牵情惹恨，不言自喻。

踏莎行

绿树归莺，雕梁别燕。春光一去如流电①。当歌对酒莫沉吟②，人生有限情无限③。　　弱袂萦春，修蛾写怨④。秦筝宝柱频移雁⑤。尊中绿醑意中人⑥，花朝月夜长相见⑦。

[注释]

①流电：闪电。此句化用晋陶渊明《饮酒二十首》其四："人生复能几，倏如流电惊。"

②当歌对酒：三国魏曹操《短歌行》："对酒当歌，人生几何。譬如

朝露，去日苦多。"当，即对。沉吟：犹豫不决。三国魏曹操《短歌行》："但为君故，沉吟至今。"

③"人生有限"句：化用《庄子·养生主》："吾生也有涯，而知也无涯。以有涯随无涯，殆已。"晋郭象注："以有限之性，寻无极之知，安得而不困哉！"此句意思是不当为情所困，不当用有限的人生去追逐无穷无尽的情感。

④弱袂：指女子轻盈的衣袖。修蛾：指女子修长的眉毛。

⑤秦筝：古秦地（今陕西一带）的一种弦乐器。似瑟，传为秦蒙恬所造，故名。秦筝音色沉伏，长于怨调曼声，以抒发哀怨之情。唐岑参《秦筝歌送外甥萧正归京》："汝不闻秦筝声最苦，五色缠弦十三柱。"宝柱：指筝上面用来调弦的小木柱，装饰华丽，故称宝柱。移雁：即移动宝柱。因筝柱排列成行，如飞雁的行列，故称雁柱。移动雁柱，用来改变音调。

⑥绿醑（xǔ）：绿色的美酒。

⑦花朝月夜：指良辰美景。唐白居易《琵琶行》："春江花朝秋月夜，往往取酒还独倾。"

[赏析]

叶嘉莹先生称晏殊的词作为"情中有思"，因为晏殊有丰富的人生阅历，超脱爽朗的个性，故能超拔于情，不溺于情。这首词就是抒发人生有限，当珍惜眼前这样一种通脱的思想。作者用"春光一去如流电"来比喻人生如白驹过隙，人生有涯，故自当珍惜。不应当以有涯之生去追逐那无穷无尽的离愁别绪。作者一方面承认"情无限"，同时也明白，与其去追逐虚无缥缈的感情，还不如"怜取眼前人"。结尾二句，实包含有"愿天下有情人终成眷属"这样美好的愿望，叶嘉莹先生认为它虽"因儿女之情而发,然而却并不为儿女之情所限",确实如此。

[汇评]

叶嘉莹《大晏词的欣赏》:至于写艳情者,如其……《踏莎行》之"尊中绿醑意中人,花朝月夜长相见"……若以这些词句与柳永《定风波》之"彩线慵拈伴伊坐",《菊花新》之"欲掩香帏论缱绻"诸作相较,则大晏正所谓"虽作艳语,终有品格",因为大晏所唤起人的只是一份深挚的情意,而此一份情意虽然或者乃因儿女之情而发,然而却并不为儿女之情所限,较之一些言外无物的浅露淫亵之作,自然有高下、雅鄙的分别。

踏莎行

小径红稀,芳郊绿遍。高台树色阴阴见①。春风不解禁杨花,蒙蒙乱扑行人面②。　翠叶藏莺,朱帘隔燕③。炉香静逐游丝转④。一场愁梦酒醒时,斜阳却照深深院⑤。

[注释]

①阴阴:浓重的样子,形容绿叶稠密幽暗之状。唐王维《积雨辋川庄作》:"漠漠水田飞白鹭,阴阴夏木啭黄鹂。"见:同"现"。

②不解:不懂得,不理会。禁:禁止。蒙蒙:雨点细密的样子,这里形容杨花漫天飘洒。

③藏莺:语出唐杜甫《陪郑广文游何将军山林》:"卑枝低结子,接

叶暗巢莺。"隔燕：五代李珣《菩萨蛮》："隔帘微雨燕双飞。"

④游丝：春天蜘蛛等吐出的飘荡在空中的细丝。

⑤却：正。张相《诗词曲语辞汇释》："却，犹正也。于语气加紧时用之。"

[赏析]

　　此词是晏殊的名作，对于其主题，历代词话中多以为有政治上的寓托，托物言志，寄兴无端。这和清代常州词派的词学主张有关，却未必是作者的本意。纵观晏殊词作，还是很少真正将词作为庄重的创作、寄寓自己的政治理想的。他仍然是把词作为"遣兴"的工具，表达一个文人雅士所惯有的伤感和雅致而已。过度的解读，对于晏殊的词作是不合宜的。此词的主题仍然是伤春伤逝，感慨人生苦短罢了。但在写作上，却能寓情于景，微妙含蓄，表现了很高的技巧。词作上片写郊外景色。已是春深时候，绿肥红瘦，不像初春时节，很多树木刚刚发芽，甚至还是光秃秃的枝丫，这个时候，春花将要落尽，枝上只有稀稀落落的红花，而从高台上望去，郊原绿遍，到处都是绿茵茵的一片。春风不知道去禁止那些无情的杨花，却任其如蒙蒙细雨，到处扑到游人的脸上。下片视线转向庭院之内。浓密的树叶已经能够遮挡住黄莺的身影，珍珠帘子垂下，也将燕子隔在外面。一切是多么安静啊，一丝风儿都没有。博山炉里一缕缕的青烟，缥缈地随着游丝袅娜游弋。一场春梦醒来，酒意消不了的浓愁，那斜阳正照着深深的庭院。整首词作，表现感情的只有一个"愁"字，但浓浓的春愁却笼罩在所有的景物上面。整个画面安静极了，即便是那莺飞燕舞，也是那样静谧。庭院深深深几许，里面关闭着几多春愁呢？而这一切，全靠作者对于景物的妙笔安排，不落言筌，而神韵自足。

[汇评]

明沈际飞《草堂诗余正集》卷二：景物不殊，运掉能离奇夭矫。结"深深"妙，换不得实字。

清沈谦《填词杂说》："夕阳如有意，偏傍小窗明"不若晏同叔"一场愁梦酒醒时，斜阳却照深深院"更自神到。

清李调元《雨村词话》卷二：晏殊《珠玉词》极流丽，能以翻用成语见长。如"垂杨只解惹春风，何曾系得行人住"，又"春风不解禁杨花，蒙蒙乱扑行人面"等句是也。反复用之，各尽其致。

清张惠言《词选》：此词亦有所兴，其欧公《蝶恋花》之流乎？

清黄苏《蓼园词选》：首三句言花稀而叶盛，喻君子少而小人多也。"高台"指帝阍，"春风"二句，小人如杨花之轻薄，易动摇君心也。"翠叶"二句，喻事多阻隔。"炉香"句，喻己心之郁纡也。"斜阳却照深深院"，言不明之日难照此渊衷也。臣心与闺意双关写去，细思自得之耳。

清谭献《谭评词辨》卷一：刺词。"高台树色阴阴见"，正与斜阳相映。

俞陛云《唐五代两宋词选释》：此词或有白氏讽谏之意。杨花乱扑，喻逸人之高张；燕隔莺藏，喻堂帘之远隔，宜结句之日暮兴嗟也。

唐圭璋《唐宋词简释》：此首通体写景，但于景中见情。上片写出游时郊外之景，下片写归来后院落之景。心绪不宁，故出入都无兴致。起句，写郊景红稀绿遍，已是春事阑珊光景。"春风"两句，似怨似嘲，将物做人看，最空灵有味。"翠叶"两句，写院落之寂寞。"炉香"句，写物态细极静极。"一场"两句，写到酒醒以后景象，浑如梦寐，妙不着实字，而闲愁可思。

张伯驹《丛碧词话》：此为伤春之作，而结句尤深妙有禅境。张皋文云:"此词亦有所兴,其欧公《蝶恋花》之流乎?"黄蓼园云:"首三句言花稀叶盛,喻君子少,小人多也;'高台'指帝阍;'春风'二句,言小人如杨花轻薄,易动摇君心也;'翠叶'二句,喻事多阻隔也;'炉香'句,喻己心郁纡也;'斜阳照深院',言不明之日,难照此渊衷也。"以此解词,亦为多事。

赵尊岳《〈珠玉词〉选评》:此词得一"静"字,词中惟以写静为最难。盖万花飞舞之动态,出以渲染缤纷之笔,必可追摹一二,炫人心目。若一尘不染之静态,既不能写死景、死事,而活景、活事中又必在主静,务使一切动态,率出以静致,方合作法,所谓动中见静也。词中动静多见于形容词中,"红稀"、"绿遍"、"树色阴阴",一例写景,固日高深院之静态也。即杨花扑人,原属活事动态,今乃谓"春风不解禁"之,则以春风之骀荡,衬托杨花之"蒙蒙"为言,虽动亦甚静矣。展开一幅晚春图,固无在而非静也。后阕池馆之静于"藏莺"、"隔燕"中,益可见出莺燕均各得其所,不飞不鸣,则知院落中人之静,不扰外物,外物亦不起而扰之,两适其适,何等舒徐,何等冲淡,写全局之景色,气象闲雅,胥于图画中出之。迨曲终奏雅,由园中写入室中,仍用最静之笔,炉香宛转,可为妙证。结处点明酒醒,才着一语,便又转入景色。"斜阳"句为结拍,此见静中之光阴亦复易过,而年事之催人,为不可免。然所以寄其感慨者,始终不曾明言,即于静景中烘托以出,此盖又一作法之难能者。

胡云翼《宋词选》:这首词黄昇《花庵词选》题作"春思"。内容写的是暮春的闲愁,描绘景色极为流丽。张惠言、谭献、黄蓼园一群词话家说有什么寄托,都没有根据。

刘逸生《宋词小札》:其实晏殊这首《踏莎行》,内容还是脱不了伤春光之易逝,感人生之短暂,和他写的同一类的作品的基调是一个样。……"愁梦酒醒时"却接以"斜阳照深院",诗人不过要告诉我们此时的感受：一醉醒来，斜日已经很低，一天的光景就如此悄悄地溜走；一天既是如此，一春岂不也是这样！短暂的人生就在夕阳光影之中一点点消磨净尽了。诗人的想法不过如此而已。整篇使用了委宛其词的手法，却不是神秘的比喻什么君臣、善恶。诗人只是巧妙地运用景物的暗示能力来烘托作品的主题，让读者细细去寻味它的含意罢了。它的艺术技巧是高明的，但它的思想却并不值得恭维。

雨中花

剪翠妆红欲就[①]。折得清香满袖。一对鸳鸯眠未足，叶下长相守。　莫傍细条寻嫩藕。怕绿刺、罥衣伤手[②]。可惜许、月明风露好[③]，恰在人归后。

[注释]

①剪翠妆红：翠叶如剪，花红如妆。

②罥（juàn）：挂，缠绕。

③可惜许：可惜。许，语助词，无义。五代王衍《甘州曲》："可惜许，沦落在风尘。"

[赏析]

《雨中花》一调，始见晏殊《珠玉词》。双调小令，五十一字，上、下片各四句三仄韵。

本篇咏女子采莲。晏殊曾任颍州太守，常在颍州西湖游赏，写有一组十四首的《渔家傲》咏荷组词，可见词人对荷花的喜爱。这首词则是咏写采莲女子，这本是古典诗词中的传统题材，但作者写来却另立新意，清新不俗。首句写"接天莲叶无穷碧，映日荷花别样红"之美景，荷花绽放，正是采莲的好时候。次句写采莲女满载而归，不说采得满把荷花，却说"折得清香满袖"，遗貌取神，雅致脱俗。这使我们想起李清照的《醉花阴》："东篱把酒黄昏后，有暗香盈袖。"接下来描写荷塘中之物，一对鸳鸯，双飞双宿，长相厮守。这既是写景，也是寓意，最能勾起采莲女的遐想。下片，承上鸳鸯，告诫采莲女，不要紧挨着莲梗去采藕，小心那梗上之刺，挂坏了薄薄罗衣，刺伤了纤纤玉手。这里面的意味非常明显，亦显示出作者的忠厚仁心来。歇拍跳过一层，写喧哗过后，荷塘复归宁静，这个时候月光如水，风清露白，可惜无人解赏如此美景。采莲南塘秋，是人人都懂得欣赏的美景，而月白风清，寂无人声的景致，却只有那些高人雅士才能够领略其味。这也是作者自占地步，孤芳自赏吧。宋曾季狸《艇斋诗话》里记载宋人曾纡（号空青）每宴客，多令歌者以此词为汤词。所谓汤词，是指宴会上点汤送客时所唱的歌词。曲终人散，佳景在后，故此词颇能够为解得此中味的知音所赏会。

[汇评]

宋曾季狸《艇斋诗话》：予家空青喜晏元献词："可惜月明风露，长在人归后。"每作郡处燕客，多令歌者以此为汤词，亦取其说得客散后风景佳故也。

赵尊岳《〈珠玉词〉选评》：此采莲词也。采莲词自六朝以来，作者甚多，所述多景物之美，姿容之艳，采撷之妙，乃至于采莲女之情思，大都自正面入手。晏此作别辟蹊径，独自旁观立言，于是一切不犯及正面，其才思遂高人一等，可为后人于旧题立新意之师法。其叙本事也，只起拍二句。"剪翠"、"妆红"二字，为花为人，合二者而一之。词字双关，尤极巧思。其于莲花，以首句已用"红翠"字面，则改以"清香"为言，殊见高致。下接鸳鸯相守，似为写景，实亦寄情，正如以"关关雎鸠"、"桃之夭夭"之喻淑女君子，所谓兴而非比，六义早已用之。今袭神改貌，益见生色。词中用比者多，用兴者少，盖用兴较难，不但需深于工力，尤必敏于才思者，始能有触而悟耳。词以忠厚为主，而词中不易见忠厚之音。换头恐"胃衣伤手"，则忠厚之音，亦以告采莲女之当自谨饬，应防微而杜渐也，此非宅心纯、见事多、情感深者，不能出之也。歇拍饶见感慨，以寓作者之意。此词或在留守南京，已出枢府时作耶？不及政治，自见身份。非任宰执，谁克出之？

蝶恋花

玉碗冰寒消暑气①。碧簟纱厨②，向午朦胧睡③。莺舌惺忪如会意④。无端画扇惊飞起。　　雨后初凉生水际。人面荷花，的的遥相似⑤。眼看红芳犹抱蕊。丛中已结新莲子。

[注释]

①玉碗冰寒：古时富贵人家冬天把冰块藏于地窖中，夏天取用，以消暑气。参见晏殊《浣溪沙》："玉碗冰寒滴露华。"

②碧簟：碧绿色的竹凉席。纱厨：即纱帐，似橱形。唐司空图《王官》："尽日无人只高卧，一双白鸟隔纱厨。"

③向午：晌午。

④惺松：形容声音轻快灵活。宋晏几道《丑奴儿》："莺语惺松，似笑金屏昨夜空。"

⑤的的（dí dí）：的确，实在。

[赏析]

本词所描写的是富贵人家夏日生活的一个场景，从容恬淡，宁静雅致，观察极为细腻幽微，尽显婉约词的妙处，充满着晏殊所推重的"富贵气象"。上片写夏日午睡初醒那一瞬间的景象。在卧室里，用玉碗盛着寒冰，来消解夏天的炎暑酷热。在碧玉一般的凉簟上，碧纱帐里，正午时分，主人蒙眬睡去。黄莺儿呖呖鸣啭，好像解会人意，却无来由地被摇动的画扇惊起飞去。主人好梦醒来，来到庭院散步，此时骤雨过后，丝丝凉意从水面漫溢过来，美女娇羞的脸庞和荷花交相辉映，远远看去，真真确确，十分相似。眼看着红红的荷花瓣还包裹着嫩黄的花蕊，谁料想莲蓬里已经有了莲子呢。作者的观察十分细腻，体察入微，也从观物中体会到一些哲思。但绝不点破，耐人寻味。

蝶恋花

梨叶疏红蝉韵歇。银汉风高①，玉管声凄切②。枕簟乍凉铜漏咽③。谁教社燕轻离别④。　　草际蛩吟珠露结⑤。宿酒醒来，不记归时节。多少衷肠犹未说。朱帘一夜朦胧月。

[注释]

①银汉：银河，这里代指夜空。

②玉管：笙、笛等管乐器的美称。唐白居易《想夫怜》："玉管朱弦莫急催，容听歌送十分杯。"

③铜漏：铜做的漏壶，古代计时工具。咽：铜漏滴水的声音如呜咽。

④社燕：燕子春社（立春后第五个戊日祭土神祈求年丰，称春社）飞来，秋社（立秋后第五个戊日酬祭土神，称秋社）飞去，故名社燕。

⑤蛩（qióng）：蟋蟀的别名。南朝江洪《秋风》："北牖风摧树，南篱寒蛩吟。"

[赏析]

这首词描写秋夜与恋人叙别的场景，抒发离愁别绪。整首词都在精细地描摹秋夜特有的景色。棠梨的叶子秋天变红，此际红叶稀疏，快要落尽。鸣叫了一个夏天的蝉声也时断时续，即将收场。夜长风高，随风飘散的笛声凄凉悲切。暑热已退，碧簟凉席此时已觉有些不合时宜，铜漏滴滴答答的声音，呜呜咽咽。春来的燕子，又要飞走了，这些都是谁在主宰呢？寒蛩在草丛悲鸣，草叶子上凝结着露珠。从昨晚的醉酒中醒来，都记不清回家时是什么时候了。只知道还有许许多多的痴心话没来得及诉说，只记得朱帘外，天上挂着一轮朦朦胧胧的秋月。整首词是以倒叙的方式在述说，而离愁别绪则笼罩在那晚所有的事物上。愁人眼里，醉人心中，一切都是凄凄惨惨戚戚。

菩萨蛮

高梧叶下秋光晚①，珍丛化出黄金盏②。还似去年时，傍阑三两枝。　　人情须耐久，花面长依旧。莫学蜜蜂儿，等闲悠扬飞③。

[注释]

①高梧：高耸的梧桐。唐李郢《早秋书怀》："高梧一叶坠凉天。"

②珍丛：珍稀的花丛。黄金盏：这里用来比喻黄蜀葵花。晏殊《菩萨蛮》："秋花最是黄葵好，天然嫩态迎秋早。""晓来清露滴，一一金杯侧。"明李时珍《本草纲目》："黄葵六月开花，大如碗。鹅黄色，紫心六瓣而侧。旦开午收暮落。人亦呼侧金盏花。"

③等闲：随便，轻易。悠扬：飘忽不定貌。唐李嘉祐《与郑锡游春》："映花莺上下，过水蝶悠扬。"

[赏析]

此词乃是吟咏晏殊所喜欢的黄蜀葵花，并借花抒情，表达对情感专一的向往。上片写出黄蜀葵花的鲜明形象。黄蜀葵花夏秋之际开放，在这梧桐叶落、秋风萧瑟的晚秋季节，黄蜀葵却迎寒盛放，花丛里擎出一个个黄金盏来，好似劝人痛饮狂歌。花丛和去年一个模样，傍着栏杆，两三枝倾侧依人。下片则从花似去年，触发作者对于人情的感叹。花儿年年如此，人的感情也须长久不变。"花面"，自不仅仅是写花，也是写人。温庭筠《菩萨蛮》不是说"照花前后镜，花面交相映"吗？这是正面提出自己的爱情观，然后又借蜜蜂等闲随意、飘忽不定，来作为反面教材，告诫人们"莫学蜜蜂儿"，心无定止，用情不专。在传统社会里，由于一夫多妻制的存在，无后为大的继嗣压力，以及歌妓的大量存在，很难要求士大夫有现代的感情专一的观念，而绝大多数的士大夫也少有此等觉悟。而晏殊能够通过人生阅历，感悟出"人情须耐久，花面长依旧"来，着实不易。

[汇评]

赵尊岳《〈珠玉词〉选评》：此为寻常感怅，出于信口，不待刻意经心而自成佳作者。自唐以来，歌筵酒座，无不唱词以侑觞，所唱多属小令《菩萨蛮》、《浣溪沙》等，更为尽人皆知之乐调。士大夫往往即席撰词，善歌者亦能就谱即唱，尊俎间引为乐事。士大夫为便唱计，所撰词多清顺适口，深于情而简于文，且同用俚语助字，使歌伎易于体会，更得声情之妙。至今词家如黄山谷、秦少游集中犹存多首，均俚语便唱之作，可以为佐证者。晏此首亦份当筵立撰，故用极凡浅之句语，申人人共有之情思，且并用蜜蜂儿等俚语助字，于全集中殊属别裁。当筵撰词，文字虽取显易顺适，惟作法仍不能疏略。名家吐属不凡，即援笔立就，亦自有理脉之可寻，盖熟极而流，固不待劳心焦思以为之。此词主旨在"人情须耐久"五字上，惟以时值秋令，即就节物说起，而以"还似去年时"句引起下文"耐久"，由物及情，情于是益深，此在六义，即兴而比也。下以"花面"句说明"耐久"，再自反面立言，借蜜蜂以戒人，意义明豁，理脉秩然。学小令者，应知数十字间起承转合，不可少忽。

叶嘉莹《大晏词的欣赏》：及《菩萨蛮》词写黄葵之"高梧叶下秋光晚，珍丛化出黄金盏"，"擎作女真冠，试伊娇面看"，这些词句都具有极鲜明的意象，也给予读者极强力的感染，这是唯有一个锐感的诗人才能具有、才能给予的。

相思儿令

昨日探春消息①，湖上绿波平。无奈绕堤芳草，还向旧痕生。

有酒且醉瑶觥②。更何妨、檀板新声③。谁教杨柳千丝，就中牵系人情④。

[注释]

①探春：唐宋风俗，京城士女在正月十五日收灯后到郊外宴游，叫探春。见唐王仁裕《开元天宝遗事》卷下《探春》："都人仕女，每至正月半后，各乘车跨马供帐于园圃或郊野中，为探春之宴。"

②瑶觥：酒杯的美称。

③檀板：乐器名。檀木制的拍板，演奏时用来打拍子。唐杜牧《自宣州赴官入京路逢裴坦判官归宣州因题赠》："画堂檀板秋拍碎，一引有时联十觥。"

④"谁教"（jiāo）二句：唐戎昱《别湖上亭》："好是春风湖上亭，柳条藤蔓系离情。"谁教：谁使。就中：其中。唐杜甫《丽人行》："就中云幕椒房亲，赐名大国虢与秦。"

[赏析]

《相思儿令》是晏殊的创调。双调小令，四十七字，上片四句二平韵，下片四句三平韵。

这是一首"探春"词，描写早春风光的旖旎可人。元宵佳节灯散之后，城市里的男男女女都到郊外去探寻春的消息，词作开首即写探得春的消息，那么春的消息表现在哪里呢？首先是西湖（颍州西湖）上，春水平漫，波平而绿，正是春天到来的征象。其次就是那春风吹又生的萋萋芳草，仍然在去年的旧痕迹上显出绿意来。春水绿波，春草碧色，这样的春天的消息如何不使人满心喜悦呢？在这大好春光里，有美酒就斟满玉杯吧，也不妨轻敲檀板，启朱唇，发皓齿，唱一曲新歌。其中那丝丝垂柳，是谁教它们牵系着人们的离情别绪呢?"谁教"二字,问得极痴,微带怨意,表现了作者的淡淡愁绪。这首词可能就是作者春游之时创作的"檀板新声",也给我们提供了一个宋词创制新调的案例。词作轻清流丽,最宜歌女们曼声演绎。

相思儿令

春色渐芳菲也,迟日满烟波①。正好艳阳时节,争奈落花何。醉来拟恣狂歌。断肠中、赢得愁多。不如归傍纱窗,有人重画双蛾②。

[注释]

①迟日:春日。《诗经·豳风·七月》:"春日迟迟。"唐杜甫《绝句》:"迟日江山丽,春风花草香。"

②双蛾:指女子细长美丽的眉毛。

[赏析]

这首词抒发暮春时节的感伤愁绪。上片写景,非常准确精致地描绘了春天一步步离去的踪影。第一句写春光渐浓,用了一个"渐"字表示春意逐渐地殷盛,又用了一个"也"字,暗示一个段落的结束。接下来写迟日、写烟波,中间用一个"满"字连接,正如唐严维《酬刘员外见寄》"柳塘春水漫,花坞夕阳迟"所描述的,这时,恰好是"艳阳时节",是整个春天里最为美好的时光,然而,春事终有了时,飞雪迎春到,落花送春归,这是多么让人无可奈何的事情。作者对于虚字的运用，恰到好处地表现了春季阶段性的变化过程。下片抒发伤春之情。无可奈何花落去，只有痛饮狂歌，聊且祭奠春日之消逝，然而，酒不醉人人自醉，伤心人别有怀抱，借酒消愁愁更愁，谩赢得愁肠百结罢了。说"拟恣"，意思是准备放纵一下，但未必是真的放纵，作者是一个通达的理性的词人，与其伤春悲秋，不如怜取眼前人，在碧纱窗边，不是正有美人重画蛾眉，在苦苦等待吗？温庭筠《菩萨蛮》里说："不如早还家，绿窗人似花。"和本词所言何其相似乃尔！短短小令，写景层层递进，抒情一波三折，备见作者匠心。

[汇评]

　　赵尊岳《〈珠玉词〉选评》：此词言春色用一"渐"字以开其先，然后用一"也"字，以结束此春色将殷之小段落，一收一放，始见情趣，亦即小天地中之沉郁，所谓无垂不缩也。下此则为春光灿烂，而后春残，为别一段落，不属此"渐"字之境地矣。其下以"迟日"二字度至春光灿烂，曰"艳阳时节"，再继之以残春之落花，一春三段落，理脉分明。于开首之句用"渐"字引入，于春残之际，用"争奈"以遣其无可奈何之思，首尾完整，然不见丝毫沾滞之迹，信有神力运之毫端。后阕由过拍"争奈"中，别辟新境界，一放曰"拟恣狂歌"，一收曰"断肠愁多"，于是并狂歌而不为之矣。然后结入别一新意象，曰"不如归"，其下申归去之景色人物，于数十字之小令中，屡收屡放，波澜壮阔，使读者只见其起伏之势，而不觉其句语之短，此叠假山、造园林之结构，备极匠心。

滴滴金

梅花漏泄春消息[①]。柳丝长，草芽碧。不觉星霜鬓边白[②]。念时光堪惜。　　兰堂把酒留嘉客。对离筵，驻行色③。千里音尘便疏隔④。合有人相忆⑤。

[注释]

①漏泄：泄露。唐杜甫《腊日》："侵凌雪色还萱草，漏泄春光有柳条。"

②星霜：星辰一年一周转，霜每年遇寒而降，因以"星霜"指年岁。也用来形容鬓发斑白。唐白居易《岁晚旅望》："朝来暮去星霜换，阴惨阳舒气序牢。"

③行色：行旅出发前后的情状、气派。《庄子·盗跖》："今者阙然数日不见，车马有行色，得微往见跖耶？"

④音尘：音信，消息。汉蔡琰《胡笳十八拍》："故乡隔兮音尘绝，哭无声兮气将咽。"

⑤合：应当，应该。

[赏析]

《滴滴金》，始见于晏殊《珠玉词》，为北宋初期的新调。双调小令，五十字，上、下片字数、句式和韵脚都一样，皆为二十五字、五句、四仄韵。

本篇为送行惜别之词。一者感慨韶华易逝，一者难堪音尘阻隔，关合两者，写出对远行者的深厚感情。上片写韶华易逝，时光堪惜。在写景中已暗含着时光的流转。李白《早春寄王汉阳》："闻道春还未相识，走傍寒梅访消息。"寒梅最早泄露春光，而当"柳丝长，草芽碧"的时候，已是大好艳阳时节，春色年年，而词人却"鬓已星星也"，年已老大，年光流逝，怎能不使人心惊，又怎能不去珍惜呢？当此际，一场离筵正在兰堂上演，良辰美景，嘉客贤主，可惜只是暂驻形色，略抒情愫而已。此后将会是音尘阻隔,聚首无期,此情此景,将何以堪!结句,词人调转笔锋,宽慰友人,无论在何时何地,都自会有人牵挂思念。依依惜别之情,自然见于言外。

[汇评]

赵尊岳《〈珠玉词〉选评》:此伤离惜别之词也。离不足愁,别不足惜,其可愁可惜者,端在音尘疏隔,故此词以"千里"为主句,然不置前阕,而置之于结煞,则文人狡狯,固无施而不可也。前阕述景,由初春而中春,转以接入人事鬓霜,读来觉其宛转,不觉其突兀,所谓词中之度字法者如此。此固犹可就文字以窥见者。至用暗度者,则后阕以行色为言,前阕所言之景物均即为行色之色。由此色字上,生出前阕三句,以相照映,理脉极细。论者以为词至北宋始工,虽同为敷陈情绪,不涉饾饤,而蹊径可通,花明柳暗,殊非五代之出于缠令、竹枝者所可企及,举是为证,庶易烛之。词可直写而不当直断,阕尾尤以别立新意,有余不尽为佳。此词结拍于直写"疏隔"下,继以"有人相忆",即是使此法以立新意,然更敏妙出之,用一"合"字,所谓合当也,亦即应或之谓也。于相忆曰"应",则正两心相属,益见其深矣。小令不在以明语千行写情绪,贵以一二字活现真诚,此最不易事,于此即可通用字、省句之法。然择之过精,则必嫌晦,南宋诸贤,遂不复为椎轮大辂矣。

山亭柳(赠歌者)

家住西秦①。赌博艺随身②。花柳上、斗尖新③。偶学念奴声调④,有时高遏行云⑤。蜀锦缠头无数⑥,不负辛勤。　　数年来往咸京道⑦,残杯冷炙谩消魂⑧。衷肠事、托何人。若有知音见采,不辞遍唱阳春⑨。一曲当筵落泪,重掩罗巾。

[注释]

　　①西秦:今陕西一带,古为秦国之地,故称西秦。此地古多歌唱家,三国魏曹植《侍太子坐》:"齐人进奇乐,歌者出西秦。"

　　②博:古代的一种棋类游戏,通过掷采较胜负。《楚辞·招魂》:"菎蔽象棋,有六博些。分曹并行,遒相迫些。成枭而牟,呼五白些。"汉王逸注:"投六箸,行六棋,故为六博也。言宴乐既毕,乃设六博,以菎蔽为箸,象牙为棋,丽而且好也。"

　　③花柳:指歌席唱词的内容,所流行的是吟花咏柳、男欢女爱这一类。斗尖新:竞相别出新巧。《敦煌曲子词·内家娇》:"善别宫商,能调丝竹,歌令尖新。"《全唐诗》载无名氏《射覆巾子》:"近来好裹束,各自竞尖新。"

　　④念奴:唐玄宗天宝年间著名歌妓。唐元稹《连昌宫词》:"力士传呼觅念奴,念奴潜伴诸郎宿。"自注:"念奴,天宝中名倡,善歌。"后以其名为词调《念奴娇》。

　　⑤高遏行云:形容歌声高亢激越,能阻止天上的行云。《列子·汤问》:"薛谭学讴于秦青,未穷青之技,自谓尽之,遂辞归。秦青弗止,饯于郊衢,抚节悲歌,声振林木,响遏行云。薛谭乃谢求反,终身不敢言归。"

　　⑥蜀锦:四川出产的织锦。为当时名贵的锦缎。缠头:古时歌女演唱时以锦缠头作为装饰,后因此把赠送给歌女的锦帛之类称为缠头。唐白居易《琵琶行》:"五陵年少争缠头,一曲红绡不知数。"

⑦咸京道：指来往咸阳长安一线的交通要道。咸京，指秦都咸阳，在今陕西西安市西北。

⑧残杯冷炙：吃剩的饭菜，代指豪贵人家不礼貌的、微薄的施舍酬劳。唐杜甫《奉赠韦左丞丈二十二韵》："残杯与冷炙，到处潜悲辛。"谩消魂：徒然痛苦伤心。

⑨不辞：甘愿。阳春：高雅的歌曲。《文选·宋玉〈对楚王问〉》："客有歌于郢中者，其始曰《下里》、《巴人》，国中属而和者数千人；其为《阳阿》、《薤露》，国中属而和者数百人；其为《阳春》、《白雪》，国中属而和者不过数十人而已。"唐李周翰注："《阳春》、《白雪》，高曲名也。"

[赏析]

《山亭柳》，分平韵、仄韵两体。本篇为平韵体。双调七十九字，上片七句五平韵，下片七句四平韵。

这首词小题为"赠歌者"，是一首标题明确、主题鲜明的作品。早期的唐五代词，咏调名者多，而有独立标题者很少，这种独立标题后来更进一步发展为题序，这对于我们确定词作的创作背景、创作意图有着非常重要的作用。这首词是词人赠给一名特定歌者的作品，因为歌者特殊的身世遭遇引起了作者自己的身世之感，有一种"同是天涯沦落人"的沉痛在里面。词的上、下片以歌者的今昔对比为结构模式。上片描写歌者当红时候的状况。这位歌者出生于以出歌唱家著名的西秦地区，多才多艺，甚至是六博、格五等游戏也都是其看家本领。并且善唱新曲，斗新斗巧，出奇制胜。偶尔学唱唐代著名歌者念奴的声调，歌喉高亢，响遏行云。多少贵家公子，争相追捧，一曲红绡不知数，总算不负自己的辛勤劳动。这一部分写得花团锦簇，也为下片写歌者的流落索寞做了很好的铺垫。下片写歌者年老色衰后的悲惨遭遇。多少个年头，奔波于繁华的咸阳大道上，乞得豪门盛宴的"残杯冷炙"，徒然使人黯然销魂。心中事，能够向谁倾诉？如果真有知音欣赏我的话，我甘愿为他一遍又一遍演唱最美的歌曲。可惜只能在宴席上演唱，忍不住当场落泪，一再沾湿了罗巾。在古代，一个歌者能有什么出路呢？要么，老大嫁作商人妇；要么，郁郁寡欢、以泪洗面。心事有谁知？知音何可求呢？《古诗十九首》里吟唱道："不惜歌者苦，但伤知音希。"这不仅仅是歌者的痛苦，又何尝不是千古士人的伤心事呢？根据本词的内容，可以肯定此词是晏殊晚年知永兴军（今陕西西安）时所作。此时，晏殊年已六旬，从朝廷出外就职也已多年，歌者的遭遇必然引起他对自己宦海沉浮的感伤。乃借他人之酒杯，浇自己心中之块垒，当无可疑。正因为如此，本词在格调上也一反其圆融平静、清疏旷朗的风格，变得声情激越、感慨悲凉，算得上是晏殊词作中的别调。

[汇评]

胡云翼《宋词选》：这首词写一个红歌女因年老色衰被上层社会的公子哥儿所遗弃而没落的悲剧。在《珠玉词》中这是比较具有现实意义的作品之一。

郑骞《词选》：此词云"西秦"、"咸京"，当是知永兴军时所作，时同叔年逾六十，去国已久，难免抑郁。

叶嘉莹《大晏词的欣赏》：大晏词的风格，一向都表现得圆融平静，而这首词却偏偏写得声情激越、感慨悲凉；大晏词一向都不曾加冠标题，而这首词却偏偏有个《赠歌者》的题目。这两种例外的情形，同时发生于一首词之上，这是颇可玩味的一件事。要想解答此一问题，我想我们该对大晏的性格和生平有更进一步的认识。大晏在词作中所表现的闲雅的风格和旷达的怀抱，确实显示出了他的一份理性的修养——平静而有操持。然而在史传中，对他的性格却也有着另一面的记载。《宋史·晏殊传》云："殊性刚简……累典州，吏民颇畏其悁急。"又欧阳修之晏殊的神道碑序亦云："公为人刚简。"而《四库全书总目提要》评其《珠玉词》则云："殊赋性刚峻，而词语特婉丽。"大晏确实有着理性的操持，这是不错的；大晏也确实有着刚峻的个性，这也是不错的。而他在词中所表现的婉丽，就正是他的刚峻的个性透过了理性的操持所达到的一种矛盾的统一、复杂的调合的境界……是晏殊既以非其罪的罪名被罢相，又出知外郡既久，这种种拂逆挫折，使他在词作中露出了刚劲激动的另一面性格，原该是极自然的一件事。只是这一首《山亭柳》词，还有另一点值得我们注意的地方，那就是它的题目是《赠歌者》。从大晏晚年的遭遇与这首词中所表现的感情来看，谓为浇自己胸中块垒之作，当是无可置疑的事。……大晏也借《赠歌者》的题目，先把感情的距离推远了，然后才能无所顾忌地将他的感慨抑郁借着别人的故事而发泄出来。同时我还以为这首词的题目并不是由臆想加上去的，而该是确有一位歌者，而此歌者之身世，则曾唤起了大晏的深切的共鸣，于是郁积已久的情怀乃因之一泄而出。这种机会正是可遇而不可求的，因此，我们在大晏其他的词作中，并不容易看到这一种感慨激越的情调，这正因为大晏不容易遇到这样可以借端发挥的好题目的缘故。而毫无假借地揭露自己的创口，则又是大晏所断乎不肯做的。明乎此，我们就可以知道，这首风格例外的作品，不但不能使大晏的理性的诗人的基础动摇，而且反更多了一层有力的证明。

睿恩新

红丝一曲傍阶砌[①]。珠露下、独呈纤丽。剪鲛绡、碎作香英[②]，分彩线、簇成娇蕊。　　向晚群花欲悴[③]。放朵朵、似延秋意。待佳人、插向钗头，更袅袅、低头凤髻④。

[注释]

①"红丝"句：这句是说沿台阶曲折之处，木芙蓉花如一条红色的丝带。一曲：弯曲的地方。

②鲛绡：相传为南海鲛人所织的一种丝绢。南朝梁任昉《述异记》卷上："南海出鲛绡纱，泉室潜织，一名龙纱。其价百余金，以为服，入水不濡。"唐温庭筠《张静婉采莲曲》："掌中无力舞衣轻，剪断鲛绡破春碧。"

③悴：枯萎，凋谢。三国魏曹植《朔风》："繁花将茂，秋霜悴之。"

④袅袅：摇曳不定的样子。凤髻：古时女子的一种发饰，以其高翘似凤舞，故名。唐宇文氏《妆台记》："周文王于髻上加珠翠翘花，傅之铅粉，其髻高，名曰凤髻。"后蜀欧阳炯《凤楼春》："凤髻绿云丛，深掩房栊。"

[赏析]

《睿恩新》，双调小令，五十五字，上、下片各四句三仄韵，上、下片的后三句多用上三下四的句法。

这首词是咏木芙蓉花的。木芙蓉，秋冬间开白色或淡红色的花。又名拒霜花。冬凋夏茂，仲秋开花，耐寒不落。宋宋祁《益都方物略记》："添色拒霜花，生彭、汉、蜀州，花常多叶，始开白色，明日稍红，又明日则若桃花然。"元白珽《西湖赋》："秋容不淡，拒霜已红。"这种又名拒霜花的木芙蓉，秋天迎寒盛开，深受晏殊的钟爱，所以其有多首作品来吟咏它。大约这种花的品格和晏殊"刚简"的性格颇为相合吧。上片细致描摹木芙蓉花的娇艳身姿。傍着曲折的台阶，木芙蓉花迎风怒放，如一条红色的丝带。金风白露之下，独有它呈现出纤细秀美的身姿。好像是用鲛人所织的鲛绡剪碎了做成的花瓣，又用淡黄色的丝线促成了它的娇黄的嫩蕊。在另一首《睿恩新》里，晏殊描绘木芙蓉花"金蕊绽、粉红如滴"，《少年游》里说"霜前月下，斜红淡蕊"，我们可以想象拒霜花的美丽。下片则是写意传神，描摹出木芙蓉花的品格来。晚秋时节，群花都已憔悴凋萎，只有它一朵朵迎风怒放，好像在延续秋天的生命。如果把它插向佳人的钗头，点缀那凤髻云鬟，袅袅娜娜，"最是那一低头的温柔，恰似一朵水莲花，不胜凉风的娇羞"，该是多么美丽的画卷啊！名花配佳人，花面交相映，晏殊真是善于摹神的妙手。周邦彦《六丑》："残英小、强簪巾帻。终不似一朵，钗头颤袅，向人欹侧。"或许就是受了晏殊的影响吧。

玉堂春

　　帝城春暖①。御柳暗遮空苑②。海燕双双，拂扬帘栊③。女伴相携、共绕林间路，折得樱桃插髻红。　　昨夜临明微雨，新英遍旧丛。宝马香车、欲傍西池看，触处杨花满袖风④。

[注释]

　　①帝城：京城，指北宋都城东京汴梁（今河南开封）。

　　②御柳：宫苑中所种的柳树。

　　③拂扬：掠过。帘栊：窗帘和窗牖。也泛指门窗的帘子。南朝梁江淹《杂体诗·效张华离情》："秋月映帘栊，悬光入丹墀。"

④触处：处处。唐白居易《春尽日宴罢感事独吟》："闲听莺语移时立，思逐杨花触处飞。"

[赏析]

《玉堂春》，双调小令，六十一字，上片六句两仄韵两平韵，下片四句两平韵。

本篇写春日京城仕女踏青游览金明池的盛况。北宋时京城有四大皇家苑囿：琼林苑、宜春苑、金明池、玉津苑，其中金明池在二月份开放，京城士庶民众皆可观赏纵游，是京城最为著名的游览胜地。宋元话本小说里，许多著名的故事就以此为背景，如《闹樊楼多情周胜仙》，主人公的恋爱故事就是发生在游览金明池的时候。晏殊作为长期生活在京城的达官贵人，自然对此极为熟悉。本词所写就是京城富贵人家的女子春日游览西池的景象。词作首先描写春满京城的大的背景。柳暗花明，帝城春色一片。燕子双双，给深深庭院里的女孩子们带来春的消息。因为昨夜的一场春雨，新开的鲜花更加明丽。女伴们乘着香车宝马，结伴前往西池游赏。她们折来樱桃花，插得满头红艳艳的。处处都是飞扬的杨花，到处都是春风拂面。整首词作充满了轻松欢快的格调，表现出一种昂扬的生机。使我们今日能够非常形象地了解千年之前京城人们的生活情景。

玉堂春

后园春早。残雪尚蒙烟草。数树寒梅，欲绽香英。小妹无端、折尽钗头朵①，满把金尊细细倾。　　忆得往年同伴，沉吟无限情②。恼乱东风、莫便吹零落③，惜取芳菲眼下明。

[注释]

①小妹:小姑娘。无端:无缘无故、无来由。钗头朵:指折下梅花插向钗头。

②沉吟:沉思吟味,默默探求。三国魏曹操《短歌行》:"青青子衿,悠悠我心。但为君故,沉吟至今。"

③恼乱:烦扰。唐白居易《和微之十七与君别及陇月花枝之咏》:"别时十七今头白,恼乱君心三十年。"

[赏析]

此词写初春时节惜花怜人之意。词中塑造了一个多情的"小妹"的形象,通过细节的描写,刻画了她的心理状态。词中写到初春时节,残雪未消,宿草尚被烟雾笼罩。此时几株梅花,独独将绽未绽,已经泄露春的消息。一位多情的小姑娘,踏雪寻梅,不知何事触动情怀,毫无来由地将梅朵折下,插满钗头,满斟金杯,细细品酒赏花。那么这个小姑娘究竟是爱花还是怨花呢?一个人细酌慢饮,又是什么缘故?这个细节、这样的画面,充满着值得探究的原因。原来是她想起了往年结伴寻梅的同伴,当年赏花之人,现在身在何处?是已经嫁人,还是远走他乡?而自己的未来又会如何呢?她细思默想,心绪缭乱,不禁发出感慨:那令人烦恼的东风啊,莫要就这样将花儿吹落吧!珍惜这些花儿吧,让它们在眼前烂漫地开放吧!小姑娘的心思,是惜花,更是对自己青春年华的珍惜,对青春终将逝去的无奈!春女悲,这是千古女儿们都要面临的困境,也是士大夫自身所最为之伤痛的吧。

破阵子

　　燕子来时新社①,梨花落后清明。池上碧苔三四点,叶底黄鹂一两声。日长飞絮轻。　　巧笑东邻女伴②,采桑径里逢迎。疑怪昨宵春梦好,元是今朝斗草赢③。笑从双脸生。

[注释]

　　①新社:古时春秋两次祭祀土地神的日子称为社日。一般在立春、立秋后的第五个戊日。新社,指春社。相传燕子在春社的时候从南方飞来。唐薛能《桃花》:"风光新社燕,时节旧春农。"

　　②巧笑:笑得很美。《诗经·卫风·硕人》:"巧笑倩兮,美目盼兮。"

　　③疑怪:难怪,怪不得。元是:原来是。斗草:又名斗百草,古代妇女春夏间采百草以较胜负的一种游戏。南朝梁宗懔《荆楚岁时记》:"五月五日,四民并踏百草,又有斗百草之戏。"唐司空图《灯花》:"明朝斗草多应喜,剪得灯花自扫眉。"五代后蜀王建《宫词》:"水中芹叶土中花,拾得还将避众家。总待别人般数尽,袖中抯出郁金芽。"

[赏析]

　　这首词作是晏殊的名作,词中描绘了一幅宋代节令风俗画卷,特别是对少女在特定场景下活泼、欢快性格的描绘,在晏殊词作中可谓别具一格。词作上片写景,下片写人。上片所写之景,乃是一个特定的节令,在春社和清明之间,正是一年春天最好的时光。并且在这些特定的节令中,人们的节俗活动给予了闺阁中女子一个相对自由的活动空间。首先是春社，春社在立春后第五个戊日。此时，燕子从南方飞来，社日这一天要祭祀土地神，家家户户都置办酒宴，进行欢庆。王驾《社日》："桑柘影斜春社散，家家扶得醉人归。"妇女们在这一天也可以停止女红。张籍《吴楚歌词》："今朝社日停针线。"而清明则在春分后十五日，大致在暮春三月初，为祭祖之日，妇女们在这一天也可以出外踏青挑菜，做竟日之游。这都是古代女子难得的可以外出游玩的时节。此时，梨花已落，天气渐暖。作者接着描写词中女子生活的园林。天气暖和湿润，池塘边上长出三四点碧绿的苔藓，浓密的树叶下传出一两声黄鹂的鸣啭。漫长的白日里，柳絮在轻盈地飞舞。这是多么安静的明丽的春光啊。下片写人，承上而下。在这样大好的春光里，年轻的女孩子如何能够按捺得住呢？自然要呼朋引伴，结对出游了。恰好在桑林的小路上，遇上了东邻的女伴笑语盈盈地走来。斗草是这个季节里女孩子最爱的游戏。怪不得我昨晚做了个吉利的好梦，原来是今早斗草要赢的兆头啊——双颊上不禁泛起得意的笑容来。作者写斗草游戏，纯粹以虚笔来写，不写正面的斗草过程，而是写结果，是通过对表情的描测，深入到小女孩的心灵世界。整首词作在动静对比中，塑造了一个青春的、活泼的、生意盎然的小女孩的形象——天真无邪，纯净美丽，在伤春悲秋充斥的词坛上，无疑是一道夺目的光彩。

[汇评]

明沈际飞《草堂诗余别集》卷二：小倩香奁中笔。

清许昂霄《词综偶评》："疑怪昨宵春梦好"三句，如闻香口，如见冶容。

清陈廷焯《白雨斋词话》卷五：古人词……晏元献之"疑怪昨宵春梦好，元是今朝斗草赢。笑从双脸生"……均不失为风流酸楚。

清陈廷焯《词则·闲情集》卷一：风神婉约。

刘永济《唐五代两宋词简析》：此乃纯用旁观者之言，描写春日游女戏乐之情景，因见游女斗草得胜之笑，而代写其心情。言今朝斗草得胜，乃昨宵好梦之验，可谓能深入人物之内心者。此种词虽无寄托，而描绘人情物态，极其新鲜生动，使读者如亲见其人其事，而与作者同感其乐。单就艺术性说来，亦有可采之处也。

胡云翼《宋词选》：作者用轻淡的笔触，刻画暮春接近初夏的景色。后段写得特别生动，采桑少女斗草的兴高采烈和她的天真无邪的笑声，划破了寂静的春的田野，格外使人感到生活的温馨和美丽。

沈祖棻《宋词赏析》：这首词写的是古代闺阁中少女们春天生活的一个片段。词人用写生的妙笔，在读者面前展开了一幅仕女图，而美丽的春光则是它的背景。景色是那么鲜明，人物是那么生动，全篇充满着青春的欢乐气息。这在古代描写妇女生活的作品中是不多的。……这首词纯用白描，展示了古代少女的纯洁心灵。笔调活泼，风格朴实，与主题相称。

玉楼春

绿杨芳草长亭路。年少抛人容易去①。楼头残梦五更钟，花底离情三月雨。　　无情不似多情苦。一寸还成千万缕②。天涯地角有穷时，只有相思无尽处。

[注释]

①年少：少年人，指所喜欢的人。容易：轻率，草率，轻易。

②一寸：指心，古人谓心为方寸之地。千万缕：千头万绪。南唐李煜《蝶恋花》："一片芳心千万绪，人间没个安排处。"

[赏析]

　　这首词写一位女子在情人离去后的别愁，所谓"作妇人语"的代言体之作。虽然晏殊之子晏几道曾经辩解说词中的"年少"是"年轻"之意，但恐怕揆之整首词作，只能谓之为尊者讳的诡辩。也有评论者认为是借闺怨而别有寓托，恐亦求之过深。我们仍然从闺怨的角度来欣赏这首词作。词作上片写离别之景事。首句即点明离别，刘禹锡《杨柳枝词》："长安陌上无穷树，唯有垂杨绾别离。"江淹《别赋》："春草碧色，春水绿波，送君南浦，伤如之何！"自古以来，杨柳、芳草、长亭都是离别的代名词。次句写女子所爱的少年轻易地抛开自己，离别而去。也许为了功名，也许为了利禄，年轻人总是把离别看得那么轻易，却不知道这给闺中的女子带来了多少的愁思。楼上五更悠扬的钟声惊醒了残梦，花下三月淅沥的春雨触动了离情。这两句造语精练无匹，所抒之情却凄楚不堪，恰成鲜明对比。下片以决绝爽直的笔法直抒胸臆，闺妇的怨思如滔滔江水，奔涌而出。人类为什么要有那么多感情呢？无情不是更轻松吗？多情多苦，方寸之心，情思万缕，纠缠绾结，真是一寸相思一寸灰啊！结句更是厉声疾呼，天涯海角也有尽头，只有相思啊无穷无尽！晏殊在其《踏莎行》（祖席离歌）中也说："无穷无尽是离愁，天涯地角寻思遍！"可见这是晏殊对于离愁别绪一贯的看法。《长恨歌》里说："天长地久有时尽，此恨绵绵无绝期。"那是死别的呼唤，这首词则是生离的心声，可谓各穷其致！

[汇评]

　　宋赵与时《宾退录》卷一引《诗眼》云：晏叔原见蒲传正云："先公

平日小词虽多，未尝作妇人语也。"传正云："'绿杨芳草长亭路。年少抛人容易去'，岂非妇人语乎？"晏曰："公谓'年少'为何语？"传正曰："岂不谓其所欢乎？"晏曰："因公之言，遂晓乐天诗两句，盖'欲留所欢待富贵，富贵不来所欢去'。"传正笑而悟。余按全篇云云，盖真谓"所欢"者，与乐天"欲留年少待富贵，富贵不来年少去"之句不同，叔原之言失之。

明李攀龙《草堂诗余隽》：春景春情，句句逼真，当压倒白玉楼矣。

明沈际飞《草堂诗余正集》卷一：爽快决绝，他人含糊不得。

（又）昔人言近旨远，岂好作妇人语。

清黄苏《蓼园词选》：言近而旨远者，善言也。"年少抛人"，凡罗雀之门，枯鱼之泣，皆可作如是观。"楼头"二语，意致凄然，挈起多情苦来。末二句总见多情之苦耳。妙在意思忠厚，无怨怼口角。

清陈廷焯《白雨斋词话》卷五：晏元献之"楼头残梦五更钟，花底离情三月雨"……似此则婉转缠绵，情深一往，丽而有则，耐人玩味。

清陈廷焯《词则·闲情集》卷一：凄艳。低回反复，言有尽而意无穷。

俞陛云《唐五代两宋词选释》：夏闰庵谓后半阕惟极写"离愁"二字，若南宋人为之，必别出一意，断不如此直说。此等处正宜着眼。

刘永济《唐五代两宋词简析》：今观此词首句记别时、别地，次句言作别之人，三句言"残梦"，四句言"离愁"。后半阕首句言"多情苦"，末句言"相思无尽处"。故蒲传正举以为作妇人语之证。叔原不以为然，引乐天诗"欲留年少待富贵，富贵不来年少去"，以"所欢"代"年少"。意谓其父此词之年少亦同于乐天诗，讥蒲误以为妇人称其"所欢"也。通过此故事，可知宋初诸公虽非不作闺情词，但出语不欲如五代诸家之藻饰艳丽，一也。宋初诸公之闺情词，乃托闺情以抒己情，与五代诸家之纯写闺情别无寄托者不同,二也。晏殊此词合下录之《踏莎行》二阕读之,便可知其为托闺情以抒己情,非专作妇人思其夫之语。盖因所托之情,关涉朝政,不便明言,故托之闺情也。叔原深知此词所托之意,亦不便明言,故引乐天诗以讥传正使之自悟。传正闻叔原言,亦体会出叔原之意,知己之前言,但见表面,未得作者本意,故笑而悟其言之失。于此又可知宋初词家之所以于五代诸家中独喜冯延巳词之故。盖冯词即托闺情以言己情者,前选冯词可证也。李煜之词除宫中行乐诸词外,亦有托闺情以写悲痛者。故此二人在五代诸家中影响宋词特大也。

唐圭璋《唐宋词简释》:此首述相思之情。起句点春景。次句言人去。"楼头"两句,写人去后之处境,凄楚不堪,而缀语亦精炼无匹。下片,纯用白描,直抒胸臆,作意自后主词"一片芳心千万绪,人间没个安排处"来。但觉忠厚之至,而无丝毫怨怼。

詹安泰《简论晏欧词的艺术风格》:晏词的艺术风格是清雅含蓄。例如《玉楼春》(绿杨芳草长亭路)既不露雕炼的痕迹,也不着浓艳的字眼,而情景逼真,含蕴无穷。

附　录

晏殊生平资料

　　《宋史·晏殊传》：晏殊，字同叔，抚州临川人。七岁能属文，景德初，张知白安抚江南，以神童荐之。帝召殊与进士千余人并试廷中，殊神气不慑，援笔立成。帝嘉赏，赐同进士出身。宰相寇准曰："殊江外人。"帝顾曰："张九龄非江外人邪？"后二日，复试诗、赋、论，殊奏："臣尝私习此赋，请试他题。"帝爱其不欺，既成，数称善。擢秘书省正字，秘阁读书。命直史馆陈彭年察其所与游处者，每称许之。明年，召试中书，迁太常寺奉礼郎。东封恩，迁光禄寺丞，为集贤校理。丧父，归临川，夺服起之，从祀太清宫。诏修宝训，同判太常礼院。丧母，求终服，不许。再迁太常寺丞，擢左正言、直史馆，为昇王府记室参军。岁中，迁尚书户部员外郎，为太子舍人，寻知制诰，判集贤院。久之，为翰林学士，迁左庶子。帝每访殊以事，率用方寸小纸细书，已答奏，辄并稿封上，帝重其慎密。仁宗即位，章献明肃太后奉遗诏权听政。宰相丁谓、枢密使曹利用，各欲独见奏事，无敢决其议者。殊建言："群臣奏事太后者，垂帘听之，皆毋得见。"议遂定。迁右谏议大夫兼侍读学士，太后谓东宫旧臣，恩不称，加给事中。预修《真宗实录》。进礼部侍郎，拜枢密副使。上疏论张耆不可为枢密使，忤太后旨。坐从幸玉清昭应宫，从者持笏后至，殊怒，以笏撞之折齿，御史弹奏，罢知宣州。数月，改应天府，延范仲淹以教生徒。自五代以来，天下学校废，兴学自殊始。召拜御史中丞，改资政殿学士、兼翰林侍读学士，兵部侍郎、兼秘书监，为三司使，复为枢密副使，未拜，改参知政事，加尚书左丞。太后谒太庙，有请服衮冕者，太后以问，殊以《周官》后服对。太后崩，以礼部尚书罢知亳州，徙陈州，迁刑部尚书，以本官兼御史中丞，复为三司使。陕西方用兵，殊请罢内臣监兵，不以阵图授诸将，使得应敌为攻守；及募弓箭手教之，以备战斗。又请出宫中长物助边费，凡他司之领财利者，悉罢还度支。悉为施行。康定初，知枢密院事，遂为枢密使。进同中书门下平章事。庆历中，拜集贤殿学士、同平章事，兼枢密使。殊平居好贤，当世知名之士，如范仲淹、孔道辅皆出其门。及为相，益务进贤材，而仲淹与韩琦、富弼皆进用，至于台阁，多一时之贤。帝亦奋然有意，欲因群材以更治，而小人权幸皆不便。殊出欧阳修为河北都转运，谏官奏留，不许。孙甫、蔡襄上言："宸妃生圣躬为天下主，而殊尝被诏志宸妃墓，没而不言。"又奏论殊役官兵治僦舍以规利。坐是，降工部尚书、知颍州。然殊以章献太后方临朝，故志不敢斥言；而所役兵，乃辅臣例宣借者，时以谓非殊罪。徙陈州，又徙许州，稍复礼部、刑部尚书。祀明堂，迁户部，以观文殿大学士知永兴军，徙河南府，迁兵部。以疾，请归京师访医药。既平，复求出守，特留侍经筵，诏五日一与起居，仪从如宰相。逾年，病浸剧，乘舆将往视之。殊即驰奏曰："臣老疾，行愈矣，不足为陛下忧也。"已而薨。帝虽临奠，以不视疾为恨，特罢朝二日，赠司空兼侍中，谥元献，篆其碑首曰"旧学之碑"。殊性刚简，奉养清俭。累典州，吏民颇畏其悁急。善知人，富弼、杨察，皆其婿也。殊为宰相兼枢密使，而弼为副使，辞所兼，诏不许，其信遇如此。文章赡丽，应用不穷，尤工诗，闲雅有情思，晚岁笃学不倦。文集二百四十卷，及删次梁、陈以后名臣述作，为《集选》一百卷。

宋欧阳修《观文殿大学士行兵部尚书西京留守赠司空兼侍中晏公神

道碑铭》：至和元年六月，观文殿大学士、行兵部尚书、西京留守、临淄公以疾归于京师。八月，疾少间，入见。天子曰："噫！予旧学之臣也。"乃留侍讲迩英阁，诏五日一朝前殿。明年正月，疾作，不能朝。敕太医朝夕往视。有司除道，将幸其家。公叹曰："吾无状，乃以疾病忧吾君。"即驰奏曰："臣疾少间，行愈矣。"乃止。其月丁亥，以公薨闻，天子震悼，亟临其丧，以不即视公为恨。赠公司空兼侍中，谥曰元献。有司请辍视朝一日，诏特辍二日。以其年三月癸酉，葬公于许州阳翟县麦秀乡之北原。既葬，赐其墓隧之碑首曰"旧学之碑"。既又敕史臣修考次公事，具书于碑下。臣修伏读国史，见真宗皇帝时天下无事，天子方推让功德，祠祀天地山川，讲礼乐以文颂声，而儒学文章隽贤伟异之人出。公世家江西之临川。年始十四，一日起田里，进见天子，时方亲阅天下贡士，会廷中者千余人，与夫宫臣、卫官，拥列圜视。公不动声气，操笔为文辞，立成以献。天子嘉赏，赐同进士出身，遂登馆阁，掌书命，以文章为天下所宗。逮陛下养德东宫，先帝选用臣属，即以公遗陛下。由王官、宫臣卒登宰相，凡所以辅道圣德，忧勤国家，有旧有劳，自始至卒五十余年。公既薨，而先帝之名臣与陛下东宫之旧人，皆无在者，宜其褒宠优异，比公甘盘。臣修幸得执笔史官，奉明诏，谨昧死上临淄公事曰：公讳殊，字同叔，姓晏氏。其世次、晦显、徙迁不常。自其高祖讳墉，唐咸通中举进士，卒官江西，始著籍于高安；其后三世不显。曾祖讳延昌，又徙其籍于临川。祖讳郜，追封英国公。考讳固，追封秦国公。自曾祖以下，皆用公贵，累赠开府仪同三司、太师、中书令兼尚书令。曾祖妣张氏，陈国太夫人。祖妣傅氏，许国太夫人。妣吴氏，唐国太夫人。公生七岁，知学问，为文章，乡里号为神童。故丞相张文节公安抚江西，得公以闻。真宗召见，既赐出身。后二日，又召试诗赋论，公徐启曰："臣尝私习此赋，不敢隐。"真宗益嗟异之，因赐以他题。以为秘书省正字，置之秘阁，使得悉读秘书，命故仆射陈文僖公视其学。明年，献其所为文，召试中书，迁太常寺奉礼郎。封祀太山，推恩，迁光禄寺丞，数月，充集贤校理。明年，迁著作佐郎。丁父忧，去官。已而真宗思之，即其家起复，命淮南发运使具舟送之京师，从祀太清宫，赐绯衣银鱼，同判太常礼院。又丁母忧，求去官服丧，不许。今天子始封昇王，公以选为府记室参军，再迁左正言、直史馆。今天子为皇太子，以户部员外郎充太子舍人，赐金紫，知制诰，判集贤院，迁翰林学士，充景灵宫判官、太子左庶子，兼判太常寺、知礼仪院。公既以道德文章佐佑东宫，真宗每所谘访，多以方寸小纸细书问之，由是参与机密，凡所对，必以其稿进，示不泄。其后悉阅真宗阁中遗书，得公所进稿，类为八十卷，藏之禁中，人莫之见也。初，真宗遗诏：章献明肃太后权听军国事。宰相丁谓、枢密使曹利用各欲独见奏事，无敢决其议者。公建言：群臣奏事太后者，垂帘听之，皆毋得见。议遂定。乾兴元年，拜右谏议大夫兼侍读学士，迁给事中、景灵宫副使，判吏部流内铨，以《易》侍讲崇政殿，迁礼部侍郎、知审官院，为枢密副使，迁刑部侍郎。上疏论张耆不可为枢密使，由是忤太后旨，坐以笏击其仆、误折其齿罢。留守南京，大兴学校，以教诸生。自五代以来，天下学废，兴自公始。召拜御史中丞，改兵部侍郎，兼秘书监、资政殿学士、翰林侍读学士，知天圣八年礼部贡举。明年，为三司使，复为枢密副使，未拜，改参知政事，迁尚书左丞。太后谒太庙，有请服衮冕者，太后以问公，公以《周官》后服对。太后崩，大臣执政者皆罢，公为礼部尚书知亳州，徙知陈州，迁刑部尚书，复召为御史中丞，又为三司使，知枢密院事，拜枢密使，再加检校太尉、同中书门下平章事。庆历三年三月，遂以刑部尚书居相位，充集贤殿大学士，兼枢密使。自公复召用，而赵元昊反，师出陕西，天下弊于兵。公数建利害，请罢监军，兼以阵图授诸将，使得应敌为攻守，及制财用为出入之要，皆有法。天子悉为施行，自宫禁先，以率天下，而财赋之职悉归有司，卒能以谋臣元昊，使听约束，乃还其王号。公为人刚简，遇人必以诚，虽处富贵如寒士，尊酒相对，欢如也。得一善，称之如己出，当世知名之士如范仲淹、孔道辅等，皆出其门，及为相，益务进贤材。当公居相府时，范仲淹、韩琦、富弼皆进用，至于台阁，多一时之贤。天子既厌西兵，闵天下困敝，奋然有意，遂欲因群材以更治，数诏大臣条天下事。方施行，而小人权幸皆不便。明年秋，会公以事罢，而仲淹等相次亦皆去，事遂已。公既罢，以工部尚书知颍州，徙知陈州，又徙许州，三迁户部尚书，拜观文殿大学士、知永兴军，充一路都部署、安抚使，徙知河南府兼西京留守，累进阶至开府仪同三司，勋上柱国，爵临淄公，食邑万二千户，实封三千七百户。公享年六十有五。自少笃学，至其病亟，犹手不释卷。有文集二百四十卷。尝奉敕修《上训》及《真宗实录》，又集类古今文章，为《集选》二百卷。其为政敏，而务以简便其民。其于家严，子弟之见有时，事寡姊孝谨，未尝为子弟求恩泽。其在陈州，上问宰相曰：晏某居外，未尝有所请，其亦有所欲邪？宰相以告公。公自为表，问起居而已。故其薨也，天子尤哀悼之，赐予加等，以其子承裕为崇文院检讨，孙及甥之未官者九人，皆命以官。公初娶李氏，工部侍郎虚己之女；次孟氏，屯田员外郎虚舟之女，封钜鹿郡夫人；次王氏，太师、尚书令超之女，封荣国夫人。子八人：长曰居厚，大理评事，早卒；次承裕，尚书屯田员外郎；宣礼，赞善大夫；崇让，著作佐郎；明远、祗德，皆大理评事；几道、传正，皆太常寺太祝。女六人，长适户部侍郎、同中书门下平章事富弼，次适礼部侍郎、三司使杨察，其四尚幼。孙十有二人。公既乐善而称为知人，士之显于朝者，多公所荐达，至择其女之所从，又得二人者如此，可谓贤也已。铭曰：有姜之裔，齐为晏氏。齐在春秋，晏显诸侯。传载桓子，婴称于丘。其后无闻，不亡仅存。有炜自公，厥声以振。公之显声，实相天子。天子曰噫！予考真宗，唯多名臣，以臻盛隆。汝初事我，王官东宫。以暨相予，始卒一躬。辅我以德，有劳于邦。公疾在外，来归自洛。天子曰留，汝予旧学。凡今在庭，莫如汝旧。孰以畀予？惟予圣考。今既亡矣，孰为予老？何以赠之，司空侍中。礼则有加，予思何穷！有篆其文，在其碑首。天子之褒，史臣有诏。铭以述之，永昭厥后。(《欧阳文忠公集》卷二二)

晏殊集著录

宋晁公武《郡斋读书志》卷十九：晏元献《临川集》三十卷，《紫微集》一卷。右皇朝晏殊，字同叔，临川人。景德二年，张知白荐，得召，赐同进士出身，再试文，擢秘书正字，为昇王府记室，累擢知制诰、翰林学士。庆历三年，拜平章事。四年，坐事罢知颍州。历陈、许、雍、洛，以疾归，侍经席，卒。性刚峻，幼孤笃学，为文温纯应用，尤长于诗，抒情寓物，辞多旷达。当世贤士，如范文正、欧阳文忠，皆出其门。女适富郑公、杨察，世称其知人。集有两本，一本自作序。

宋陈振孙《直斋书录解题》卷十七：《临川集》三十卷，《二府集》二十五卷，年谱一卷。丞相临淄元献公临川晏殊同叔撰，其五世孙大正为年谱。言先元献尝自差次起儒馆至学士，为《临川集》；起枢廷至宰席，为《二府集》。今案本传，有《文集》二百四十卷，《中兴书目》亦九十四卷，今所刊止此尔。《临川集》有自序。

宋黄昇《唐宋诸贤绝妙词选》卷三：晏同叔，名殊，以神童出身，仁宗朝宰相，谥元献公，有词名《珠玉集》，张子野为序。

明毛晋《珠玉词跋》：同叔，抚州临川人也。七岁能属文，张知白以神童荐。真宗召见，与千余人并试廷中，神气不慑，缓笔立成。帝异之，使尽读秘阁书。每所咨访，率用寸方小纸，细书问之。继事仁宗，尤加信爱，仕至观文殿大学士，以疾请归，留侍经筵。及卒，帝临奠，犹以不亲视疾为恨，特罢朝二日，赠谥元献。一时贤士大夫，如范仲淹、欧阳修等，皆出其门。择婿又得富弼、杨察。赋性刚峻，遇人以诚，一生自奉如寒士。为文赡丽，应用不穷，尤工风雅，间作小词。其暮子几道云："先公为词，未尝作妇人语也。"古虞毛晋记。

《四库全书总目》卷一百九十八：《珠玉词》一卷，宋晏殊撰。殊有《类要》，已著录。陈振孙《书录解题》载殊词有《珠玉集》一卷。此本为毛晋所刻，与陈氏所记合，盖犹旧本。《名臣录》称"殊词名《珠玉集》，张子野为之序"。子野，张先字也。今卷首无先序，盖传写佚之矣。殊赋性刚峻，而词语特婉丽。故刘攽《中山诗话》谓元献喜冯延巳歌词，其所自作，亦不减延巳。赵与时《宾退录》记殊幼子几道，尝称殊词不作妇人语。今观其集，绮艳之词不少。盖几道欲重其父名，故作是言，非确论也。集中《浣溪沙·春恨词》"无可奈何花落去，似曾相识燕归来"二句，乃殊《示张寺丞王校勘》七言律中腹联，《复斋漫录》尝述之。今复填入词内，岂自爱其造语之工，故不嫌复用耶？考唐许浑集中"一尊酒尽青山暮，千里书回碧树秋"二句，亦前后两见，知古人原有此例矣。

清晏端书《珠玉词钞跋》：余家贫，罕藏书，幼时曾觅先元献公暨小山词集，不可得，乃就《钦定历代诗余》中摘录成帙，藏诸箧衍，几三十年矣。丁未孟秋，典郡吴兴，簿领稍闲，始谋以付梓。继权篆武林，恭阅文澜阁藏书，知四库著录词曲类以《珠玉词》为首，其本为毛氏汲古阁所辑，视囊所录，计多词三十七首。愧当时未见原帙。而《历代诗余》中有词七首，又毛本所未载，则正不必合而一之也。因取手录本一百首为《珠玉词钞》一卷，其余三十七首为《珠玉词补钞》一卷，共词一百三十七首。惟别集类有《元献遗文》一卷，所录诗余，视此为少，且屡入小山公词，是原编率略已甚，中间多词三首，亦恐流传未审，不敢轻录。至诗文各止六首,篇页寥寥,尤难成卷,俟他日悉心搜采,再为刊布焉。咸丰二年八月,裔孙端书谨识。

林大椿《珠玉词校本跋》:《珠玉词》一卷,毛氏汲古阁刊本,以冠六十一家词,多羼入同时诸人之作。兹依毛刻参校它本,并从《绝妙词选》及《草堂诗余》增补三阕,别为校记,识其异同。晏氏父子为北宋名家,小晏尤雏凤声清,毛晋以《珠玉》及《小山》并列于《六十一家词》中,夷考赵宋二百年间,一门词客,父子相承,颇不乏人,然皆无出晏氏右者。校缮既竣,当再踵事《小山》专家,以完成二晏乐府。戊辰上巳,林大椿。

晏殊词总评

宋欧阳修《归田录》卷二:晏元献公喜评诗,尝曰:"'老觉腰金重,慵便枕玉凉',未是富贵语,不如'笙歌归院落,灯火下楼台',此善言富贵者也。"人皆以为知言。

宋刘攽《中山诗话》:晏元献尤喜江南冯延巳歌词。其所自作,亦不减延巳。

宋李之仪《跋吴思道小词》:晏元献、欧阳文忠、宋景文则以其余力游戏,而风流闲雅,超出意表,又非其类也。谛味研究,字字皆有据,而其妙见于卒章,语尽而意不尽,意尽而情不尽,岂平平可得仿佛哉。

宋魏泰《东轩笔录》卷五:王安国性亮直,嫉恶太甚。王荆公初为参知政事,闲日,因阅晏元献小词而笑曰:"为宰相而作小词,可乎?"平甫曰:"彼亦偶然自喜而为尔,顾其事业,岂止如是耶?"时吕惠卿为馆职,亦在座,遽曰:"为政必先放郑声,况自为之乎?"平甫正色曰:"放郑声,乃不若远佞人也。"吕大以为讥己,自是尤与平甫相失也。

宋魏泰《东轩笔录》：欧阳文忠素与晏公无它，但自即席赋雪诗后，稍稍相失。晏公一日指韩愈画像语坐客曰："此貌大类欧阳修，安知修非愈之后也。吾重修文章，不重它为人。"欧阳亦每谓人曰："晏公小词最佳，诗次之，文又次于诗，其为人又次于文也。"岂文人相轻而然耶？（《永乐大典》卷一万八千二百二十二引）

宋叶梦得《避暑录话》卷上：晏元献公虽早富贵，而奉养极约。惟喜宾客，未尝一日不燕饮。而盘馔皆不预办，客至旋营之。顷有苏丞相子容尝在公幕府，见每有嘉宾必留，但人设一空案一杯。既命酒，果实蔬茹渐至。亦必以歌乐相佐，谈笑杂出。数行之后，案上已粲然矣。稍阑，即罢遣歌乐，曰："汝曹呈艺已遍，吾当呈艺。"乃具笔札，相与赋诗，率以为常。前辈风流，未之有比也。

宋叶梦得《石林诗话》上：晏元献公留守南郡，王君玉时已为馆阁校勘，公特请于朝，以为府签判，朝廷不得已，使带馆职从公。外官带馆职，自君玉始。日以赋诗饮酒为乐。佳时胜日，未尝辄废也。尝遇中秋阴晦，斋厨夙为备，公适无命。既至夜，君玉密使人伺公，曰："已寝矣。"君玉亟为诗以入，曰："只在浮云最深处，试凭弦管一催开。"公枕上得诗，大喜。即索衣起，径召客，治具，大合乐。至夜分，果月出，遂乐饮达旦。前辈风流固不凡。然幕府有佳客，风月亦自如人意也。

宋李清照《词论》：至晏元献、欧阳永叔、苏子瞻，学际天人，作为小歌词，直如酌蠡水于大海。然皆句读不葺之诗尔，又往往不协音律者。

宋胡仔《苕溪渔隐丛话前集》卷二十六引《钟山语录》：晏相善作小词，诗篇过于杨大年，大年虽称博学，然颠倒少可取者。

宋胡仔《苕溪渔隐丛话前集》卷二十六引《宋子京笔记》：晏丞相末年诗见编集者，乃过万篇。唐人以来未有，然晏不自贵重其文，凡门下客及官属解声韵者，悉与之酬和。

宋吴处厚《青箱杂记》卷五：晏元献公虽起田里，而文章富贵，出于天然。尝览李庆孙《富贵曲》云："轴装曲谱金书字，树记花名玉篆牌。"公曰："此乃乞儿相，未尝谙富贵者。"故公每吟富贵，不言金玉锦绣，而惟说其气象。若"楼台侧畔杨花过，帘幕中间燕子飞"、"梨花院落溶溶月，柳絮池塘淡淡风"之类是也。故公自以此句语人曰："穷儿家有这景致也无？"

宋吴处厚《青箱杂记》卷五：公风骨清羸，不喜肉食，尤嫌肥膻。每读韦应物诗，爱之曰："全没些脂腻气。"故公于文章尤负赏识。集梁《文选》以后迄于唐，别为集选五卷，而诗之选尤精，凡格调猥俗而脂腻者，皆不载也。公之佳句，宋莒公皆题于斋壁，若"无可奈何花落去，似曾相识燕归来"、"静寻啄木藏身处，闲见游丝到地时"、"楼台冷落收灯夜，门巷萧条扫雪天"、"已定复摇春水色，似红如白野棠花"之类。莒公常谓此数联，使后之诗人无复措词也。

宋尹觉《赵师侠坦庵词序》：词，古诗流也。吟咏情性，莫工于词。临淄、六一，当代文伯，其乐府犹有怜景泥情之偏。岂情之所钟，不能自已于言耶？

宋王灼《碧鸡漫志》卷二：晏元献公、欧阳文忠公，风流蕴藉，一时莫及，而温润秀洁，亦无其比。

明胡应麟《诗薮》内编卷五：诗最贵丽，而丽非金玉锦绣也。晏同叔以"笙歌院落"为三昧，固高出至宝丹一等，然"梨花院落"又待入《小石调》矣。丽语必格高气逸，韵远思深，乃为上乘。

清严沆《古今词选序》：同叔、永叔、方回、子野咸本《花间》，而渐近流畅。

清李调元《雨村词话》卷二：晏殊《珠玉词》极流丽，能以翻用成语见长。如"垂杨只解惹春风，何曾系得行人住"，又"春风不解禁杨柳，蒙蒙乱扑行人面"等句是也。反复用之，各尽其致。

清郭麐《灵芬馆词话》卷一：词之为体，大略有四：风流华美，浑然天成，如美人临妆，却扇一顾，《花间》诸人是也。晏元献、欧阳永叔诸人继之。

清许昂霄《词综偶评》：晏氏父子均可追逼《花间》，琴川毛氏以配南唐二主，虽不免拟之不伦，然词林中类此者，固指不多屈也。

清周济《宋四家词选目录序论》：晏氏父子，仍步温韦。

清蒋敦复《芬陀利室词话》卷三：然石帚、梦窗，尚需加一层渲染；淮海、清真，则更添几层意思。正欲其厚也。若入李氏、晏氏父子手中，则不期厚而自厚。此种当于神味别之。

清刘熙载《艺概》卷四：冯延巳词，晏同叔得其俊，欧阳永叔得其深。

清陈廷焯《云韶集》卷二：元献词风神婉约，骨格自高，不流俗秽，与延巳相伯仲也。

清陈廷焯《白雨斋词话》卷一：北宋词，沿五代之旧。才力较工，古意渐远。晏、欧著名一时，然并无甚强人意处。即以艳体论，亦非高境。　　（又）晏、欧词雅近正中，然貌合神离，所失甚远。盖正中意余于词，体用兼备，不当作艳词读。若晏、欧，不过极力为艳词耳，尚安足重。　　（又）文忠思路甚隽，而元献较婉雅。后人为艳词，好作纤巧语者，是又晏、欧之罪人也。

清冯煦《宋六十家词选例言》：晏同叔去五代未远，馨烈所扇，得之最先，故左宫右徵，和婉而明丽，为北宋倚声家初祖。

清况周颐《蕙风词话》卷一：晏同叔赋性刚峻，而词语特婉丽。

（又）《小山词》从《珠玉》出，而成就不同，体貌各具。《珠玉》比花中之牡丹，《小山》其文杏乎？

清况周颐《蕙风词话》卷五：词如唐之《金荃》，宋之《珠玉》，何尝有寄托，何尝不卓绝千古。

蔡嵩云《柯亭词论》：唐五代小令，为词之初期，故《花间》、后主、正中之词，均自然多于人工。宋初小令，如欧、秦、二晏之流，所作以精到胜，为唐五代稍异，盖人工甚于自然矣。

夏敬观《映庵词评》：晏氏父子，嗣响南唐二主，才力相敌，盖不特辞胜，犹有过人之情。（又）《二晏词评》：（晏殊）赋性刚峻，居处清俭，不类其词之婉丽也。（又）观殊所为词，托于男女情悦思慕之言，实未之废。盖词之始，所以润色里巷之歌谣，被诸弦管，其至者正在得之人情物态。（又）殊父子词，语浅意深，有回肠荡气之妙；几道殆过其父。

吴梅《词学通论》第七章《概论》二：论词至赵宋，可云家怀隋珠，人抱和璧，盛极难继者矣。然合两宋计之，其源流递嬗，可得而言焉。大抵开国之初，沿五季之旧，才力所诣，组织较工。晏、欧为一大宗。二主一冯，实资取法。顾未能脱其范围也。（又）宋初如王禹偁、钱惟演辈亦有小词。王之《点绛唇》，钱之《玉楼春》，虽有佳处，实非专家。故宋词应以元献为首。

郑骞《成府谈词》：《珠玉词》清刚淡雅，深情内敛，非浅识所能了解，近人遂有讥为"身处富贵，无病呻吟"者。不知同叔一生，亦曾屡遭拂逆，且与物有情，而地位崇高，性格严峻，更易蕴成寂寞心境，故发为词章，充实真挚，安得谓之无病呻吟。文人哀乐，与生俱来，断无作几日官即变成"心涸涸面团团"之理。为此语讥同叔者，吾知其始终未出三家村也。（又）《珠玉词》缘情体物，细妙入微处，为六一所不及。六一情调之奔放，气势之沉雄，又为《珠玉》所无。（又）晏、欧词虽不能如苏、辛之几于每事皆可写入，而堂庑气象，决非《花间》

所能笼罩。张皋文"尊体"之说，为词坛正论，欲于五代宋初求能尊体者，正中、二主，与晏、欧皆是。能深刻真挚以写人生，即是尊体，非必缠绵忠爱。陈廷焯《白雨斋词话》不解此旨，乃仅以艳词目晏、欧，真颠倒之论。

赵尊岳《填词丛话》卷三：不必言情而自足于情，一字一句，落落大方，能得天籁，斯为词中之圣境，《珠玉》是矣。由《珠玉》而少加砻治，使智慧偶然流露，以益见生色者，《小山》是矣。《珠玉》如浑金璞玉，《小山》加以潢治而仍不伤于琢，此晏氏父子可贵之处也。

晏几道词选

临江仙

　　斗草阶前初见,穿针楼上曾逢①。罗裙香露玉钗风②。靓妆眉沁绿③,羞脸粉生红。　　流水便随春远,行云终与谁同④。酒醒长恨锦屏空⑤。相寻梦里路⑥,飞雨落花中。

[注释]

　　①穿针:旧时风俗,农历七月七日七夕的晚上,少女以彩线穿七孔针向织女星乞求技艺,谓之"乞巧"。宋陈元靓《岁时广记》卷二十六《穿针楼》:"《舆地志》:'齐武帝起层城观,七月七日宫人多登之穿针,谓之穿针楼。'"唐李群玉《秋登涔阳城》:"穿针楼上闭秋烟,织女佳期又来年。"

　　②玉钗风:唐温庭筠《菩萨蛮》:"双鬓隔香红,玉钗头上风。"

　　③靓(jìng)妆:美丽的妆饰。南朝宋鲍照《代朗月行》:"靓妆坐帷里,当户弄清弦。"沁:渗入,浸润。

　　④流水:形容流逝的岁月。唐韦应物《淮上喜会梁川故人》:"浮云一别后,流水十年间。"行云:借喻歌女或所爱的女子。战国楚宋玉《高唐赋》记楚王梦见巫山神女事。神女去时说:"妾在巫山之阳,高丘之阻,旦为朝云,暮为行雨,朝朝暮暮,阳台之下。"

　　⑤锦屏:用锦缎制成的屏风,亦用来代指闺阁。唐温庭筠《蕃女怨》:"年年征战,画楼离恨锦屏空,杏花红。"

　　⑥梦里路:南朝梁沈约《别范安成诗》:"梦中不识路,何以慰相

思?"唐刘长卿《夕次檐石湖梦洛阳亲故》:"遥与洛阳人,相逢梦中路。"

[赏析]

  《临江仙》,双调小令,唐教坊曲。五十八字,上、下片各三平韵。龙榆生先生说:"至于例用平韵而以四言和五言或六言和五、七言混合组成的短调小令,它们的音节态度基本上也是属于流丽谐婉这一类型的。""虽然句度长短各家略有出入,但都音节谐婉,声情掩抑,对整体的安排是异常匀称的。"

  对于晏几道的这首《临江仙》所写的对象,有人认为是他词里经常写到的"莲、蘋、鸿、云"四位歌女中的"小云",也有人说可能是他"姐妹的闺友",这些揣测似乎并无确定的根据,对于理解本词亦无裨益。刘逸生先生认为这首词所描写的女子是"晏家的婢女",或许较近事实。晏几道为晏殊之"暮子",晏殊有九个儿子,晏几道排行老八,据刘攽所撰《永安县君张氏墓志铭》(张氏指晏殊长子晏承裕妻):"元献薨,有三男子,四女子,幼稚。夫人养毓调护,皆至成立,娶妇嫁夫,盖其勤瘁实力。"可以推测在晏殊去世之时,晏几道年龄尚幼,而晏氏作为一个豪门大族,家里婢妾成群当可想见,晏几道基本上是长于妇人之手,在倚红偎翠的环境中长大,加上其天性多情善感,且极为天真仁厚,所以成就为一个不谙世事的"痴绝"之人,正如王国维所论李后主"词人者,不失其赤子之心者也。故生于深宫之中,长于妇人之手,是后主为人君所短处,亦即为词人所长处"。其"痴绝"之个性,出众之才华,成就了晏几道词作独特的魅力。那么,我们在理解晏几道的创作时,就要充分考虑这些因素。但是,过度地解读和无端地揣测,也为我们所不取。毕竟词作只是酒宴歌席上即兴的创作,如果没有确切的本事或纪年,我们只要去欣赏优美的作品即可,不必强作解人。

这首词上片写和这位女子的几次邂逅，女孩子的形象通过几个镜头活灵活现地展示出来。第一次见到她时，她正在台阶前和其他女孩子斗草。再次见到她时是在七夕节的时候，她正在楼上穿针乞巧。她的罗裙沾着花丛中的露水，芳香异常。她头上的玉钗迎风颤动。精致地化妆之后，蛾眉间沁出翠黛的颜色来。她突然看到我，害羞得粉白的脸上泛起红晕。这个女孩子年龄应该不大，少女的娇憨可人、天真美丽，尽现眼前。而她含羞的表情，也暗示了她对看到的男子的情动。下片写相思之情。上、下片之间留下了大量的空白，这对青年男女之间究竟发生了什么故事，我们一概不知。我们能够知道的只是这位女子后来流落他方，留给作者的只是无尽的思念而已。时光如流水，带走了春天。心爱的女子如朝云暮雨，最终也不知究竟和谁在一起。每当夜阑酒醒时分，常常为卧房空空而懊恼。只能在梦里去寻找她的踪影，她仿佛在纷纷洒洒的春雨中，在拂了一身还满的落花中！梦里花落知多少？梦里可认识道路？我们的词人在现实中总是失意的，他只能在梦想的世界里自由自在地寻寻觅觅，梦想的世界对于词人来说才是最美好的。

[汇评]

刘逸生《宋词小札》："相寻梦里路，飞雨落花中"，这是小晏有意无意之间向我们揭示他一心追求的一种崇高境界。他不满意眼前的现实，他要追求他的理想王国，但他又分明知道，他的理想王国似乎只能存在于"华胥世界"之中，能够无拘无束地驰骋的也只有自己的梦魂。于是他反复地咏叹自己的梦境："梦魂惯得无拘检，又踏杨花过谢桥。""梦入江南烟水路。行尽江南，不与离人遇。""从别后，忆相逢。几回魂梦与君同。""莫道后期无定，梦魂犹有相逢。""如今不是梦，真个到伊行。"应该说，这不是偶然的。这正是小晏在封建制度的束缚下热烈向往自由、追求解放的心理反映。尽管他的想法非常天真，幻想的境界那么优美，那是不可能在现实生活中存在，甚至也不可能永远在梦魂中出现的。然而，我们与其责备作者，毋宁赞美作者。因为一种思想的升华，总要排除妨碍其升华的杂质。人们幻想中的乌托邦，宗教圣光里的极乐世界，其实都是这样的。我们为什么不允许小晏追寻那"飞雨落花"的世界呢！

临江仙

淡水三年欢意①，危弦几夜离情②。晓霜红叶舞归程。客情今古道，秋梦短长亭。　　渌酒尊前清泪③，阳关叠里离声④。少陵诗思旧才名⑤。云鸿相约处⑥，烟雾九重城⑦。

[注释]

①淡水：形容不以物质利益为目的的友谊。《庄子·山木》："且君子之交淡若水，小人之交甘若醴。"三年：指晏几道元丰五年至七年间任颍昌府许田镇监税期间。

②危弦：高弦、急弦。危，高。乐器之弦，调得越紧，其声越高亢。《文选·张协〈七命〉》："抚促柱则酸鼻，挥危弦则涕流。"

③渌酒：美酒。渌，同"醁"。宋苏舜钦《秋宿虎丘寺数夕执中以诗见贶因次元韵》："白云已有终身约，醁酒聊驱万古愁。"

④阳关叠：即阳关三叠，古曲名。又称"渭城曲"。因唐王维《送元二使安西》诗"渭城朝雨浥轻尘，客舍青青柳色新。劝君更尽一杯酒，西出阳关无故人"而得名。后入乐府，以为送别之曲，反复诵唱，遂谓之

"阳关三叠"。

⑤少陵：指唐代诗人杜甫。杜甫祖籍"京兆杜陵"，杜陵为西汉宣帝的陵墓，其地在今陕西省西安市长安区。杜陵之东南方向又有宣帝许皇后之陵墓，其体制比杜陵小，故称少陵，杜甫之祖宅距少陵尤近。因此，杜甫在其诗中曾自称"杜陵有布衣"（《自京赴奉先县咏怀五百字》），又自称"少陵野老吞声哭"（《哀江头》），后世遂以"杜陵"或"少陵"称杜甫。诗思：作诗的灵感才情等。宋孙光宪《北梦琐言》："诗思在灞桥风雪中驴背上。"

⑥云鸿：云中鸿雁，古典诗词中用来指代书信。这里是说将来用书信相约再见。晏几道《思远人》："飞云过尽，归鸿无信。"取义与此处相同。

⑦九重城：指京城。古制，天子之居有门九重，故称。《楚辞·九辩》："君之门以九重。"

[赏析]

这是一首写秋日离别的词。但对词的解读上仍有一些争议。如陈永正先生说"词中充满着失意之感，这也许是接近暮年之作了"；张草纫先生认为此词"作于叔原从颍昌许田镇回汴京时"，"离京前曾与云、鸿相约，三年任满后再见，如今可以回京践约了"。对作品写作时间上的认识不同，因而对作品的情感基调的感受也不相同，但是都把"云鸿"看作晏几道所留恋的歌女的名字。我觉得似乎不必求之过深，还是从字面理解更加顺畅。将此词定于小山监颍昌府许田镇任满回京的时候，大致可以确定。词的首句"淡水三年欢意"，是说在许田镇的三年，自己和同僚们相得甚欢，结下了深厚情谊，这种情谊乃君子之交，虽平淡如水，却历久弥坚。当要离别的时候，连着几个夜晚，朋友们设宴相送，急管危弦，演奏着离别之声。遍地白霜,殷红的枫叶随风起舞,将伴随着自己的归程。道路上古往今来上演着同样的客愁,十里五里,长亭短亭,又是一场秋梦。满樽美酒,伴着清泪。阳关声里,饱含离情。我就像那少陵野老,诗是吾家事,我早已葆有才名。今日离别,云鸿相约,我们再见就在那祥云笼罩的九重城阙了。这首词只是倾诉朋友间的离情,似无更多深意。晏几道在颍昌期间,在其父亲曾经做过知府的旧地,他还是受到不少的优待。他以自己所作小词赞见知府韩维,韩维回信说:"得新词盈卷,盖才有余而德不足者。愿郎君捐有余之才补不足之德,不胜门下老吏之望。"这番善意的训导可能并不为晏几道所接受,这番挫折使其孤傲的性格更加突出,而对自己的才华也更加自负。黄庭坚《小山词序》中说:"文章翰墨,自立规模,常欲轩轾人而不受世之轻重。诸公虽称爱之而又以小谨望之,遂陆沈于下位。平生潜心六艺,玩思百家,持论甚高,未尝以沽世。余尝怪而问焉。曰:'我盘跚勃窣,犹获罪于诸公,愤而吐之,是唾人面也。'乃独嬉弄于乐府之余,而寓以诗人之句法。清壮顿挫,能动摇人心。士大夫传之,以为有临淄之风耳,罕能味其言也。"这也许可以作为词中"少陵诗思旧才名"的注脚吧。正因为如此,这首离别之作里,有同僚之谊,有孤傲之感,有重回京城的期盼,而真正的离愁别恨倒并不十分突出。

[汇评]

清陈廷焯《白雨斋词话》卷一:"晓霜红叶舞归程。客情今古道,秋梦短长亭。"又,"少陵诗思旧才名。云鸿相约处,烟雾九重城"亦复情词兼胜。

临江仙

旖旎仙花解语①,轻盈春柳能眠②。玉楼深处绮窗前。梦回芳草夜，歌罢落梅天③。　　沉水浓熏绣被④，流霞浅酌金船⑤。绿娇红小正堪怜。莫如云易散⑥，须似月频圆。

[注释]

①旖旎：旌旗从风飘扬貌。引申为婉转柔顺貌。唐李白《愁阳春赋》："荡漾惚恍，何垂杨旖旎之愁人。"花解语：赞美花朵，说它能解人言，古代以"解语花"来指代善解人意的美女，五代王仁裕《开元天宝遗事》："明皇秋八月，太液池有千叶白莲数枝盛开，帝与贵戚宴赏焉。左右皆叹美久之。帝指贵妃示于左右曰：'争如我解语花？'"

②柳能眠：形容柳树的柔弱的枝条在风中时起时伏。《三辅旧事》："汉武帝苑中有柳状如人形，号曰人柳，一日三眠三起。"宋向子諲《鹧鸪天》："小院深明别有天，花能笑语柳能眠。"

③落梅：古乐府有《梅花落》，唐李白《黄鹤楼闻笛》："江城五月落梅花。"

④沉水：即沉水香，一种名贵的香料，亦名沉香。本是一种树木，其心、其节坚实而沉重，入水则沉，碎之为屑，置于炉中而燃之，则香气弥漫，可用来熏焙衣被。

⑤流霞：传说中仙酒的名字。汉王充《论衡·道虚》："（项曼都）曰：'有仙人数人，将我上天，离月数里而止……口饥欲食，仙人辄饮我以流霞一杯，每饮一杯，数月不饥。'"金船：金杯，金盏。

⑥云易散：比喻人飘零离散。唐白居易《简简吟》："大都好物不坚牢，彩云易散琉璃脆。"

[赏析]

这首词通过华美而朦胧的语言，描写了歌女们的生活，表达了花长好月长圆的美好愿望。开头两句用旖旎的解语花来比喻歌女们的美丽和善解人意，用轻盈的春柳来比喻歌女们娇慵的姿态。接下来写歌女们生活的环境，她们居住在华丽的高楼之上，日日闲倚于绮窗之前。良夜梦回，春草萋萋；清歌之后，梅花飘落。沉水香浓烈的香气熏烘着锦绣一般的衣被，用金色的酒杯浅斟慢饮着流霞一般的美酒。她们就像娇弱的绿叶、小小的红花，正需人疼惜爱怜。歌词的大部分内容都是在描写歌女们的姿容、情思、生活，透过这些描写，展现了这些青春少女们最为美好的一面。正是由此，最后词人发出了"不要像彩云那样容易飘散吧，要像明月那样月月长圆"的美好祝愿。美好的事物总是惹人爱怜，当然，美好的事物也最容易消逝，年轻的词人尚未经历太多的离别挫折，此时他所发出的也只是年轻人心中所拥有的那份纯洁的天真烂漫的幻想。我们不必知道，词人是为哪位爱怜的女子发出的呼声，我们也不必苛责词人的浅易，我们只需要通过词人的笔端，来体味这些美丽的存在和含蓄其中的淡淡的情思就好。

临江仙

梦后楼台高锁①，酒醒帘幕低垂。去年春恨却来时。落花人独立，微雨燕双飞②。　　记得小蘋初见③，两重心字罗衣④。琵琶弦上说相思⑤。当时明月在，曾照彩云归⑥。

[注释]

①楼台高锁：唐许浑《客有卜居不遂薄游汧陇因题》："楼台深锁无人到，落尽春风第一花。"

②"落花"二句：出自五代翁宏《春残》诗原句。翁诗云："又是春残也，如何出翠帷。落花人独立，微雨燕双飞。寓目魂将断，经年梦亦非。那堪向愁夕，萧飒暮蟾辉。"

③小蘋：歌女的名字，晏几道的好友沈廉叔、陈君龙家的侍儿"莲、鸿、蘋、云"四者中的一个。

④两重：两层，两件。心字罗衣：指衣领屈曲成"心"字形，或谓衣服上绣有"心"字。宋欧阳修《好儿女令》："一身绣出，两同心字，线线黄金。"心字，亦谓心字香，是宋代流行的一种熏香的名字。明杨慎《词品》："词家多用心字香，蒋捷词云：'银字筝调、心字香烧。'张于湖词：'心字夜香清。'晏小山词：'记得年时初见，两重心字罗衣。'范石湖《骖鸾录》云：'番禺人作心字香，用素馨茉莉半开者著净器中，以沉香薄劈，层层相间，密封之，七日一易，不待花萎，花过香成。'所谓心字香者，以香末萦篆成心字也。心字罗衣则谓心字香熏之耳。或谓女人衣曲领如心字，又与此别。"

⑤"琵琶"句：用唐白居易《琵琶行》"低眉信手续续弹，说尽心中无限事"句意。

⑥彩云：借指小蘋。唐李白《宫中行乐词》："只恐歌舞散，化作彩云飞。"唐白居易《简简吟》："大都好物不坚牢，彩云易散琉璃脆。"

[赏析]

这首词是晏几道的代表作，也是千古传诵的名篇，代表着小山词最高的艺术成就，不仅"当时更无敌手"，恐怕后世令词也难以企及。在欣赏这首词作前，我们首先需要了解这首词的本事，词中所涉及的人物。词中所写的女子名叫"小蘋"，她是晏几道好友沈廉叔、陈君龙家的侍儿"莲、鸿、蘋、云"四者中的一个。晏几道在词中多次写到她。如《木兰花》:"小蘋若解愁春暮。一笑留春春也住。"《玉楼春》:"小蘋微笑尽妖娆,浅注轻匀长淡净。"可谓"娟姿艳态,一座皆倾"。但是,后来因为沈、陈的病废亡故,这些侍儿们就风飘云散,流转人间了。晏几道在《小山词自序》中说:"始时沈十二廉叔、陈十君龙家有莲、鸿、蘋、云,品清讴娱客。每得一解,即以草授诸儿,吾三人持酒听之,为一笑乐而。已而君龙疾废卧家,廉叔下世,昔之狂篇醉句,遂与两家歌儿酒使俱流转于人间。"这首词就是在这样的背景下所写对于歌儿"小蘋"的美好回忆,对于彩云易散的刻骨之痛,词作因而显得特别闲婉沉郁。

词作上片写今,下片写昔,今昔又互相通过明月、彩云巧妙照应。上片写现今之孤寂。开头两句互文见意,梦后酒醒,当年与朋友欢会之地如今已是"楼台高锁"、"帘幕低垂",阒寂无人。康有为曾经称此两句为"华严境界",真是弹指之间,灰飞烟灭。接下去说到词人当此之际的心理——春恨,春天的愁苦,而这春恨,去年已经存在于心头,想必沈、陈家发生的事情以及遣散这些歌儿舞女,就发生在去年的春天吧。词人每每为此痛心,而在这样一个梦后酒醒之时,春恨又不期而至。在这样清美的春天里,在飘落的花瓣里,在霏微的春雨里,词人孑然孤立,唯有那燕子却双双飞舞。春景之美,燕子双双,都使词人备感孤凄。清代词学家谭献称"落花人独立,微雨燕双飞"一联为"名句千古不能有二",当然我们也都知道,这一联并不是晏几道自己的创作,而是直接将五代翁宏《春残》诗里的句子用在自己的作品中。但没有人会指责晏几道抄袭,而恰恰是晏几道的妙用,使这一联诗发出了其应有的光彩。正像沈祖棻先生的妙喻:"就好像临邛的卓文君,只有再嫁司马相如,才能扬名于后世一样。在翁诗里,这么好的句子,由于全篇不称,所以有句无篇,它们也随之被埋没了;而由于晏词的借用,它们就发出了原有光辉,而广泛流传,被人称道。"除了翁诗本身有句无篇以外,更重要的是诗词文体的差别,词作的本色是"杳眇宜修",而这一联诗正符合词体的要求。镶嵌在这首《临江仙》中,正好和词人的春恨之思契合无间,相得益彰,凄艳绝伦。词的下片乃是对过去的追忆。换头两句写初见"小蘋"的印象。作者写出了印象最为深刻的一个细节——"两重心字罗衣",这位爱颦爱笑的姑娘,穿着心字形的罗衣,正如欧阳修《好儿女令》中"一身绣出,两同心字,线线黄金"所写,心字罗衣,暗喻着心心相印,暗示着这位小蘋姑娘和词人之间灵犀想通。但两人无法直接交流心事,所以这位歌女只能通过琵琶来诉说相思之意。最后两句写到宴会结束,歌女踏着月光归去。现在的月光,仍然是当年辉耀着她的那些月光,而月光之下,一切已是风流云散,了无踪影。下片以"记得"领起,直贯结尾。而"明月"、"彩云",又照应开头的"梦后"、"酒醒",将今昔之感,笼罩全篇。词作善于以景传情,以虚笔作结,给读者留下无尽回味的余地。

[汇评]

宋杨万里《诚斋诗话》:近世词人,闲情之靡,如伯有所赋,赵武所不得闻者,有过之无不及焉。是得为好色而不淫乎?惟晏叔原云"落花人独立,微雨燕双飞",可谓好色而不淫矣。

清张宗橚《词林纪事》:小山词如"去年春恨却来时。落花人独立,微雨燕双飞",又"当时明月在,曾照彩云归",既闲婉,又沉着,当时更无敌手。

清谭献《复堂词话》:名句千古,不能有二,所谓柔厚在此。

清陈廷焯《词则·云韶集》卷二:"落花"十字,工丽芊绵。结笔依依不尽。

清陈廷焯《词则·大雅集》卷二:"落花"十字,自是天生好言语。回首可怜。(又)此词当是追忆蘋、云而作。又按小山词尚有《玉楼春》

两阕，一云"小蘋若解愁春暮"，一云"小莲未解论心素"，其人之娟姿艳态，一座皆倾，可想见矣。

清沈祥龙《论词随笔》：晏叔原之"落花人独立，微雨燕双飞"，晏元献之"无可奈何花落去，似曾相识燕归来"，非诗句也。然不工诗赋，亦不能为绝妙好词。

梁令娴《艺蘅馆词选》：家大人云：康南海谓起二句纯是《华严》境界。

俞陛云《唐五代两宋词选释》：前二句抚今追昔，第三句融合言之，旧情未了，又惹新愁。"落花"二句正春色恼人，紫燕犹解"双飞"，而愁人翻成"独立"。论风韵如微风过箫，论词采如红蕖照水。下阕回忆相逢，"两重心字"，欲诉无从，只能借凤尾檀槽，托相思于万一。结句谓彩云一散，谁复相怜，惟明月多情，曾照我相送五铢仙佩，此恨绵绵，只堪独喻耳。

夏敬观批语：吐属华美，脱口而出。

陈匪石《宋词举》：此小山词传诵之作，极深婉沉着之妙。寻绎词意，当系别后追忆。"小蘋"，歌姬之名。《小山词序》有莲、鸿、蘋、云，皆人名。《木兰花》曰"小蘋若解愁春暮"是也。宋初小词每用歌姬名，东山、淮海以后，语惟求典，不复用矣。首两句"梦后"、"酒醒"，是久别思量时候；"楼台高锁"、"帘幕低垂"，是窥其室阒其无人之象。"春恨"之所由"来"，已不胜凄咽。然人已久别，"恨"事当属去年，而无端又来心上。"去年"句，承上起下，确是神来之笔。"落花"二句，雅绝，韵绝，厚绝，深绝。"落花"、"微雨"是"春"，"人独立"、"燕双飞"，两两形容，不必言"恨"，而"恨"已不可解；此谭献所以称为"名句千古，不能有二"也。过变追溯"初见"，"罗衣"述当时服饰。然今已不见，故"相思"之情只得就"琵琶弦上""说"之，以琵琶惯弹别曲也。或"初见"时听弹琵琶，有"相思"之曲，为今所记得者：意亦彻上彻下也。然又不肯明说如何"相思"，但指今之"明月"犹当时之"明月""曾照彩云归"者而确认之，以虚笔收住，仍传"记得"之神。梦窗"黄蜂频扑秋千索"二句，用意略同。而着一"归"字，又缴回"梦后""酒醒"之意，欲言不言，耐人寻味。情语艳语，必如此乃深厚闲雅。盖尽情倾吐，古乐府固有之，而词不应尔。学令曲当知此诀。

张伯驹《丛碧词话》：晏小山《临江仙》"落花人独立，微雨燕双飞"一阕，为脍炙人口之作。唯后阕"记得小蘋初见，两重心字罗衣"，小蘋字嫌落实。亦如咏草不宜说出草，咏梨花不宜说出梨花。《骖鸾录》云："……晏小山词：'记得年时初见，两重心字罗衣。'"则必据有旧本，"年时"字较"小蘋"字胜矣。

俞平伯《论诗词曲杂著》：此词共说了四层：一、今年之春恨；二、去年与今年相同之恨；三、引起年来春恨之本事；四、抚今追昔之感慨。如环往复，互相呼应；如练纠缠，互相勾引：结构细密极矣。

唐圭璋《唐宋词简释》：此首感旧怀人，精美绝伦。一起即写楼台高锁，帘幕低垂，其凄寂无人可知。而梦后酒醒，骤见此境，尤难为怀。盖昔日之歌舞豪华，一何欢乐，今则人去楼空，音尘断绝矣。即此两句，已似一篇《芜城赋》。"去年"一句，疏通上文，引起下文。"落花"两句，原为唐末翁宏之诗，妙在拈置此处，衬副得宜，且不明说春恨，而自以境界会意。落花、微雨，境极美；人独立、燕双飞，情极苦。此上片文字颇致密，换头，乃易之以疏淡。"记得"两句，忆去年人之服饰。"琵琶"一句，言苦忆无已，乃一寓之于弦上。"当时"两句，则因见今时之月，想到当时之月，会照人归楼台，回应篇首，感喟无限。而出语之俊逸，更无敌手。

郑骞《词选》："落花微雨"一联，脍炙人口，实为唐末人翁宏诗句。

此联经小山采用,正如"孤芳出荒秽",移植庭园盆盎间也。心字罗衣,谓衣带结成心字形。《骖鸾录》云是心字香,恐非是。

沈祖棻《宋词赏析》:我们拿晏词和翁诗作一比较,就不难看出,它们之间,不仅全篇相比,高下悬殊,而且这两句放在诗中,也远不及放在词中那么和谐融贯。……在翁诗里,这么好的句子,由于全篇不称,所以有句无篇,它们也随之被埋没了;而由于晏词的借用,它们就发出了原有光辉,而广泛流传,被人称道。由此可见,我们如果对某一句诗进行评价,除了它本身所达到的艺术高度之外,还必须看其与全篇的有机联系如何。

临江仙

东野亡来无丽句,于君去后少交亲。追思往事好沾巾。白头王建在,犹见咏诗人。① 学道深山空自老,留名千载不干身。酒筵歌席莫辞频。争如南陌上,占取一年春。②

[注释]

①"东野"五句:化用唐张籍《赠王建》:"于君去后交游少,东野亡来箧笥贫。赖有白头王建在,眼前犹见咏诗人。"东野:唐代诗人孟郊,字东野。于君:指唐代诗人于鹄。王建:唐代诗人。他常用"白头"二字形容自己。如《望行人》:"久不开明镜,多应是白头。"《荆门行》:"壮年留滞尚思家,况复白头在天涯。"《春来曲》:"少年即见春好处,似我白头无好树。"好:此处是"好生"的意思,犹言"多么"。沾巾:泪下沾湿手巾,此处是悲哀的意思。

②"学道"五句：头两句化用唐刘禹锡《戏赠崔千牛》："学道深山许老人，留名万代不关身。劝君多买长安酒，南陌东城占取春。"不干身：即不关身，与自己本身无关。意谓纵然死后青史留名，自己已不知道。"酒筵"句乃引用晏殊《浣溪沙》（一向年光有限身）原句。争如：怎如，怎比得。南陌：此处指京城歌舞繁华娼妓聚集之地。唐卢照邻《长安古意》诗中有"北堂夜夜人如月，南陌朝朝骑似云"之句。占取：占得。

[赏析]

　　本词上、下片完全是檃栝唐代张籍《赠王建》和刘禹锡《戏赠崔千牛》两首诗。所谓檃栝，是对原有的文章、著作加以剪裁、改写。南朝梁刘勰《文心雕龙·镕裁》："蹊要所司，职在镕裁，檃栝情理，矫揉文采也。"《宋史·文苑传五·贺铸》："尤长于度曲，掇拾人所弃遗，少加檃括，皆为新奇。"檃栝，亦作檃括。这种檃栝前人诗文作品创作新词的做法是宋词创作中比较常见的一种手法。比如苏轼《水调歌头》（昵昵儿女语）其词序即云："建安章质夫家善琵琶者，乞为歌词，余久不作，特取退之词稍加檃括，使就声律，以遗之。"即以韩愈《听颖师弹琴》檃栝而成。晏几道这首词即借张籍之诗以切合个人身世之感。以孟郊、于鹄来指代自己的好友沈廉叔、陈君龙。以白头王建自指。据《小山词自序》说："始时沈十二廉叔、陈十君龙家有莲、鸿、蘋、云，品清讴娱客。每得一解，即以草授诸儿，吾三人持酒听之，为一笑乐而。已而君龙疾废卧家，廉叔下世，昔之狂篇醉句，遂与两家歌儿酒使俱流转于人间。自尔邮传滋多，积有窜易。七月已巳，为高平公缀辑成编。追惟往昔过从饮酒之人，或垒木已长，或病不偶。考其篇中所记悲欢合离之事，如幻如电，如昨梦前尘，但能掩卷怃然，感光阴之易迁，叹境缘之无实也。"据考证，这篇自序写于元祐三年至四年间，在沈、陈病废亡故之后。此时晏几道年龄在五十余岁,有的论者认为此词写于小山暮年,恐不确。下片改写刘禹锡诗,表现出一种看破名利、人生虚无的思想,这同样是在朋友出现变故后,对晏几道的思想意识产生了重大的影响。这首词风格苍凉,在小山词中实属别调。

[汇评]

郑骞《永嘉室札记》:张籍《赠王建》诗云"于君去后交游少,东野亡来箧笥贫。赖有白头王建在,眼前犹见咏诗人。"寥寥二十八字中,有多少风流云散物换景移之感。传神在"白头"二字。晏小山《临江仙》词云(略),前半全用张诗。杜工部《存殁口号二首》云:"席谦不见近弹棋,毕曜仍传旧小诗。玉局他年无限恨,白杨今日几人悲。""郑公粉绘随长夜,曹霸丹青已白头。天下何曾有山水,人间不能重骅骝。"黄山谷《病起荆江亭即事十首》之八云:"闭门觅句陈无己,对客挥毫秦少游。正字不知温饱未,西风吹泪古藤州。"情调章法,并同张诗。予每读此数首,感旧伤离,怃然不乐。于君,于鹄也,为张籍挚友。《四部丛刊》本《张司业集》"于君"作"自君",《全唐诗》作"白君",均误。《古逸丛书》影刻宋本不误。

蝶恋花

卷絮风头寒欲尽。坠粉飘红,日日香成阵①。新酒又添残酒困。今春不减前春恨。　　蝶去莺飞无处问。隔水高楼,望断双鱼信②。恼乱层波横一寸③。斜阳只与黄昏近。

[注释]

①坠粉飘红：飘落的白色、红色花片。唐杜甫《秋兴八首》之七："露冷莲房坠粉红。"唐韦庄《叹落花》："飘红堕白堪惆怅，少别秾华又来年。"香成阵：香气裹挟如阵列。

②双鱼信：双鱼传来的书信。古乐府《饮马长城窟行》："客从远方来，遗我双鲤鱼。呼儿烹鲤鱼，中有尺素书。长跪读素书，书中竟何如？上言加餐饭，下言长相忆。"

③恼乱：心烦意乱。层波：喻目光。《楚辞·招魂》："娭光眇视，目层波些。"宋柳永《西施》："万娇千媚，的的在层波。"

[赏析]

这是一首伤春怀人之作。上片写春景，春风裹挟着柳絮，漫天飞舞，寒气欲尽，暖意融融，红的、白的花瓣随风飘落，到处浮动着一阵阵的幽香。这已经是春深的节候了。残酒未消，又喝新酒，只能使春困更浓；今年的春恨，比去年的春恨有增无减。两句之中，接连出现"新酒"和"残酒"、"今春"和"前春"，造成了韵律上的回环往复，如同春愁春困纠缠不休，使词的语言增添了许多意味。下片叙写春恨的起因，皆因蝶去莺飞，音信皆无。蝶和莺自然是暗示那些流转于人间的歌儿舞女们。词人高楼眺望，楼下碧波连天，可是望断天际，也不见双鱼传信。心绪缭乱，更可恼的是那粼粼的水面，好似心上人脉脉含情的秋波，斜阳余晖，虽然辉煌绚烂，可是再好的晚晴，也已近黄昏了。词的下片将"水"、"双鱼"、"层波"、"斜阳"这些意象组合勾连在一起，亦实亦虚，既写景物，又写人物，可谓妙笔生花，特别是最后两句所写斜阳层波的景象，画面堪可媲美"斜晖脉脉水悠悠"。然整首词则意绪黯淡，悲凉凄怆，所反映的已是词人谙尽别离滋味后的中年情怀了。

[汇评]

明卓人月《古今词统》卷九:"一寸"句似宋丰之"眼波流不断,满眶秋"。

清陈廷焯《词则·闲情集》卷一:宛转幽怨。

蝶恋花

初捻霜纨生怅望①。隔叶莺声,似学秦娥唱②。午睡醒来慵一饷③。双纹翠簟铺寒浪④。　雨罢蘋风吹碧涨⑤。脉脉荷花⑥,泪脸红相向。斜贴绿云新月上⑦。弯环正是愁眉样⑧。

[注释]

①捻(niǎn):执,拿起。霜纨:洁白如霜的细绢,这里代指团扇。汉班婕妤《怨歌行》:"新裂齐纨素,皎洁如霜雪。裁成合欢扇,团团似明月。"

②隔叶莺声:唐杜甫《蜀相》:"映阶碧草自春色,隔叶黄鹂空好音。"秦娥:秦地美丽的女子,古代秦女善歌,这里即指歌者。西晋陆机《拟今日良宴会》:"齐僮《梁甫吟》,秦娥《张女弹》。"李周翰注:"齐僮、秦娥,皆古善歌者。"

③一饷:同一晌,一会儿,片刻。五代南唐李煜《浪淘沙》:"梦里不知身是客,一晌贪欢。"

④双纹：双重的花纹。翠簟：碧绿色的竹凉席。唐王缙《送孙秀才》："玉枕双纹簟，金盘五色瓜。"寒浪：喻指翠簟让人感到的凉意。

⑤蘋风：微风。蘋，浮生于水面的一种植物。碧涨：碧浪上涨。

⑥脉脉：凝视貌。《古诗十九首·迢迢牵牛星》："盈盈一水间，脉脉不得语。"

⑦绿云：比喻女子的头发黑如翠黛，浓似乌云。唐杜牧《阿房宫赋》："绿云扰扰，梳晓鬟也。"新月：农历每月初形状如钩的弯月，古代往往用来比喻女子的蛾眉。

⑧弯环：弯曲如环，喻指女子的眉毛。唐李贺《河南府试十二月乐词·十月》："金风刺衣着体寒，长眉对月斗弯环。"

[赏析]

这首词宛如一幅华美的仕女图，通过对环境景物的刻画，婉转地表达女子的所思所感。全词从"怅望"一词生发出来，上片写怅望之情，融景入情；下片写室外之景，寓情于景。词中刻画了一个妙龄少女手捻纨扇，若有所思、惘然自失的情形。用一"初"字，表示刚刚开始使用扇子，是天气渐热的初夏之时。浓荫之中，传来黄莺的啼啭，好像在学秦娥歌唱。或许这位女子就是一个美丽的歌女，或许她平时经常歌喉婉转。中午小睡醒来，好一会儿还是困慵无力。床上的双纹凉席，好像铺展开来的层层波浪。词中所写纨扇、双纹翠簟，皆通过华贵精致的日用器具的描写，着意刻画女子的生活状态，而通过"怅望"、"慵"这样的词汇暗示其心理。词的上片写到簟纹如波浪，下片则顺势写到室外碧波荡漾的荷塘。从虚写到实写，虚实相关，妙语天成。一霎骤雨过后，池面的凉风吹着新涨的碧水。女子娇红的脸庞上挂着珍珠似的泪水，和那雨后的荷花脉脉相对。弯弯的新月升上来，斜斜地贴着碧绿的荷叶，恰如愁眉一样。下片人面相对荷花，愁眉宛如新月，写人乎？写景乎？真正做到了合二为一，迷离莫辨。而少女的怅惘、感伤，莫名的悲愁，读者自可通过这些画面去细细体味，这就是小山词所继承的《花间集》词风的蕴藉之美。

蝶恋花

庭院碧苔红叶遍。金菊开时，已近重阳宴。日日露荷凋绿扇①。粉塘烟水澄如练②。　试倚凉风醒酒面③。雁字来时，恰向层楼见④。几点护霜云影转⑤。谁家芦管吹秋怨⑥。

[注释]

①绿扇：指荷叶，以其阔大且圆如团扇，故称绿扇。唐韩偓《暴雨》："丛蓼亚颓茸，擎荷翻绿扇。"

②粉塘：荷塘，因荷花多为粉红色，故称粉塘。烟水：水面上浮动一层雾气，其状如烟，故称烟水。澄如练：南朝齐谢朓《晚登三山还望京邑》："余霞散成绮，澄江静如练。"

③酒面：醉颜。宋欧阳修《采桑子》："莲芰香清，水面风来酒面醒。"

④雁字：鸿雁结队飞行，排成"一"字形或"人"字形，故称雁字，亦称雁阵。见：此处同"现"字，出现，展现。

⑤护霜云：秋冬季节，天空时常出现的一种阴云，初似鲤鱼斑，愈积愈浓而终无雨雪，谓之护霜云。宋费衮《梁溪漫志》卷七："吴中以八月露下而雨谓之淋露，九月霜降而云谓之护霜。"明徐光启《农政全书》：

"冬天近晚,忽有老鲤斑云起,渐合成浓阴者,必无雨,名曰护霜云。"

⑥芦管:芦笳,古代乐器,以芦叶为管,类似觱篥,声音哀切。唐李益《夜上受降城闻笛》:"不知何处吹芦管,一夜征人尽望乡。"

[赏析]

  这首词抒发秋怨及怀人之情。整首词以写景为主,直至结尾方点出主题。上片纯为对秋天明丽却逐渐萧瑟的景物的描写。明丽,见于秋天斑斓的色彩,如碧苔、红叶、金菊、绿荷、粉塘、白练,色彩搭配极为鲜艳夺目;萧瑟,则见于万叶红遍,绿荷将凋,烟水迷蒙,都是深秋的景色。这恰如杜甫《秋兴八首》之一中所写"玉露凋伤枫树林,巫山巫峡气萧森",金圣叹评之为:"露也,而曰'玉露';树林也,而曰'枫树林',止一凋伤之境,而白便写得白之至,红便写得红之至,此秋之所以有兴也。"可以移来解读晏几道这首词。下片写秋怨及怀人,从换头所写"凉风醒酒面",已露端倪。而"雁字来时",则暗寓怀念远人之意。云移星转,不知从哪家传来芦笳哀切的声音,怎能不使人愈发产生愁怨的情绪呢?景中含情,情移于景。在情景的交相融合中,含蓄地抒发词人悲秋之情。

[汇评]

  明沈际飞《草堂诗余正集》卷二:七句深至,末说到秋怨。今人作文,闲闲布题,而以题外一句收之,势乃陡绝,政词作法也。

  清陈廷焯《词则·闲情集》卷一:出语必雅。北宋艳词,自以小山为冠,耆卿、少游皆不及也。

  清黄苏《蓼园词评》:按前面平平叙来,至末二句引入深处,几有"北风其凉"之思矣。云而曰护霜,写得凛栗,此芦管之所以愁怨也。

蝶恋花

喜鹊桥成催凤驾①。天为欢迟,乞与初凉夜②。乞巧双蛾加意画③。玉钩斜傍西南挂④。　　分钿擘钗凉叶下⑤。香袖凭肩,谁记当时话⑥。路隔银河犹可借⑦。世间离恨何年罢。

[注释]

①凤驾:仙女的车驾。

②欢:此处是欢会、欢聚之意。乞与:给予。

③乞巧:古代风俗,七夕,妇人女子结彩楼,陈瓜果于庭中,就星光月色以七彩线穿针,向织女星乞求巧艺,谓之乞巧。双蛾:双眉。加意:注重,特别注意。

④玉钩:指弯月。南朝宋鲍照《玩月城西门廨中》:"始见西南楼,纤纤如玉钩。"

⑤分钿(diàn)擘(bò)钗:指情人分别时将首饰擘开,各执一半以为信物。语出唐白居易《长恨歌》:"唯将旧物表深情,钿合金钗寄将去。钗留一股盒一扇,钗擘黄金盒分钿。"钿,用金、银、玉、贝等制成的花朵状的首饰,或有镶嵌装饰的盒子。擘,分开,劈开。

⑥"香袖"二句:用唐明皇与杨贵妃的爱情故事。唐陈鸿《长恨歌传》:"昔天宝十载,侍辇避暑于骊山宫。秋七月,牵牛织女相见之夕,秦人风俗,是夜张锦绣,陈饮食,树瓜华,焚香于庭,号为'乞巧'。宫掖间尤尚之。时夜殆半,休侍卫于东西厢,独侍上。上凭肩而立,因仰天

感牛女事,密相誓心,愿世世为夫妇。言毕,执手各呜咽。此独君王知之耳。"

⑦借:此处是凭借、依靠的意思。

[赏析]

  这首"七夕"词,运用天上人间的相关传说,来抒发对于人间离恨的怨叹。上片写关于七夕的神话故事。喜鹊已搭好鹊桥,催促着织女的鸾车赶紧出发,上天也为这一年一度的欢会赐予了一个初凉的良宵。当弯弯新月斜挂天际,人间的女子们也都着意打扮,描画双蛾,乞巧乞福,梦想着一个属于自己的浪漫故事。这真是"金风玉露一相逢,便胜却人间无数"。下片则以李、杨的爱情悲剧来反衬人间的离情悲苦。贵为天子的唐明皇,虽然在长生殿中,七夕之夜,许下了与杨贵妃世世为夫妇的誓言,岂料风云突变,为了江山,不得不舍弃美人,所谓的山盟海誓,皆化作绵绵长恨。银河阻隔,尚可相会。而世间的离愁别恨,什么时候才能有个尽头呢?这首词特意表达了牛郎织女相会,尚且能得到天助,而人间离恨,反而有过之而无不及的遗憾。这是一反传统的认识,而更加能够表现作者的思深意苦。

[汇评]

  清陈廷焯《词则·闲情集》卷一:思深意苦。
  夏敬观:"借"字生而炼熟。

蝶恋花

  醉别西楼醒不记。春梦秋云,聚散真容易①。斜月半窗还少睡。

画屏闲展吴山翠②。　　衣上酒痕诗里字③。点点行行，总是凄凉意。红烛自怜无好计，夜寒空替人垂泪④。

[注释]

①春梦秋云：以春梦之短暂、秋云之飘忽，比喻人生之聚散无常。唐白居易《花非花》："来如春梦不多时，去似朝云无觅处。"晏殊《木兰花》："长于春梦几多时，散似秋云无觅处。"容易：轻易。

②画屏：屏风，古人多放于床头，以为间隔。屏风上多画山水，也叫屏山。吴山：吴地之山，泛言江南山水景物。

③衣上酒痕：唐白居易《故衫》："袖中吴郡新诗本，襟上杭州旧酒痕。"

④"红烛"二句：化用唐杜牧《赠别》"蜡烛有心还惜别，替人垂泪到天明"诗意。

[赏析]

这首词写离愁别绪，在写法上与其他同类作品不太一样，此首不以情景交融见长，而是直抒感情，不加掩饰，语浅意真，沉痛悲凉。词作开头即点明所写背景——醉别西楼。地点是西楼，这个地方承载着晏几道许多的悲欢往事。他在《满庭芳》里说："西楼题叶，故园欢事重重。"《少年游》里说："西楼别后，风高露冷。"《采桑子》里说："西楼月下当时见，泪粉偷匀。"情事则是"醉别"，可见别离之痛，借酒消愁。然后说"醒不记"，似乎是说因为醉酒，当时别离的情景、话语一概都记不起来了，实则恐怕是词人不愿意再记起这伤心的往事，希望自己主动把它忘记。接下来就是抒情议论，感叹人生聚散，如春梦之短暂，如秋云之飘忽，人们把聚散离合看得太过等闲了。这两句词既是对白居易诗歌的化用，同时也是对其父晏殊词作的引用，这种互文的关系，无疑扩大了本词的意蕴。"聚散真容易"，真是一字一泪，惊心动魄。词人因为离别，整夜无眠，月亮已经西斜，透过帘栊照在屋内，正所谓"转朱阁，低绮户，照无眠"。而床头的屏山上，一派青山绿水，潇洒悠闲，真是无情之物啊！一个"闲"字，恰恰反衬出词人的心绪烦乱。换头写聚散无凭，当日的欢娱，留下来的只有衣服上点点的酒痕和诗词里行行的珠玑，这里面满满的都是凄凉之意啊！酒痕点点，照应开头的醉别；行行珠玑，则如《小山词自序》里所说的当年写下的"狂篇醉句"。画屏无情，红烛有意，可惜它也没有什么好的主意可以解我忧愁，只能在漫漫寒夜空自为我流泪。这两句化用杜牧《赠别》诗意，但更翻进一层，连蜡烛也无可奈何，只能为我流泪，可见我之离愁别恨有多么浓厚。词中将画屏之无情和红烛之多情，巧妙对比，实则均为无情之物，却被作者投射进了不同的感情，这就是所谓的"移情"。

[汇评]

清先著、程洪《词洁》卷二：程洪曰：如小山父子及德麟辈，用事亦未尝不轻，但有厚薄浓淡之分。后人一再过，不复留余味，而古人隽永不已。

清陈廷焯《词则·大雅集》卷二：一字一泪，一字一珠。

夏敬观批语：熟意炼生。

俞陛云《唐五代两宋词选释》：叔原小令最工，直逼《花间》。集中《蝶恋花》词凡十五首，此三首（醉别西楼醒不记、欲减罗衣寒未去、黄菊开时伤聚散）尤胜。叔原喜沉浮酒中，与客酣饮，每得一解，即以草授歌姬莲、鸿、蘋、云，品清讴娱客，持杯听之，相为笑乐。歌阑人散，辄惆怅成吟。词中所云"衣上酒痕"、"宿酒醒迟"等句，皆纪实也。

唐圭璋《唐宋词简释》：此首写别情凄惋。一起写醒时景况，迷离惝恍，已撇去无限别时情事。"春梦"两句，叹人生聚散无常。一"真"字，见慨叹之深。"斜月"两句，自言怀人无眠，惟有空对画屏凝想。一"还"字，见无眠之久；一"闲"字，见独处之寂。下片，"衣上"两句，从"醉别西楼"来，酒痕墨痕，是别时情态，今人去痕留，感伤曷极。"总是"二字，亦见感伤之甚，觉无物不凄凉也。"红烛"两句，用杜牧之"蜡烛有心还惜别，替人垂泪到天明"诗。但"自怜"、"空替"等字，皆能于空际传神。二晏并称，小晏精力尤胜，于此可见。

沈祖棻《宋词赏析》：这首词也是写离别之感，但却更广泛地慨叹于过去欢情之易逝，今日孤怀之难遣，将来重会之无期，所以情调比其它一些伤别之作，更加低徊往复，沉郁悲凉。

蝶恋花

笑艳秋莲生绿浦。红脸青腰，旧识凌波女[①]。照影弄妆娇欲语[②]。西风岂是繁华主[③]。　　可恨良辰天不与。才过斜阳，又是黄昏雨。朝落暮开空自许。竟无人解知心苦[④]。

[注释]

①凌波女：此处喻指荷花。凌波，形容女子步履轻盈，就好像在水面上行走一般。三国魏曹植《洛神赋》："凌波微步，罗袜生尘。"

②娇欲语：唐李白《渌水曲》："荷花娇欲语，愁煞荡舟人。"

③繁华主：繁华的主者，主管繁华的神灵。晏几道《与郑介夫》：

"春风自是人间客,张主繁华得几时。"

④知心苦:莲子心苦,谐音寓意女子之孤苦。唐李群玉《寄人》:"莫嫌一点苦,便拟弃莲心。"

[赏析]

　　这是一首描写秋莲的咏物词。咏物词贵在形神兼备,既不能粘皮带骨,也不能寄兴无端。张炎《词源》说:"诗难于咏物,词为尤难。体认稍真,则拘而不畅;模写差远,则晦而不明。要须收纵联密,用事合题,一段意思,全在结句,斯为绝妙。"这首词可以说既能描摹秋莲之形,又能得其神态,写物亦写人,似有寓托,可以说是早期咏物词的佳作。

　　上片描摹秋莲之神态。美丽的秋莲,笑意盈盈,出淤泥而不染,濯清涟而不妖。艳红的笑靥,纤细的腰肢,如穿着绿裙的凌波仙子。倒影在水面,好像梳妆弄姿,娇羞欲语,西风啊,你怎做得了这繁华的主人呢?通过"笑"、"弄"、"欲语"等人性化词语的使用,使如凌波仙子一样娇媚的秋莲的形象赫然出现在读者面前。然而,秋莲偏偏生不逢时,西风是她的主人,她的繁华能持续多久呢?她晚上的时候才刚刚绽放,夕阳的余晖挥洒在她的花瓣上,一片红酣,可惜,转瞬间,一翻秋雨无情地打在花瓣上,或许就这样飘零!暮开而朝落,生命尚未经辉煌,却已经凋落,虽然孤芳自赏,高自期许,可究竟有谁能知道她有一颗凄苦的心呢!作为一首咏物词,词里或许包含有对某个女子身世的感慨,但推广开去,岂不是也有晏几道自叹身世的寄兴在里面吗?王国维曾评论李璟《浣溪沙》词"菡萏香消翠叶残,西风愁起绿波间"有"众芳芜秽,美人迟暮"之意,此评论亦可移来解读晏几道的这首咏莲词。

蝶恋花

碧玉高楼临水住①。红杏开时,花底曾相遇。一曲阳春春已暮。晓莺声断朝云去。　远水来从楼下路。过尽流波,未得鱼中素②。月细风尖垂柳渡③。梦魂常在分襟处④。

[注释]

①碧玉:南朝刘宋时,汝南王有妾名碧玉,备受宠爱。《玉台新咏》中孙绰的《情人碧玉歌》:"碧玉小家女,不敢攀贵德。感郎千金意,惭无倾城色。"此处泛指年轻女子。

②鱼中素:指书信。古乐府《饮马长城窟行》:"客从远方来,遗我双鲤鱼。呼儿烹鲤鱼,中有尺素书。"

③月细风尖:弯弯的新月叫细月,春夜冷峭的风叫尖风。唐杜甫《夜》:"月细鹊休飞。"唐李商隐《蝶三首》之一:"不觉逆尖风。"

④分襟:犹言分袂,离别的意思。唐白居易《答微之咏怀见寄》:"分袂二年劳梦寐,并床三宿话平生。"

[赏析]

这首词抒发对一个邂逅的女子的思念之情。上片写相遇,下片写别后之思念。这位年轻女子或是人家的婢妾,一个暮春的艳阳天里,在红杏花下与其邂逅。这位女子擅长歌唱,一曲《阳春》,给词人留下深刻的印象。然而,朝云易散,后会难期。流水从女子所居高楼下流过,可是期望流水带来女子音信的词人，却一再失望。唯一能让词人魂牵梦绕、追思不已的，是那新月如弦、寒风料峭的杨柳渡口，那正是他们两个分手的地方。这首小词以红杏春暮的美好相遇和月细风尖的凄凉分离，构成上、下片的鲜明对比。清代词人厉鹗将"月细风尖"称之为鬼语，所谓"鬼语"，就是指用语特别尖刻阴冷，描绘出一种孤魂野鬼活动的场景，不类人间世的生活。在古代诗人中，李贺以擅写鬼语著称。比如其《李凭箜篌引》中的"老鱼跳波瘦蛟舞"即被评为"忽入鬼语"，其他如"月午树立影，一山唯白晓。漆炬迎新人，幽圹萤扰扰"等，这些阴森幽怨的鬼语却赢得了后人的称赏，但将鬼语入词，特别是在晏几道的清词丽句中出现，确实显示了小山词中不多见的一种特别风格。

[汇评]

　　清厉鹗《论词绝句》：鬼语分明爱赏多，小山小令擅清歌。世间不少分襟处，月细风尖唤奈何。

　　清陈廷焯《词则·闲情集》卷一：凄婉欲绝，仙耶鬼耶？

蝶恋花

　　梦入江南烟水路。行尽江南，不与离人遇。①睡里消魂无说处。觉来惆怅消魂误。　　欲尽此情书尺素②。浮雁沉鱼③，终了无凭据。却倚缓弦歌别绪。断肠移破秦筝柱④。

[注释]

　　①"梦入"三句：这三句化用唐岑参《春梦》："洞房昨夜春风起，

遥忆美人湘江水。枕上片时春梦中，行尽江南数千里。"烟水：犹言烟波。

②尺素：书信。素，素白色的绢。书信写在大约一尺长的素色的绢上，故称尺素。古乐府《饮马长城窟行》："呼儿烹鲤鱼，中有尺素书。"

③浮雁沉鱼：古代传说鱼雁皆可传递书信，故以之代称书信。同时，雁浮鱼沉，则往往表示书信之不可寄达。南朝宋刘义庆《世说新语·任诞》："殷羡作豫章郡太守。临去，都下人因寄百许函书。既至石头，悉掷水中，因祝曰：'沉者自沉，浮者自浮，殷洪乔不能作致书邮！'"唐戴叔伦《相思曲》："鱼沉雁杳天涯路，始信人间别离苦。"

④缓弦：松弛的琴弦，弦紧则声高，弦松则声缓。秦筝：秦地一种弦乐器，筝声哀，诗人们又叫它"哀筝"，古代常用它来抒发悲伤的情绪。唐岑参《秦筝歌》："汝不闻秦筝声最苦，五色缠弦十三柱。怨调慢声如欲语，一曲未终日移午。"所以倚缓弦、歌别绪，筝最适宜。移破：移遍。筝柱：筝上搁弦的小木柱，因雁行排列，也叫雁柱，通过移动筝柱的位置来调节声音高低。晏几道在另一首《蝶恋花》里说"绿柱频移弦易断"，足以跟这里的情境相互阐发。

[赏析]

这是一首怀人之作，但在写法上极具特色，采用一步一顿，层层递进的方法，使作品显得沉郁顿挫，将离愁写得淋漓尽致。

第一层写梦里相寻，化用岑参《春梦》的诗意，因而可以理解为词人也是在"遥忆美人"。词人梦里相寻的是一位美丽的江南女子，枕上片时春梦，梦里却行遍江南千里万里，但本词比岑参的诗更进一步，说出了梦寻的结果——不与离人遇。梦而不见，因此转入第二层，写梦醒时的惆怅。梦里的销魂别愁无法和心爱的人诉说，所以醒来更觉惆怅，感到自己深深地被销魂的离愁所苦。因为梦里不遇，离愁无处诉说，进而转入第三层,欲托鱼雁传书,将此情来尽情倾诉,然而,雁浮鱼沉,到头来,还是无凭无据啊!既然传书不能,那就姑且弹拨着秦筝哀弦,来抒发心中的哀伤吧。然而,弹到断肠时,频频移动雁柱,筝声愈发高亢哀切,移破筝柱,弹断筝弦,亦无法消磨心中的哀愁。

梦寻而不遇,梦醒而惆怅,寄书无凭,弹筝惹怨,这种种的不遇不顺,岂不都是词人心绪烦乱的体现吗?词人把如此复杂的情怀,在一首短短的小词中曲曲道来,极大地增加了小令的容量,使小令具有长调的气格,这都得益于词人高超的技巧。

[汇评]

明沈际飞《草堂诗余续集》卷下:末句滋味。

明卓人月《古今词统》卷九:人必说梦中相会,何等陈腐。

唐圭璋《唐宋词简释》:此首一起从梦写入,语即精练。盖人去江南,相思不已,故不觉梦入江南也。但行尽江南,终不遇人,梦劳魂伤矣,此一顿挫处。既不遇人,故无说处,而一梦觉来,依然惆怅,此又一顿挫处。下片,因觉来惆怅,遂欲详书尺素,以尽平日相思之情与梦中寻访之情。但鱼雁无凭,尺素难达,此亦一顿挫处。寄书既无凭,故惟有倚弦以寄恨,但恨深弦急,竟将筝柱移破。写来层层深入,节节顿挫,既清利,又沉着。

刘永济《唐五代两宋词简析》:其词能于小令之中,具有长调之气格。查慎行有诗曰:"收拾光芒入小诗。"叔原可谓能收拾光芒入小词者。昔人评其词"清壮顿挫",亦因其能"收拾光芒",故能"清壮顿挫"也。

鹧鸪天

彩袖殷勤捧玉钟①。当年拚却醉颜红②。舞低杨柳楼心月,歌尽桃花扇底风。　　从别后，忆相逢。几回魂梦与君同③。今宵剩把银釭照，犹恐相逢是梦中④。

[注释]

①彩袖：色彩鲜艳的华美的衣袖。此处是以袖代衣，由衣及人。指代歌女。玉钟：玉石琢成的酒杯。钟即盅。

②拚却：豁出去，舍弃不顾，甘心情愿。五代牛峤《菩萨蛮》："须作一生拚，尽君今日欢。"宋张孝祥《鹧鸪天》："今宵拚醉花迷坐，后夜相思月满川。"

③几回：多回，好多次。同：在一起。

④剩把：尽把。银釭（gāng）：华美的灯具。古诗词中有"金釭"、"兰釭"等词语。这两句出自唐杜甫《羌村三首》之一："夜阑更秉烛，相对如梦寐。"唐司空曙《云阳馆与韩绅宿别》亦有"乍见翻疑梦，相悲各问年"之句，和此处情景亦相仿。

[赏析]

这首词是晏几道的名作，清人陈廷焯认为是"艳体中极致"，古往今来都受到读者的喜欢。

词作所写为重逢的喜悦，韩愈曾说过"愁苦之语易好，欢愉之词难工"，在写作中，写欢乐往往比写愁苦更难，杜甫之诗多写国难家愁，只有《闻官军收河南河北》一首被评为"生平第一快诗"，即是如此。晏几道这首写重逢欢乐的词，通过今昔对比，层层铺垫，将重逢之且喜且疑表现得特别逼真，表现出高超的艺术技巧。词的上片为追忆往昔两人的相识相知。第一句以"彩袖"代人，以"玉钟"代酒，人之美丽，酒之名贵，自在不言之中。佳人醇酒，且殷勤相劝，岂能不甘心情愿拚得个醉颜酡红呢？一殷殷劝酒，一甘愿痛饮，两心之相知，亦可理会。而这一切都是当年的情事，或许是两心初许的情景吧。接下去是一联工整巧妙的对联，历来为评论者所高度称许。小山这一联，犹如杜少陵之"香稻啄余鹦鹉粒，碧梧栖老凤凰枝"，都是承袭"南朝宫体"之流风余韵的产物，同是把我国古典诗词精巧华美之艺术特征推向了极致的名句。第一，字面极其华美，歌舞、风月、杨柳楼心、桃花扇底。第二，虚实交错，杨柳、楼、月，是实写；而桃花、风，则是虚写。桃花，乃是扇上所画，而"风"，或许只是歌声的荡漾，或许只是歌者的娇喘。第三，有意调配词序，造成迷离惝恍的美感。上片以华丽的语言，描写昔日的欢会。夜夜笙歌，极意绸缪，自非一朝一夕之事。都是承平之时，这位贵族公子真实生活的写照。所以当时人即说能写出这样场景的人，"必不生在三家村中者"，小晏是很好地继承了其父善写富贵气象的本领。

　　下片写别后之思念，相逢之惊喜。"从别后，忆相逢。几回魂梦与君同"，语言风格由华美变为质朴，然而在音韵上却能做到回环往复，和所写内容搭配得恰到好处。"几回"，是说无数回，许多回，经常在梦里和所爱的人相遇相会。感情极其真挚，语气特别率直。经过前面的层层铺垫，终于到了词作的重心，即相逢的惊喜。古代诗词中写相逢惊喜的妙句很多，比如司空曙的"乍见翻疑梦，相悲各问年"，戴叔伦的"还作江南会，翻疑梦里逢"，陈师道的"了知不是梦，忽忽心未稳"等，皆从杜甫《羌村三首》之一中的"夜阑更秉烛，相对如梦寐"翻出，晏几道的词也是化用杜诗，但各有胜处。杜诗写乱离重逢，经过死生离别，固有喜慰，更多悲凉，情怀自肺腑流出，皆以血泪凝成，其情其景，实和晏词有别。而小晏之词，则是久别之后，偶然之机会，和自己魂牵梦绕的一位歌女的重逢，以前是梦中相逢，而今是真的相逢，将真疑梦，所以有"剩把银釭照"，使劲地拿着银灯来照看所爱之人，害怕这一切只是个梦，足见小晏之痴情、多情。词作正是通过这样的一惊一喜、乍信乍疑，很好地塑造出了词人自己的形象和真性情。另外在语体风格上，杜诗和晏词，也体现出诗词风神上的差异，一质实沉郁，一摇曳空灵。整首词在艺术风格上，上片写昔，语言华丽，风格质实；下片写今，语言直白，风格空灵。将今昔、虚实很好地结合起来，表现出高超的技巧。

[汇评]

宋赵令畤《侯鲭录》卷七：晁无咎言：晏元献（当作晏几道）不蹈袭人语，风调闲雅，自是一家。如"舞低杨柳楼心月，歌尽桃花扇底风"。知此人必不生在三家村中者。"舞低"二句，比白香山"笙歌归院落，灯火下楼台"更觉浓至。惟愈浓情愈深，今昔之感，更觉凄然。

宋佚名《雪浪斋日记》：晏叔原工小词，如"舞低杨柳楼心月，歌尽桃花扇底风"，不愧六朝宫掖。

宋胡仔《苕溪渔隐丛话》后集卷三十三：《雪浪斋日记》谓晏叔原工于小词，如"舞低杨柳楼心月，歌尽桃花扇底风"，不愧六朝宫掖体。无咎《评乐章》乃以为元献，误也。元献词谓之《珠玉集》，叔原词谓之《乐府补亡集》，此两句在《补亡集》中，全篇云云。词情婉丽。

宋王楙《野客丛书》卷二十：晏叔原"今宵剩把银釭照，犹恐相逢是梦中"，盖出于老杜"夜阑更秉烛，相对如梦寐"、戴叔伦"还作江南会，翻疑梦里逢"、司空曙"乍见翻疑梦，相悲各问年"之意。

宋魏庆之《诗人玉屑》卷十引《王直方诗话》：存中云：山谷称晏叔原"舞低杨柳楼心月，歌尽桃花扇底风"，定非穷儿家语。

宋末元初俞琰《书斋夜话》卷四：杜少陵诗云"夜阑更秉烛，相对如梦寐。"晏小山之词乃云："今宵剩把银釭照，犹恐相逢是梦中。"谈者但称晏词之美，不知其出于杜诗也。

宋末元初蔡正孙《诗林广记》后集卷六：谢叠山云：杜子美乱后见妻子诗云："夜阑更秉烛，相对如梦寐。"辞情绝妙，无以加之。晏词窃其意云："今宵剩把银釭照，犹恐相逢是梦中。"周词反其意云："夜永有时，分明枕上，觑着孜孜地。烛暗时酒醒，元来又是梦里。"皆不如后山，祖杜工部之意，着一转语云："了知不是梦，忽忽心未稳。"意味悠长，可与杜工部争衡也。

明沈际飞《草堂诗余正集》：末二句惊喜俨然。

明末清初刘体仁《七颂堂词绎》："夜阑更秉烛，相对如梦寐。"叔原则云："今宵剩把银釭照，犹恐相逢是梦中。"此诗与词之分疆也。

清陈廷焯《白雨斋词话》卷一："从别后，忆相逢。几回魂梦与君同。今宵剩把银釭照，犹恐相逢是梦中"，曲折深婉，自有艳词，更不得不让伊独步。视永叔之"笑问双鸳鸯字、怎生书"、"倚阑无绪更兜鞋"等句，雅俗判然矣。

清陈廷焯《白雨斋词话》卷三：陶九成云：近世所谓大曲，苏小小《蝶恋花》、苏东坡《念奴娇》、晏叔原《鹧鸪天》、柳耆卿《雨霖铃》、辛稼轩《摸鱼子》、吴彦高《春草碧》、蔡伯坚《石州慢》、张子野《天仙子》、朱淑真《生查子》、邓千江《望海潮》。按其中惟稼轩《摸鱼子》一篇为古今杰作，叔原《鹧鸪天》为艳体中极致，余亦泛泛，不知当时何以并重如此。

清陈廷焯《词则·闲情集》卷一：仙乎丽矣。后半阕一片深情，低回往复，真不厌百回读也。言情之作，至斯已极。

清黄苏《蓼园词评》："舞低"二句，比白香山"笙歌归院落，灯火下楼台"更觉浓至。词愈浓，情愈深，今昔之感，更觉凄然。

唐圭璋《唐宋词简释》：此首为别后相逢之词。上片，追溯当年之乐。"彩袖"一句，可见当年之浓情密意。"拚醉"一句，可见当年之豪情。换头,"从别后"三句,言别后相忆之深,常萦魂梦。"今宵"两句,始归到今日相逢。老杜云"夜阑更秉烛,相对如梦寐",小晏用之,然有"剩把"与"犹恐"四字呼应,则惊喜俨然,变质直为宛转空灵矣。上言梦似真,今言真似梦,文心曲折微妙。

陈匪石《宋词举》:此殆为别后重逢之作,又惊又喜之情,至末句始露出,前半则将今昔之事,融合为一。第一句,今昔所同,然词意当属现在。第二句,"当年"二字,则现时之"颜"虽亦必由"醉"而"红",而自疑尚未至此,以追溯口吻出之,已将末两句之神髓吸取矣。"舞低"两句,既工致,又韶秀,且饶雍容华贵之气,晁补之谓"知此人不住三家村",沈际飞谓"美秀不减六朝宫掖体",与乃父之诗"梨花院落溶溶月,柳絮池塘淡淡风"同一名贵语。而由上句"当年"贯下,似拚醉之故在此,语虽实而境则虚。过变以下,仍避实就虚,欲说"相逢"之乐,先说"别后"之苦,"从别后,忆相逢"六字,颇见回环之妙笔。"几回魂梦与君同",承上起下,措语已妙绝无伦。"今宵"一转,更非非想:前也梦且疑真,今也真转疑梦。"剩把"、"犹恐"四字,略作曲折,一若非灯可证,竟与前梦无异者。笔特夭矫,语特含蓄,其聪明处固非笨人所能梦见,其细腻处亦非粗人所能领会,其蕴藉处更非凡夫所能跂望。陈廷焯曰:"曲折深婉,自有艳词,更不得不让伊独步。"此正陈振孙所谓"高处远过《花间》"者也。至造语炼字之工,则全从唐五代得来;而此等七字句,又决与《香奁诗》不同,其界限在神味,读者宜细审之。

俞平伯《唐宋词选释》:上片单纯浓深,似乎板重;下片用回环的句法,淡远的笔调,将悲喜错杂的真情迤逦写来,就把上面的浮艳给融化开了。此篇笔意极细,承用杜诗,却非抄袭,意境略近司空曙,亦在同异之间。若仅从诗词分疆上着眼,似乎只是二者体裁风格一般的区别,那样说法还觉得空泛一些。

鹧鸪天

一醉醒来春又残。野棠梨雨泪阑干①。玉笙声里鸾空怨②,罗幕香中燕未还。　终易散,且长闲。莫教离恨损朱颜③。谁堪共展鸳鸯锦,同过西楼此夜寒④。

[注释]

①棠梨:落叶乔木,有赤白两种,春末开小白花。阑干:纵横交错。唐白居易《长恨歌》:"玉容寂寞泪阑干,梨花一枝春带雨。"唐温庭筠《菩萨蛮》:"人远泪阑干,燕飞春又残。"

②玉笙:名贵的笙,笙是一种簧管乐器。鸾:孤鸾,指失偶的鸟。这里比喻情人的分离。古乐曲里有《孤鸾》之乐,曲调哀怨。晋陶潜《拟古》诗之五:"上弦惊《别鹤》,下弦操《孤鸾》。"

③莫教(jiāo):不要让。

④鸳鸯锦:绣有鸳鸯图案的锦被。《古诗十九首》:"文彩双鸳鸯,裁为合欢被。"唐温庭筠《菩萨蛮》:"水精帘里颇黎枕,暖香惹梦鸳鸯锦。"西楼:晏几道词中常用之地名。如《满庭芳》:"西楼题叶,故园欢事重重。"《少年游》:"西楼别后,风高露冷。"《采桑子》:"西楼月下当时见,泪粉偷匀。"《蝶恋花》:"醉别西楼醒不记。"

[赏析]

这首词是抒发离愁之作,是晏几道词中惯常的内容,表现的也是惯常的愁绪。词作的特色表现在情景交融、细密照应、跌宕起伏上。词作开头以情景交融之笔写离愁别恨之苦。"一醉"写昨夜借酒遣愁,和末句之"此夜"呼应。正是春残时节,用棠梨带雨表示,同时梨花带雨又是对人物的喻写。接下来写醒来后之寂寞孤独,玉笙演奏着《孤鸾》之曲,香雾氤氲的帷幕中燕子尚未飞回。词人用华丽的词汇描摹高雅的环境,而小晏,作为"古之伤心人",在这样的环境中,岂能无动于心?越是多情之人,越难以忍受孤独凄寂。越害怕孤独,越渴望双飞双宿。接下来,词人用豁达的语气来自我安慰:千里搭长棚,没有不散的宴席。有聚终有散,聊且享受一下孤独的清闲吧。不要让离愁别恨老了青春的容颜。但多情的词人终究不是哲人,这样苍白无力的劝慰是抚不平他心头的伤痕的。最后仍是回到相思之渴望与无望中。在这西楼之上,有谁能陪伴我,共度这料峭春寒的漫漫长夜呢?刻骨的相思寂寞,痛彻心扉,这才是我们的词人最为真实的心理世界。

鹧鸪天

梅蕊新妆桂叶眉①。小莲风韵出瑶池②。云随绿水歌声转③,雪绕红绡舞袖垂④。　伤别易,恨欢迟。惜无红锦为裁诗⑤。行人莫便消魂去,汉渚星桥尚有期⑥。

[注释]

①梅蕊新妆:指"梅花妆"。《太平御览》卷九百七十引《宋书》:"武帝女寿阳公主人日卧于含章檐下,梅花落公主额上,成五出之华。拂

之不去。皇后留之。自后有梅花妆，后人多效之。"桂叶眉：女子长眉。唐江采蘋《谢赐珍珠》："桂叶双眉久不描，残妆和泪污红绡。"

②小莲：晏几道友人沈廉叔或陈君龙家的歌女名，即"莲、鸿、蘋、云"中的"莲"。风韵：风采韵致，由女子的容颜仪表、神情意态以及格调气质等方面所形成的一种总体的观感。瑶池：古代传说昆仑山上的仙池，为西王母所居之处。西王母有侍女许飞琼、董双成，俱以美丽著称。

③绿水：古舞曲名，一名渌水。《淮南子·俶真训》："足蹀阳阿之舞，手会绿水之趋。"

④"雪绕"句：唐白居易《小庭亦有月》："菱角执笙簧，谷儿抹琵琶。红绡信手舞，紫绡随意歌。"句意谓白色舞衣的袖子旋转飘动如雪花飞落。红绡：侍儿名。

⑤裁诗：作诗。唐杜甫《江亭》："故林归未得，排闷强裁诗。"

⑥汉渚：银河岸边。星桥：指神话中的鹊桥。为牛郎织女相会之地。唐李商隐《七夕》："鸾扇斜分凤幄开，星桥横过鹊飞回。争将世上无期别，换得年年一度来。"

[赏析]

这首词应是晏几道在离开京城，前往颍昌府许田镇为官前辞别好友的宴席上，为歌女小莲而写的。晏几道词中有多首写给小莲的词，可见两人极为熟悉。这首词纯粹为应歌而作，上片描写小莲的风韵技艺，下片写惜别之意。前两句描写小莲的装扮，她的额上画着应时的梅花妆，两道长长的桂叶眉，一直画至鬓角。她风韵妖娆，好像西王母瑶池会上的仙女一样。小莲才艺双全，能歌善舞，嘹亮的歌声，如行云流水；舞袖翩翩，如雪花飞扬。下片转写惜别，人间总是好事难全，欢会迟迟，离别转瞬即至，可惜我一贫如洗，连写诗相赠的红锦也没有一尺！真是辜负了小莲的一番心意。离别的人，莫要销魂悲伤，即使银汉相隔的牛郎织女不也有一年一度的鹊桥相会吗？想必此时，晏几道已经颇为贫困潦倒，所以才会前往许田镇做一个监税的小官，才会感叹连给歌女的"缠头"之资也无从筹措。但也因为许田镇离汴京并不遥远，未来总有可期，所以这首离歌还是寄寓着许多希望。

鹧鸪天

守得莲开结伴游。约开萍叶上兰舟①。来时浦口云随棹，采罢江边月满楼②。　花不语，水空流。年年拚得为花愁③。明朝万一西风动，争向朱颜不耐秋④。

[注释]

①约开：掠开。唐韩愈《独钓》："露排四岸草，风约半池萍。"兰舟：木兰舟的简称。南朝梁任昉《述异记》卷下："木兰洲在浔阳江中，多木兰树。昔吴王阖闾植木兰于此，用构宫殿也。七里洲中有鲁般（班）刻木兰为舟。舟至今在洲中。诗家用木兰舟出于此。"后常用于船的美称。

②"来时"二句：唐王昌龄《采莲曲》："来时浦口花迎入，采罢江头月送归。"浦口：小河入江或入湖之处。棹：船桨。

③拚得：犹言"拚却"，心甘情愿的意思。

④争向：犹云怎奈或奈何。唐王建《酬赵侍御》："别来衣马从胜旧，争向边尘满白头。"朱颜：此处双关兼指，既指荷花的色泽娇艳，又指少女红润美丽的容颜。耐：忍耐，经受，抵挡。唐李白《古风》："华鬓不

耐秋，飒然成衰蓬。"

[赏析]

　　这是一首微带感伤的采莲曲。从"采莲南塘秋"以来，采莲曲一直是民歌中常见的主题，其格调是清新活泼的，晏几道这首词也继承了传统采莲曲的风格特色。词的上片就是描写采莲女子欢乐的采莲活动。等啊，盼啊，终于等到了莲花盛开的时候，采莲的女子们相约结伴而出，大家坐着木兰小舟，拨开莲叶，欢声笑语，歌声荡漾。早上从岸口出发的时候，彩霞漫天，晚上采罢莲花回来的时候，已是月光挥洒高楼。这是从王昌龄《采莲曲》里化用的情景。而王昌龄另一首同名诗里说："荷叶罗裙一色裁，芙蓉向脸两边开。乱入池中看不见，闻歌始觉有人来。"大可以补充这首词里省略的采莲的场景。词的上片纯粹是词人目中所见的采莲的欢快的场面，运用的是白描手法，没有夹杂词人太多的感情色彩。而词的下片则脱离了民歌的色彩，变成了文人士大夫的感受和感慨了。这美丽的场景，却引起了词人无限的伤感，因为词人深知这景象就像镜花水月，一旦来日西风吹起，怎奈这朱颜玉面，都禁不住秋风的摧残啊！词人心甘情愿地为美丽的荷花、为这些纯真的采莲女子而愁绪满怀。他是真正地发自内心地同情她们，他就是一个痴心的惜花爱花之人！

鹧鸪天

斗鸭池南夜不归[①]。酒阑纨扇有新诗。云随碧玉歌声转，雪绕红琼舞袖回[②]。　　今感旧，欲沾衣。可怜人似水东西[③]。回头满眼凄凉事,秋月春风岂得知④。

[注释]

①斗鸭:以鸭相斗为戏,或设斗栏,或设斗池,汉末三国时已有此游戏,后世逐渐消亡。《西京杂记》卷二:"鲁恭王好斗鸡鸭及鹅雁。"唐韩翃《送客还江东》:"池畔花深斗鸭栏,桥边雨洗藏鸦柳。"五代南唐冯延巳《谒金门》:"斗鸭阑干独倚,碧玉搔头斜坠。"

②"云随"二句:"碧玉"、"红琼"代指歌儿舞女。南朝梁元帝《采莲赋》:"碧玉小家女。"宋欧阳修《渔家傲》:"筵上佳人牵翠袂。纤纤玉手接新蕊。美酒一杯花影腻。邀客醉。红琼共作熏熏媚。"

③水东西:水向东西两方分流,以喻分离的人不能相会。汉卓文君《白头吟》:"躞蹀御沟上,沟水东西流。"

④秋月春风:代指美丽的景色,亦可指时光变迁。《魏书·元熙传》:"今欲对秋月,临春风,藉芳草,荫花树,广召名胜,赋诗洛滨,其可得乎。"

[赏析]

这首词是为怀念旧日留恋的歌女而作,部分句子和前边所选的《鹧鸪天》(梅蕊新妆桂叶眉)近似,所以也有学者认为可能是怀念歌女小莲的。词作是以今昔对比的手法来构思的,上片写昔日征歌逐舞、饮酒赋诗的贵族公子的豪华奢侈的生活,下片写今日风流云散、凄凉冷落的现状,充满了悲凉和感慨。

上片写昔日之热闹。一帮公子哥儿们,在斗鸭池畔,嬉戏玩乐,彻夜不归。词里特意点出地点——斗鸭池,这在古代自非平头百姓的游戏,而是贵族公子们的狂欢。词的第二句写酒阑兴尽,题诗歌扇,从时间顺序而言，这显然是娱乐活动的尾声，是贵族文人显示才华风雅的宴会余兴。可以记主客之欢会，称歌舞之美妙，逞才情于席间，留翰墨于异日。接下来才是节目的重头戏——精彩的歌舞表演。碧玉的歌声高亢嘹亮，行云亦随之流转；红琼的舞袖婆娑翩跹，正如流风回雪。这一联在《鹧鸪天》中作"云随绿水歌声转，雪绕红绡舞袖垂"，两者极为相似，或许一为原稿，一为改订，通过比较，我们也可以更好地理解这一联词，欣赏晏几道词的对仗艺术。这样的生活场景，同样也是生活于三家村中者无法写出的，而其造语工巧，写富贵而不漏痕迹，但取气象的手法，也是其家传之绝技。

下片写今日之凄清。感怀今昔，感慨系之。而令人叹息的是，人如东西流水，风流云散，再无相见之期。满眼皆是凄凉之意，无情的春风秋月哪能懂得我的心事呢？这正如南唐后主李煜的"春花秋月何时了，往事知多少"一样，纵使满目的良辰美景，岂能抚慰伤心人的心灵呢？

[汇评]

宛敏灏《二晏及其词》：至"云随碧玉歌声转，雪绕红琼舞袖回"一联，与同叔之"重头歌韵响铮琮，入破舞腰红乱旋"意同，而造语尤胜，宜王国维谓其"矜贵有余"也。

鹧鸪天

题破香笺小砑红①。诗篇多寄旧相逢。西楼酒面垂垂雪，南苑春衫细细风②。　　花不尽，柳无穷。别来欢事少人同。凭谁问取归云信③,今在巫山第几峰④?

[注释]

①题破:犹言题遍,写满。题,写。香笺:散发香气的信笺。小研红:在红色的信笺上压印出轻微细小的花纹,是说研花工艺精巧。宋陶毅《清异录·文用》:"姚颢子侄善造五色笺,光紧精华。研纸版乃沉香,刻山水、林木、折枝、花果、狮凤、虫鱼、寿星、八仙、钟鼎文,幅幅不同,文缕奇细,号研光小本。"研,碾磨物体,使紧密光亮。这里是指用木刻版在笺纸上压印花纹的一种工艺,称为"研花"。

②"西楼"二句:西楼、南苑,泛言词中主人公游乐之处。晏几道《满庭芳》:"南苑吹花,西楼题叶,故园欢事重重。"垂垂:渐渐。春衫:指舞女穿着的轻而薄的衣衫。细细风:指起舞之际,春衫飘动,仿佛有微风吹拂。

③问取:取,助词,犹"得"。唐李白《金陵酒肆留别》:"请君问取东流水,别意与之谁短长。"

④巫山第几峰:用巫山神女的典故,点出所思女子的歌妓身份。巫山有十二峰,此处化用唐张子容《巫山》"朝云暮雨连天暗,神女知来第几峰"句意。

[赏析]

这是一首怀念"旧相逢"的词,这个旧相逢应该是一个歌妓,词人和她有过一段美好的交往,分手后,多次写诗给她,但却得不到她的音信,这使得词人非常苦闷。词的开头即写题诗寄远,词人在芳香的压着花纹的红笺纸上题遍诗句,并且把诗笺寄给自己的一位旧日相好。往日里,他们曾在西楼赏雪,渐渐飘落的雪花映着酡红的醉颜;他们曾在南苑踏青，微微的春风吹着他们薄薄的春衫。自从别离以后，花柳依旧，无穷无尽，可惜欢乐之事却少有同心之人一块儿共度。能够向谁问得巫山神女的音信呢？朝云暮雨，她如今飘荡在巫山哪一个峰头呢？末后的两句，即挑明了词人所怀念的旧日相好的身份，乃是一个歌妓。同时，词人的苦闷与无奈，也尽含其中。

[汇评]

《诗话总龟》前集卷八引《王直方诗话》：唐张子容作《巫山》诗云："巫岭崟岏天际重，佳期凤昔预相从。朝云暮雨连天暗，神女知在第几峰。"近时晏叔原作乐府云："凭谁问取归云信，今在巫山第几峰？"最为人所称，恐出于子容。

鹧鸪天

醉拍春衫惜旧香[①]。天将离恨恼疏狂[②]。年年陌上生秋草，日日楼中到夕阳。　　云渺渺，水茫茫。征人归路许多长。相思本是无凭语，莫向花笺费泪行。

[注释]

① 拍：抚摸，抚拍。旧香：衣服上留下的旧日余香。

② 恼：烦恼，恼人，使人烦恼。宋王安石《夜直》："春色恼人眠不得，月移花影上阑干。"疏狂：放达任性，不受拘束。唐白居易《代书诗寄微之》："疏狂属年少，闲散为官卑。"

[赏析]

　　这首词的主题是征人相思，和一般的相思离别不同，这首词是从征人——远行于外之人的角度出发，抒写对于某位女子的刻骨相思之情。正是因为从征人的角度出发，词里面就充分体现了征人人在旅途的心理体验，杨万里说"闭门觅句非诗法，只是征行自有诗"，羁旅行役，极大地开阔了词人的视野，同时，孤凄无聊也更加深了这位多情的词人对于相思之情刻骨铭心的体验。晏几道这首词境界苍茫辽阔，笔力沉郁劲拔，在小山词中是别具一格的。

　　词一开头就抒写离恨之情，词人因离恨而烦恼，因烦恼而醉酒，醉意朦胧之中，轻轻抚摸拍打着一袭春衫，那上边尚留有伊人的余香、伊人的温热，正如晏几道在《蝶恋花》里所说："衣上酒痕诗里字。点点行行，总是凄凉意。"这衣上的余香更勾起了词人无尽的烦恼：自己本是个疏阔狂放、无拘无检之人，天意却偏偏拿离恨来烦恼自己。词作接下来将此离恨具象化，通过对苍茫时空的描写，愈见归途茫茫，相思无凭。年年、日日，以见时间之漫长。"王孙游兮不归，春草生兮萋萋。""日之夕矣，羊牛下来。"陌上草生，王孙不归；夕阳下楼，君子于役。而秋水长天，渺渺茫茫，征人归途，如许漫长。关河冷落，残照当楼。故乡渺渺，归思难收。在这样的时候，对于小晏这样多愁多感、满腹牢骚的词人而言，真正是此情无计可消除，于是聊作决绝之词、豁达之语："相思"本来就是个"不牢靠"的话，无凭无据，何苦题遍花笺、空洒清泪呢？此之决绝豁达，益见其心中抑郁无聊而已。词人以诗为词，将古律诗的句法风格融入婉约流美的词中，扩大了词的境界，形成本词清壮顿挫的风格，颇能摇动读者的心灵。

[汇评]

明卓人月《古今词统》卷七:"费"字本于学书纸费,学医人费。

夏敬观批语:"拍"字生而熟炼,"恼"字新。

鹧鸪天

小令尊前见玉箫①。银灯一曲太妖娆。歌中醉倒谁能恨,唱罢归来酒未消。　春悄悄,夜迢迢。碧云天共楚宫遥②。梦魂惯得无拘检③,又踏杨花过谢桥④。

[注释]

①小令:词体名。唐时文人于酒宴上即席填词,当作酒令,后遂称词之较短小者为小令,皆在五十八字以下。唐白居易《就花枝》:"醉翻衫袖抛小令,笑掷骰盘呼大采。"尊:通"樽"字,酒樽,酒杯。玉箫:本是唐人小说中侍女的名字,此处即以之称呼本篇所写歌女。唐范摅《云溪友议》:"西川节度使韦皋少游江夏,止于姜使君之馆,有小青衣曰玉箫。常令祇侍,后稍长,因而有情,时廉使得韦季父书,发遣归觐,遂与言约,少则五载,多则七载,取玉箫。至八年春,玉箫遂绝食而殒。后韦镇蜀,闻之,广修经像,以报凤心,有祖山人者,有少翁之术,令斋戒七日,清夜,玉箫乃至,谢曰:'承仆射写经造像之力。旬日便当托生,却后十三年,再为侍妾,以谢鸿恩。'后韦以陇右之功,镇蜀不替。东川卢八座送一歌姬,未当破瓜之年,亦以玉箫为号。观之,乃真姜氏之玉箫

也。韦叹曰：'吾乃知存殁之分，一往一来，玉箫之言，斯可验矣。'"

②碧云天：碧天。宋范仲淹《苏幕遮》："碧云天，黄叶地，秋色连波，波上寒烟翠。"楚宫：《太平寰宇记》："楚宫，在巫山县西二百步阳台古城内，即襄王所游之地。"唐李商隐《过楚宫》："巫峡迢迢旧楚宫，至今云雨暗丹枫。微生尽恋人间乐，只有襄王忆梦中。"

③惯得：纵容。拘检：拘束，约束。

④谢桥：通往谢秋娘家的桥。谢秋娘系唐代名妓，称谢娘，亦称秋娘。唐张泌《寄人》："别梦依依到谢家，小廊回合曲阑斜。多情只有春庭月，犹为离人照落花。"

[赏析]

　　这是晏几道词中风格狂放、技巧精湛的作品，以至于受到理学家程颐的称赏，所谓人见人爱之作也。

　　词中所写乃是对于一位歌女的留恋。上片写昔日与歌女的相识，下片写别后的相思。这位歌女是一位才艺双全的妙龄少女，在华丽的夜宴中，在花间樽前，一曲小令唱来，显得多么妖娆！词人大约是初次见到这位女子，深深为其歌声所陶醉，所以接下来说在歌声中醉倒，无须憾恨，歌散归来，酒意尚未消除。这"谁能恨"、"酒未消"，很生动地表现了词人狂放无拘检的性格，和下片所写相照应。词中写这位歌女名叫"玉箫"，这当然不是歌女真正的名字，作品里用这样一个词汇，一方面是和所写的一曲小令相关，小令往往用箫来伴奏。姜夔曾写过"自作新词韵最娇，小红低唱我吹箫"的句子，即是如此。另一方面，玉箫是唐代小说中的一个人物，她和韦皋再世姻缘的故事流传颇广，也间接地印证了程颐对本词"鬼语也"的评价。

　　词的下片写别后的思念，在一个静悄悄的春夜，夜晚是多么漫长，天高地阔,那巫山神女一般的心上人,相隔多么遥远!然而我的梦魂早已是放纵得无拘无束,梦中的道路是如此熟悉,我又踏着漫天飘舞的杨花,跨过了谢娘家的高桥。词作中无论是写玉箫,还是写谢秋娘,都是指向歌儿侍女,而词人自己也只有在和这些女子的相识相知中才真正能够体会到自由的滋味,这些历史人物背后拥有丰富的故事和诗意,能够引起读者很多的联想。

这首词最令人击节叹赏的就是最后两句,人在现实的世界总是受到各种各样的限制,但在梦境之中,却可以摆脱各种拘检约束,让自己的灵魂得以自由翱翔。我们完全可以从多个角度去体会这些句子中的内蕴。这种自由的境界可以看作摆脱功利的一种审美的境界,摆脱约束的自由创造的境界。当然词人心意所向,仍然是其最为魂牵梦绕的所在,由此我们也可以体认词人的心理结构。

在晏几道的词作中,有两首词被称为"鬼语",一首是前面所选的《蝶恋花》中的"月细风尖垂柳渡。梦魂常在分襟处",再者就是本词。两者在风格上并不相同,前一首可以说是"鬼语鬼境",这一首则完全可以说是"鬼才",词人鬼斧神工、出神入化般的才能,充分地表现在这首作品高超的技艺之中。

[汇评]

宋邵博《邵氏闻见后录》卷十九:程叔微云:伊川(程颐)闻诵晏叔原"梦魂惯得无拘检,又踏杨花过谢桥"长短句,笑曰:"鬼语也。"意亦赏之。程晏二家有连云。

明卓人月《古今词统》卷七:末句见赏于伊川,所谓"我见犹怜"也。

清沈谦《填词杂说》:"又踏杨花过谢桥",即伊川亦为叹赏。近于我见犹怜矣。

清况周颐《蕙风词话》卷一：小晏神仙中人，重以父名之贻，贤师友相与沆瀣，其独造处岂凡夫肉眼所能见及。"梦魂惯得无拘检，又踏杨花过谢桥。"以是为至，乌足与论小山词耶？

夏敬观批语：伤心梦呓，昔人以为鬼语，余不谓然。

俞陛云《唐五代两宋词选释》：此调共十九首。《草堂诗余》录"舞低杨柳楼心月"一首，以其最擅名也。此二首（"醉拍春衫惜旧香"和"小令尊前见玉箫"）之结句，情韵均胜。次首"谢桥"二句尤见新颖。

沈祖棻《宋词赏析》：结尾两句写相思之极，寤寐求之，以见钟情之深，用意是深入一层，用笔则是宕开一层。"梦魂"牵惹，非常迫切，但却有其"无拘检"的好处，即不比实际的人生会有许多间阻。由于没有这种或那种间阻，非常自由，故用"惯得"以拟议之。"过谢桥"而以"踏杨花"作陪衬，不独与上文"春悄悄"相应，而且合于梦魂缥缈之情景。着一"又"字，则可见梦里相寻，已非一次，与上"惯得无拘检"也相应。谢桥，指谢娘家之桥，犹谢家指谢娘之家。张泌《寄人》："别梦依依到谢家，小廊回合曲阑斜。多情只有春庭月，犹为离人照落花。"诗意与此词下片相似。

鹧鸪天

十里楼台倚翠微①。百花深处杜鹃啼。殷勤自与行人语，不似流莺取次飞②。　　惊梦觉，弄晴时。声声只道不如归③。天涯岂是无归意，争奈归期未可期④。

[注释]

①翠微：指青翠掩映的山腰幽深处。《尔雅·释山》："山未及上曰翠微。"疏曰："谓未及顶上，在旁陂陀之处，名翠微。一说山气青缥色，故曰翠微也。"唐杜牧《九日齐山登高》："江涵秋影雁初飞，与客携壶上翠微。"

②取次：任意，随便。唐白居易《醉后赠人》："香球趁拍回环匼，花盏抛巡取次飞。"宋黄庭坚《次韵裴仲谋同年》："烟沙篁竹江南岸，输与鸬鹚取次眠。"

③不如归：杜鹃鸟之鸣声，似人言"不如归去"，故而其声尤能动旅客之归思。《蜀王本纪》："蜀望帝淫其臣鳖灵之妻，乃禅位而逃，时此鸟适鸣，故蜀人以杜鹃鸣为悲望帝，其鸣为不如归去云。"宋范仲淹《越上闻子规》："春山无限好，犹道不如归。"

④未可期：无法预计。

[赏析]

这首词描写客子思归之情。可能是词人长期在外为官，因杜鹃鸟"不如归去"的鸣声，触动了他思乡的情绪。本篇在写作上，通篇都围绕着杜鹃鸟的啼叫来进行布局。词的大部分都在描写春末夏初杜鹃鸟的啼叫，首先写客居的环境，十里长街，高阁楼台倚着青翠的山色而建。在百花的深处，杜鹃鸟声声啼鸣。杜鹃鸟是多么深情殷殷，好像和作客在外的行人亲切交谈，哪像那婉转啼鸣的流莺只顾自己随意飞翔。杜鹃弄晴，啼声惊醒了词人的好梦，梦中醒来，才真切地听到一声声凄厉的"不如归去"的叫声。词人应该是对杜鹃鸟怀有敬意的，在传统的诗词意象里，杜鹃啼血，本身就具有忠诚、深情的文化含义，在这里，词人把杜鹃看作一个朋友,一个好意提醒自己的朋友,而不像那些流莺,轻浮自私。然而作者身在天涯,怎不思归,无奈归期难定,徒唤奈何!最后两句,语言质直,情深意切。

鹧鸪天

晓日迎长岁岁同①。太平箫鼓间歌钟②。云高未有前村雪,梅小初开昨夜风③。　罗幕翠,锦筵红④。钗头罗胜写宜冬⑤。从今屈指春期近,莫使金尊对月空⑥。

[注释]

①长:即长至。农历二十四节气之中,夏至、冬至,都称长至。此处指冬至节气。冬至这一天,昼最短,夜最长;过了冬至,昼一日长似一日,夜一日短似一日,直到次年的夏至。宋欧阳修《贺冬状》:"属迎长之届旦,当受祉于无疆。"

②箫鼓:箫和鼓,民间社日迎神赛会庆典礼仪中的演奏音乐的乐器。宋陆游《游山西村》:"箫鼓追随春社近,衣冠简朴古风存。"间:间隔,夹杂。歌钟:即编钟,歌唱必伴以编钟,故曰歌钟。

③"云高"二句:化用唐齐己《早梅》:"前村深雪里,昨夜一枝开。"

④锦筵:谓筵席桌上铺着锦缎。宋张先《更漏子》:"锦筵红,罗幕翠,侍燕美人妹丽。"

⑤罗胜:用罗缎制成的头饰。胜,古代妇女的一种头饰,亦称花胜、彩胜。写宜冬:在罗胜上写上"宜冬"的字样,以应节令。梁宗懔《荆

楚岁时记》：“立春之日，悉剪彩为燕戴之，帖'宜春'二字。”

⑥"莫使"句：化用唐李白《将进酒》中"人生得意须尽欢，莫使金尊空对月"之句。

[赏析]

  根据宋代王灼的笔记《碧鸡漫志》卷二的记载，这首《鹧鸪天》是应当时权臣蔡京之求而写的迎接冬至到来的应景之作，虽为应蔡京之求而作，却没有一点谄媚权贵的意思，表现了晏几道"不践诸贵之门"的孤傲性格。另外一首《鹧鸪天》（九日悲秋不到心）也是在同样的背景下创作的。各家对于这首词写作时间的考证结果并不一样，夏承焘先生认为作于崇宁年间，郑骞先生认为作于大观年间，钟陵先生认为作于政和二年（1112）。和晏几道同时代的词人晁端礼曾作有《鹧鸪天》十首，其序里说："晏叔原近作《鹧鸪天》曲，歌咏太平，辄拟之为十篇。野人久去辇毂，不得目睹盛事，姑咏所闻万一而已。"晁端礼的词作于政和二年至三年间，据此，对于本词的写作时间采用钟陵先生的考证结果。

  明了此词的写作时间和背景以后，我们就知道，这首词是晏几道晚年的作品，是应第三次入相的权臣蔡京之请而作的应景之作。作品没有表现出对蔡京的谄媚，这充分体现了晏几道"不践诸贵之门"的傲骨，值得我们赞赏。因为是应景之作，所以作品重点在于"歌咏太平"，虽然政和年间，北宋的政治已是相当腐败，但表面上却是一片歌舞升平。我们从《东京梦华录》里可以看到相关的记载。这首词属于节令词，吟咏在冬至之时，人们以歌舞饮宴游乐等方式来欢送一年之将尽，迎接新春之将至。女子的钗头上挂着彩胜，上面写着"宜冬"的字样，这样富有民族色彩的节日活动，使我们今天的读者可以非常形象地想见当年的繁华，想见我们农业民族对于季节轮换的敏感和尊重。我们把本词作为节俗词来阅读欣赏，更能够体现本词的民俗价值。

[本事]

宋王灼《碧鸡漫志》卷二：叔原年未至乞身，退居京城赐第，不践诸贵之门。蔡京重九、冬至日，遣客求长短句，欣然两为作《鹧鸪天》"九日悲秋不到心"、"晓日迎长岁岁同"，竟无一语及蔡者。

[编年]

夏承焘《唐宋词人年谱·二晏年谱》：《碧鸡漫志》："蔡京重九、冬至日，遣客求（叔原）长短句，欣然为作《鹧鸪天》'九日悲秋不到心'云云，'晓日迎长岁岁同'云云，竟无一语及蔡者。"二词今在集中。考蔡京以元符元年（一〇九八）为翰林承旨，崇宁元年（一一〇二）守尚书右仆射兼中书侍郎，崇宁五年（一一〇六）罢政。《碧鸡漫志》所云，当谓蔡崇宁间初当权时；依予所推，叔原若生于天圣末年（一〇三〇），则此时已七十四五岁，若大观、宣和间京屡起屡罢，政和七年（一一一七）始勒令致仕，叔原当不及见矣。

郑骞《夏著二晏年谱补正》：据《宋史》二一二《宰辅表》，蔡京于崇宁元年（一一〇二）七月拜相，至五年（一一〇六）二月罢。次年即大观元年（一一〇七）五月复相，三年（一一〇九）六月再罢。叔原崇宁四年（一一〇五）犹在开封推官任内。《漫志》叙蔡京秋词于退居赐第之后，当是大观中作。

鹧鸪天

小玉楼中月上时①。夜来惟许月华知②。重帘有意藏私语，双烛无端恼暗期③。　　伤别易，恨欢迟。归来何处验相思？沈郎春雪愁消臂④，谢女香膏懒画眉⑤。

[注释]

①小玉：吴王夫差之女名小玉，后常作为仙女或侍女的代称。唐白居易《霓裳羽衣歌》："吴妖小玉飞作烟，越艳西施化为土。"《长恨歌》："金阙西厢叩玉扃，转教小玉报双成。"

②月华：月光。唐张若虚《春江花月夜》："此时相望不相闻，愿逐月华流照君。"

③恼：引逗，撩拨。暗期：暗地里、私下里订下的约会。

④沈郎：指南朝梁诗人沈约。《梁书·沈约传》载：沈约写信给徐勉言己老病，"百日数旬，革带常应移孔。以手握臂，率计月小半分。以此推算，岂能支久"。春雪：喻洁白的肌肤。唐方干《赠美人》："常恐胸前春雪释，惟愁座上庆云生。"

⑤谢女：谢家之女，指晋代著名才女谢道蕴，谢道蕴系谢安之侄女，王凝之之妻，聪识有才辩，以柳絮喻雪尤为人赞赏，称"咏絮之才"。一说，谢女指谢秋娘，唐代著名的歌女。唐温庭筠《赠知音》："窗间谢女青蛾敛，门外萧郎白马嘶。"

[赏析]

这是一首描写男女之间偷期暗约及为此愁思憔悴的作品，颇具五代《花间集》、《尊前集》词风，华靡柔美，荡人情思。词的上阕写偷期暗约。主人公和一个名叫小玉的歌女月夜楼中悄悄约会，重帷暗遮，似乎有意掩盖着两人的喁喁私语，反倒是那一双红烛高照，无心之间扰乱了两人的幽会。他们的偷期暗约正如五代韦庄的《女冠子》中所说："除却天边月,没人知。"然而,这样的幽约欢娱终究是短暂的,伤别难以避免。"别易欢迟"是晏几道对于男女欢爱的一种沉痛的体验,在他的作品里多次出现。离别后,再重逢,如何来验证相思的深浅呢?孟郊的《怨诗》里写思妇之怨说:"试妾与君泪,两处滴池水。看取芙蓉花,今年为谁死?"当然,晏几道的词里,没有如此刻骨的设想。他所设想的是,男女双方都彼此深深思念:男子因为愁思而憔悴瘦损,就像沈腰潘鬓那样;女子则因离愁别思,无心梳妆,不施脂粉,无心画眉。女为悦己者容,当自己的心上人远远离去的时候,"谁适为容"呢?相思虽然是无凭的,但又是可以勘验的。一寸相思一寸灰,对于相爱的人,自古都是如此!

鹧鸪天

手捻香笺忆小莲①。欲将遗恨倩谁传②。归来独卧逍遥夜,梦里相逢酩酊天。　　花易落,月难圆。只应花月似欢缘。秦筝算有心情在,试写离声入旧弦③。

[注释]

①手捻:手捏着,手拿着。小莲:晏几道好友家一个歌女的名字。

②倩(qìng):请,央求。

③算:料想。写:倾吐,抒发。《诗·邶风·泉水》:"驾言出游,以写我忧。"

[赏析]

晏几道这首词,是专门为歌女小莲而作的。小莲大约是"莲、蘋、鸿、云"四个侍女中才艺、性格都特别突出的一个，颇得晏几道的欣赏和爱恋。在晏几道的词作里有四首词明确写到小莲。其中一首《鹧鸪天》里说"小莲风韵出瑶池"，另一首《玉楼春》里说"小莲未解论心素，狂似钿筝弦底柱"，都可见出歌女小莲颠倒众生的出色风采。这首词很可能是晏几道将要去任许田镇监税时所写，因而表现出一种将要远离小莲时内心的一种不舍与苦痛。词的开头说词人手里捏着芳香的诗笺（或信笺），心里思念回忆着小莲的音容笑貌，一种离别的苦痛和遗憾翻上心头，可是能央求谁来传递自己的心意呢？从小莲那里回来，独卧清夜，似乎逍遥自在，然而每每酩酊大醉的时候，总是梦里见到小莲。词人深知，花无千日红，月无常团圆，花落月缺，正似人间的欢娱姻缘。词人总是敏感的，词人就如哲人一样，能够穿透表象，看到底蕴。后来晏几道在《小山词自序》里回顾与"莲、蘋、鸿、云"的悲欢离合时说："追惟往昔过从饮酒之人，或垄木已长，或病不偶。考其篇中所记悲欢离合之事，如幻如电，如昨梦前尘，但能掩卷怃然，感光阴之易迁，叹境缘之无实也。"所谓"境缘无实"岂不和这里所说的"花月欢缘"是一个意思？一切皆如镜花水月，一场空幻的好梦罢了。但当局者，总是无法自拔于情海，而是苦苦寻找情感的疏泄和寄托。所以词的最后两句，移情于秦筝，秦筝曾见证了他们之间的欢乐往事，料想秦筝不是无情之物吧，试着把那离别的歌声谱写于昔日的琴弦吧。这两句和开头两句互相照应，词人的遗恨无可传递，所以只能寄托于这哀怨的秦筝曲了。词人是一个痴情多情之人，对于感情总是如此真挚和深沉，我们从词里看到的最为鲜明的形象恰恰是词人自己一往情深的模样。

鹧鸪天

碧藕花开水殿凉①。万年枝外转红阳②。升平歌管随天仗③，祥瑞封章满御床④。　　金掌露⑤，玉炉香。岁华方共圣恩长。皇州又奏圜扉静⑥，十样宫眉捧寿觞⑦。

[注释]

①水殿：临水的宫殿，此处指荷花池边的宫殿。

②万年枝：即冬青树，皇宫中多植之。南朝齐谢朓《直中书省》："风动万年枝，日华承露掌。"宋程大昌《演繁露》卷十一《万年枝》："谢诗有'风动万年枝'之句，凡宫词多承用之，然莫知其为何种木也。或云冬青木长不凋谢，即万年之谓，亦无明据。而世间植物如楮松桧柏，皆经冬不凋，何独冬青之枝得名万年也。""吴兴方勺所著《泊宅编》者曰：徽宗兴画学，同试诸生，以'万年枝上太平雀'为题，在试无能识其何木，遂皆黜不取。或密以叩中贵，中贵曰：万年枝，冬青木也。太平雀，频伽鸟也。惟此书指冬青为万年枝，又不知何所本也。"

③歌管：谓唱歌奏乐。宋苏轼《春夜》："歌管楼台声细细，秋千院落夜沉沉。"天仗：皇帝的仪仗。唐岑参《寄左省杜拾遗》："晓随天仗入，暮惹御香归。"

④祥瑞封章：指报告国内出现祥瑞事情的奏章。封章，古时有关机密事务的奏章，皆用皂囊重封，故名封章。亦指一般奏章。御床：指皇帝临朝时前面的案桌。

⑤金掌露：金铜仙人掌擎承露盘中接到的露水。《汉武故事》："上（汉武帝）于未央宫以铜作承露盘，仙人掌擎玉杯，以取云表之露，拟和玉屑，服以求仙。"古人视"甘露降"为祥瑞之事。

⑥皇州：帝都，京城。唐岑参《和贾舍人早朝大明宫》："鸡鸣紫陌曙光寒，莺啭皇州春色阑。"圜扉静：指狱空，监狱中没有犯人，意味着国家太平安定，政治清明。圜扉，狱门。借指监狱。

⑦宫眉：宫中流行的眉式。唐李商隐《蝶三首》之三："寿阳公主嫁时妆，八字宫眉捧额黄。"《说郛》："五代宫中画眉，一曰开元御爱眉；二曰小山眉，又名远山眉；三曰五岳眉；四曰三峰眉；五曰垂珠眉；六曰月棱眉，又名却月眉；七曰分梢眉；八曰涵烟眉；九曰拂云眉，又名横烟眉；十曰倒晕眉。"寿觞：祝寿的酒杯。

[赏析]

这首词据南宋人黄昇所编《唐宋诸贤绝妙词选》的说法，乃是庆历中，开封府和大理寺同日上奏狱空，宋仁宗特意宣召晏几道写此词以称颂时政清明的。黄昇所说的创作本事大约是可信的，但对于这首词写作的时间则是错误的。根据后边所附资料，可以知道，在宋徽宗崇宁四年（1105）闰二月，开封府狱空，当时开封府相关官员都受到嘉奖。时为开封府推官的晏几道也被奖励"转一官，仍赐章服"。在封建时代，狱空往往被认为是政治清明的象征，当然也就有官员迎合皇帝的心理，制造狱空的迹象。我们从徽宗时期大量的狱空奏章、祥瑞奏章就可以明了其中的奥秘。但就一般官员而言，这自然是值得向帝王祝贺的大事。晏几道的这首词就是在这样的背景下写作的，因为作者自己就是狱空事件的获益者，自然对此深信不疑，在词作中大肆歌颂升平，这样的词作本身价值并不高，但可以让我们从某一个角度窥测晏几道晚年的政治思想，对于我们理解晏几道的晚年生活还是有价值的。词作以典雅高华的辞藻，显示富足升平的时世，形成典雅富丽的风格，就艺术表现而言，是符合这类题材的写作要求的。

[编年]

宋黄昇《唐宋诸贤绝妙词选》卷三：庆历中，开封府与棘寺同日奏狱空，仁宗于宫中宴集，宣晏叔原作此，大称上旨。

宋晁端礼《鹧鸪天（并序）》：晏叔原近作《鹧鸪天》曲，歌咏太平，辄拟之为十篇。野人久去辇毂，不得目睹盛事，姑咏所闻万一而已。（其二）数骑飞尘入凤城。朔方诸部奏河清。圜扉木索频年静，大晟箫韶九奏成。　　流协气，溢欢声。更将何事卜升平。天颜不禁都人看，许近黄金辇路行。（其七）圣泽昭天下漏泉。君王慈孝自天然。四民有养跻仁寿，九族咸亲迈古先。　　歌舜日，咏尧年。竞翻玉管播朱弦。须知大观崇宁事，不愧生民下武篇。

《宋会要辑稿·刑法》："徽宗崇宁四年闰二月六日诏：开封府狱空，王宁特转两官。两经狱空，推官晏几道、何述、李注，推官转管勾使院贾炎，并转一官，仍赐章服。"又："五年十月三日开封尹时彦奏：'开封府一岁内四次狱空，乞宣付史馆。'从之。"

郑骞《夏著二晏年谱补正》：花庵所谓"庆历狱空"，实为崇宁狱空之误传。叔原以狱空转官在闰二月，此词云"碧藕花开"，乃是夏景，盖崇宁四五年间开封府曾有多次狱空也。

生查子

金鞭美少年,去跃青骢马。牵系玉楼人,绣被春寒夜。　　消息未归来,寒食梨花谢①。无处说相思,背面秋千下②。

[注释]

①"寒食"句:唐温庭筠《鄠杜郊居》:"寂寞游人寒食后,夜来风雨送梨花。"唐杜牧《残春独来南亭寄张祜》:"带叶梨花独送春。"寒食,我国古代的一个节日,在每年清明节前的一两天,这一日不许举火,食物皆寒,故曰寒食。传说是为了纪念春秋时期被晋文公烧死的介之推而设立的节日。南朝梁宗懔《荆楚岁时记·寒食事考》:"去冬节一百五日,即有疾风甚雨,谓之寒食,禁火三日,造饧、大麦粥。寒食,挑菜。斗鸡、镂鸡子、斗鸡子。"

②"背面"句:语出李商隐《无题》:"十五泣春风,背面秋千下。"

[赏析]

《生查子》,唐教坊曲名,双调,四十字,前后段各四句,两仄韵。相当于两首仄韵的五绝的叠加。全阕隔句押韵,每句落脚字平仄互用,从整个音节看来是比较谐婉的。由于每个句子上下相当的地位都用仄声,就不免夹杂着一些拗怒的气氛,多用来抒怨抑之情。

这首词是思妇之词,征夫思妇是中国古典诗歌中传统的主题,特别是思妇主题,也称之为闺怨,因为古代女子不像男子那样活动方便,一旦丈夫远行，就只能独守空闺，除了苦苦期盼，还能怎样呢？这首词就是从一个思妇的角度，来描写闺中女子的心态。显然，这首词里的女主人公应该是一个非常年轻，或者刚刚新婚不久的女子，词的开头就写到她的丈夫出征远行，在她的眼里，丈夫是一位英俊潇洒的美少年，跃马扬鞭而去。这显然是一个贵族少年，他的马鞭是用黄金装饰过的，他胯下的是青骢宝马，他是英俊美好的，他跃马而去的英姿，永恒地铭刻在闺中人的心中。我们从字句里，可以感受到女子对丈夫打心眼儿里的喜欢、自豪和骄傲。虽然女子禁不住要在心里呼出"美哉，少年"的叹美，但毕竟丈夫是远去了，留给闺中女子的只是无尽的牵挂、思念和孤独。正是前边对于少年形象的塑造，才使"牵系"两个字具有了沉重的分量。词的后半部分都是从"牵系"两字铺展开来的。闺中人最直接的感受就是孤独，特别是在乍暖还寒的春夜，同样也是春宵一刻值千金的美好夜晚，她却只能独守空闺，"谙尽孤眠滋味"。她日思夜盼，却迟迟没有丈夫归来的消息，看看一年春又将尽，正如苏轼《东栏梨花》里说："惆怅东栏一株雪，人生看得几清明。"寒食过后是清明，而此时，寂寞游人寒食后，夜来风雨送梨花，一阵风雨，梨花凋谢，寒食将过，美人迟暮，大约是这位闺中女子最为切身的感受。青春就这样虚度，相思却毫无凭据。寒食佳节，本来是闺中女子踏青、荡秋千的好时候，正如欧阳修《阮郎归》里说"秋千慵困解罗衣"，可惜，本词的女主人公却没了这般雅兴，她或许只能泪眼问花，背人掩泣。"背面秋千下"，虽是引用李商隐的诗句，但所表达的主题却并不一样。李商隐诗歌里所描写的只是一个青春少女的春心萌动，而晏几道词里所表现的却是一个少妇的愁绪、痛苦和无助，显然要远远超过少女的单纯的轻盈的哀愁。整首词从开始的"金鞭美少年"的惹人艳羡，到结束时的"背面秋千下"的无助无奈，词情跌宕，摇曳生姿，颇见词人的匠心和思致。

[汇评]

宋曾季狸《艇斋诗话》：晏叔原小词："无处说相思，背面秋千下。"吕东莱极喜诵此词，以为有思致。然此语本李义山诗，云："十五泣春风，背面秋千下。"

明沈际飞《草堂诗余正集》卷一：味在言外。

清宋征璧《抱真堂诗话》：陈子龙曰：律诗如"春城月出人皆醉"，及"罗绮晴娇绿水洲"之句，诗余如"无处说相思，背面秋千下"一词，生平竭力摹拟，竟不能到。

清黄苏《蓼园词选》：晏叔原《金鞭美少年》，"去跃"二字，从妇人目中看出，深情挚语。末联"无处"二字，意致凄然，妙在含蓄。

夏敬观批语：俊爽已极。

俞陛云《唐五代两宋词选释》：此阕闺人怨别之词，以"牵系"二字领起下阕四句。"绣被"句有"锦衾独旦"之意。"秋千"句殆用"十五泣春风，背面秋千下"诗意，言背人饮泣也。

生查子

轻匀两脸花，淡扫双眉柳。会写锦笺时①，学弄朱弦后②。今春玉钏宽③，昨夜罗裙皱。无计奈情何，且醉金杯酒。

[注释]

①锦笺：华美考究的笺纸。

②弄：此处是使用乐器的意思。朱弦：代指华美考究的弦乐器。

③玉钏：玉镯，玉石琢成的手镯。玉钏宽是说因为人消瘦了，所以玉镯变得宽松。

[赏析]

　　这首词以轻盈的笔调，细腻地描写出一位歌女的生活和内心世界，浅显易解，别有韵味。首韵写歌女的装扮，轻轻匀开如花双颊上的胭脂，淡淡描画柳叶似的细细双眉。次韵写歌女的技艺学习，学会在华美的笺纸上端雅地书写，能够高雅地在琴弦上弹奏乐曲。一"时"字、一"后"字，一方面表现出学习技艺的过程，一方面表现出学得技艺后的更高期待和身价，从句子的音韵节奏上，也显出别样的美感。下阕写这位歌女的春思，写她为情所苦的无奈。今春以来，人儿日渐消瘦，手臂上玉镯都显得宽大。昨夜里，和衣睡去，辗转反侧，难以入眠，身上的罗裙都被压得皱巴巴的。"今春"句表现出相思时间之长，"昨夜"句则表现出当下的苦闷。最后点破主题，歌女是为情所困，无可奈何，或许是同心而离居，或许只是单相思而已，不管是什么原因，都无计可消除，万般无奈，只能借酒消愁，一个"且"字，表现出百无聊赖、姑且如此的多重含义。一首短短的小词，却写出了古代一般歌女的命运，具有典型的意义。

生查子

　　关山魂梦长，鱼雁音尘少。两鬓可怜青①，只为相思老。归梦碧纱窗②，说与人人道③。真个别离难，不似相逢好。

[注释]

①可怜青：张相《诗词曲语辞汇释》："可怜，犹云可怪也；引申之则为甚辞，犹云很也，非常也。王观《生查子》词：'两鬓可怜青，一夜相思老。'可怜青，犹今云怪青或很青。"青，乌黑。唐刘希夷《捣衣篇》："此时秋月可怜明，此时秋风别有情。"

②碧纱窗：窗上装有碧纱，也叫绿窗，指代闺人居室。五代韦庄《菩萨蛮》："劝我早归家，绿窗人似花。"

③人人：第二个"人"字读轻音，犹言"人儿"，口语，是对女人的昵称。宋欧阳修《蝶恋花》："翠被双盘金缕凤，忆得前春，有个人人共。"

[赏析]

这是一首少年游子思家之词。词作用最为浅近的语言，表现了一个少年游子初谙离愁时的痴情状态，语浅而情长，真挚动人。词人身处遥远的关山，连魂梦中归家都觉得路途遥远。本希望鱼雁传书，可是家里的音信却越来越稀少。自己还是两鬓青青的少年，可是却因思念而渐渐老去。《古诗十九首·行行重行行》里说："思君令人老，岁月忽已晚。"那是思妇之词。这里却是游子之词，这里的"只为相思老"，或许并非容颜的苍老，并非从青青双鬓变成了两鬓星星也，而更多的可能是指内在心态上的一种衰老的、悲凉的感觉。如何解相思之苦，还得劳魂兼役梦，还是在梦中回到家里去吧。碧纱窗里，如花似玉的美人儿正在苦苦期盼自己归来呢。如果自己的魂梦真的回到碧纱窗下，自己一定要对那个人儿说：真的是别离煎熬，怎似相逢这般美妙啊！这种情怀大约正是介于辛弃疾所说的"少年不识愁滋味，爱上层楼。爱上层楼。为赋新词强说愁"和"而今识尽愁滋味，欲说还休。欲说还休。却道天凉好个秋"之间吧。末句出以口语、痴语、小女儿般的口角，才最为传神地塑造出年轻的词人初谙别愁后的那股傻劲、那种痴情，以最为质朴的语言，塑造出最为鲜明的形象，这就是晏几道词的高明和动人之处。

生查子

坠雨已辞云，流水难归浦①。遗恨几时休，心抵秋莲苦。忍泪不能歌，试托哀弦语②。弦语愿相逢，知有相逢否？

[注释]

①"坠雨"二句：喻女子为人所抛弃。坠雨：云化为雨。东汉王充《论衡》："雨之出山，或谓云载而行。云散水坠，名为雨矣。"南朝齐谢朓《辞记室笺》："邈若坠雨，翩似秋蒂。"浦：河道支流与干流交接之处。西晋张协《杂诗》："流波恋旧浦，行云思故山。"

②哀弦：悲凉的弦声。晋钮滔母孙氏《箜篌赋》："陵危柱以頡颃，凭哀弦以踯躅。"宋张先《惜双双》："断梦归云经日去，无计使、哀弦寄语。"

[赏析]

这是一首倾诉绝望和相思离愁的歌。词以比兴发端，带有民歌的质朴之风，即使用最为明白易懂的比喻说出心中的那份绝望和痛苦。雨点从乌云中坠落下来，就再也难回到云中；流水奔涌入海，就再也难回到浦口。这里暗示的是一次生离死别、一往不返的决绝。由此留下的心理创伤，不知何年何月才能够愈合。这位女子的心比得上莲心那般苦涩啊！悲歌当泣，可是自己是欲语声先咽，欲歌满眼泪，只能借助哀切的琴弦来诉说自己的心愿。琴弦里弹出的是一曲相逢的调子，可是真的会有再相逢的那一天吗？琴声诉说的心愿正是这位女子内心深处的潜在的愿望，可是她对于这样的愿望却是觉得那么渺茫，希望与绝望，交织在她的心里。此恨绵绵，而后会无期，大约就是这首词所要表达的情感状态吧。如此真挚而绝望的苦情，可能正是晏几道所真切经历的体验吧。

[汇评]

　　夏敬观批语：齐梁新体诗之佳者，不能过之。

生查子

　　红尘陌上游①，碧柳堤边住。才趁彩云来，又逐飞花去。深深美酒家，曲曲幽香路。风月有情时②，总是相思处。

[注释]

　　①红尘陌上：指繁华的街道。唐刘禹锡《元和十一年自朗州召至京戏赠看花诸君子》："紫陌红尘拂面来，无人不道看花回。"

　　②风月：本指清风明月，美好的风景，这里指男女之间的情爱。五代韦庄《多情》："一生风月供惆怅，到处烟花恨别离。"

[赏析]

　　这是一首优美而欢快的小词，赞美风花雪月，赞美多情相思，难得摆脱了传统上的相思离愁之苦，专心一意地欣赏生活中美好的一面。欧阳修《玉楼春》里说："人生自是有情痴，此恨不关风与月。"然而，风月为媒，正是情痴的痴情得以发生的基本条件，怎能说风月不关痴情呢？所以，作为痴情之人的晏几道就借这首小词大力赞美风月，风月有情，遍地相思。

词中描写的情景，都是美丽的风月。在繁华的红尘巷陌游走，居住于碧水杨柳堤畔。来时彩霞满天，去时飞花飘扬。在深深的巷子里藏着美酒人家，在曲曲的幽径里充溢着幽幽花香。美好的风花雪月触动着有情人的心灵，无论哪里都是值得相思留恋的地方。李白说"清风明月不用一钱买"，苏轼也说过"惟江上之清风，与山间之明月，耳得之而为声，目遇之而成色。取之无禁，用之不竭。是造物者之无尽藏也，而吾与子之所共适"，风月无边，就看你能否成为风月的主人，能否纵享这良辰美景。文人需要一颗热爱生活的心，需要一双体察人间之美的眼，在小晏的心眼之间，无不是风月相思，故其为痴情之人，生就的情种，在其艺术才能的浇灌之下，自然会开出美丽的艺术之花。

生查子

长恨涉江遥[①]，移近溪头住。闲荡木兰舟[②]，误入双鸳浦。

无端轻薄云，暗作廉纤雨[③]。翠袖不胜寒[④]，欲向荷花语。

[注释]

①涉江：用《古诗十九首·涉江采芙蓉》诗意，关合尾句。诗云：

"涉江采芙蓉,兰泽多芳草。采之欲遗谁?所思在远道。"

②木兰舟:木兰,树木名,其皮似桂而香。《述异记》载,鲁班曾用木兰制舟。此处泛指精致华美的小舟。唐柳宗元《酬曹侍御过象县见寄》:"破额山前碧玉流,骚人遥驻木兰舟。"

③"无端"二句:"云雨"暗用楚襄王梦会巫山神女的典故,喻指男女情爱之事,感叹自己无端落入轻薄男子的情网之中。廉纤雨:霏微的细雨。唐韩愈《晚雨》:"廉纤晚雨不能晴,池岸草间蚯蚓鸣。"

④"翠袖"句:化用唐杜甫《佳人》:"天寒翠袖薄,日暮倚修竹。"

[赏析]

这首词写一位采莲女子爱情的幽怨,她遭遇了不如意的爱情,遇人不淑,被所爱的人遗弃,但她却能够坚贞自守,表现出高洁的品性。

词以《古诗十九首·涉江采芙蓉》诗意进行构思,但和其主题不同。《涉江采芙蓉》的主题是"同心而离居",而这首词的主题则是弃妇的幽怨。词的开头说因为经常遗憾不能涉江去采芙蓉,所以退而求其次,就移居到小溪边上,希望能离所爱的人更近一些。闲来无事,驾着木兰舟在溪塘游荡,不知不觉却误入鸳鸯栖宿的浦口。词带有民歌的色彩,有乐府诗的韵调,所以词里的很多词语都具有象征和暗示的意味。上阕可以理解为采莲女子在追求自己的情爱,并有所采获。

然而这位采莲女子所遇到的恋人却是一个轻薄子,在获得自己的情爱后,很快地将她遗弃,又到处行云行雨。而自己单薄的衣袖如何能够抵御寒风冷雨呢?自己的心迹除了向芙蓉花诉说还能告诉谁呢?下阕取意于杜甫的名作《佳人》,其描写了一位被丈夫遗弃的女子的坚贞高洁的情操,诗里说:"绝代有佳人,幽居在空谷。""夫婿轻薄儿,新人已如玉。合昏尚知时,鸳鸯不独宿。但见新人笑,那闻旧人哭。在山泉水清,出山泉水浊。侍婢卖珠回，牵萝补茅屋。摘花不插发，采柏动盈掬。天寒翠袖薄，日暮倚修竹。"晏几道的这首词的立意完全是从杜诗化出的。

有的学者在解释这首词时，受到俞陛云解说的影响，认为"这首词写少女们耽爱水洲的乐趣，天真状态如绘"，那就错会了词意。

[汇评]

清李调元《雨村词话》卷一：晏几道小山词似古乐府。余绝爱其《生查子》云："长恨涉江遥（略）。"公自序云："补亡一篇，补乐府之亡也。"可以当之。

夏敬观批语：是六朝人《采莲赋》作法。

俞陛云《唐五代两宋词选释》：起句用"涉江采芙蓉"诗，以呼应"荷花"结句，盖咏采莲女之作。上段写绮怀之幽杳，下段写丽情之宛转，殊有《竹枝词》意味。

南乡子

渌水带青潮①。水上朱阑小渡桥。桥上女儿双笑靥，妖娆。倚着阑干弄柳条。　　月夜落花朝②。减字偷声按玉箫③。柳外行人回首处，迢迢。若比银河路更遥。

[注释]

①渌（lù）水：水面清澈。青潮：碧绿色的潮水。

②落花朝：落花时节。唐董思恭《咏雪》："天山飞雪度，言是落花

朝。"唐白居易《喜杨六侍御同宿》："岸帻静言明月夜，匡床闲卧落花朝。"

③减字偷声：均为古代演唱歌曲时的术语。减字，谓从旧曲调中减去数字，另创新声。如《木兰花》原为七言八句，后将第一、三、五、七句各减去三字，成为《减字木兰花》。偷声，唐代绝句多配乐歌唱。歌唱常用和声、散声、偷声等方法以调节曲调的抑扬缓急。偷声，即在一句中偷去一字。如唐张志和《渔歌子》词第三句"青箬笠，绿蓑衣"，唐刘禹锡《潇湘神》第一句"斑竹枝，斑竹枝"，都是把七字句省去一字，分为三字二句。因而偷声、减字常连用。宋杨无咎《雨中花令》："换羽移宫，偷声减字，不顾人肠断。"

[赏析]

　　《南乡子》，唐教坊曲名。双调。五十六字。前后段各五句，均押平声韵。《南乡子》只是两首失粘格绝句诗的变体，前后阕首句减掉两字，而把它拉移到第三句下面，增多一个韵脚，使音节益趋于完美。

　　这首词描绘了一个美丽活泼、妖娆多姿、多才多艺的年轻歌女的形象，在词的结尾处非常含蓄地透露出这个女子的一些情思。词作就如一组动画，非常生动地给我们一步步展示出这个女子的性情、风姿和才艺。首先是环境的描写，视角从青青流水，上移到水上小小的渡桥，再到桥上朱红色的栏杆，绿水、小桥、朱红色的栏杆，千条柳丝随风荡漾，在这样一个美丽的背景下，女主人公登场了，她是一个笑意融融的小女孩，两个酒窝更显出她妖娆的风姿，倚着栏杆，摆弄着丝丝柳条。特别是强调女孩子的"双笑靥"，就把女孩子的风韵给活灵活现地写出来了。

　　词的下阕写女孩子的才艺，无论是在月夜，还是在花朝，都能听到她在按着谱子，吹着玉箫，唱着歌曲。这些偷声减字的不同的曲调，她都能够非常精准地演奏和歌唱,可见她的技艺非凡。"偷声减字"是令词里为了表达不同的感情,达到不同的效果,而出现的一种艺术技巧。宋代杨无咎《雨中花令》中写道:"早已是花魁柳冠。更绝唱、不容同伴。画鼓低敲,红牙随应,着个人勾唤。　　慢引莺喉千样转。听过处、几多娇怨。换羽移宫,偷声减字,不顾人肠断。"说明"偷声减字"需要很高的演唱技巧,同时也具有强大的感染力量。词的结尾,写到柳外行人,这有点像苏轼《蝶恋花》里所写"墙里秋千墙外道。墙外行人,墙里佳人笑。笑渐不闻声渐悄,多情却被无情恼"的情景,大约这位歌女是被那深深侯门所养,无论是她对柳外的某位行人产生了一点留恋,还是柳外行人听到她的歌声为之动容,但都是咫尺天涯,虽可望而不可即,恰如迢迢银河阻隔着天上人间的情爱一样。词的结尾非常含蓄,但读者还是多多少少可以体会到词人对这位歌女内心世界的一些揭示,一些同情。

[汇评]

　　明沈际飞《草堂诗余续集》卷下:今日西湖有花朝而无月夕,有红粉而无佳人,愧前盛矣。

南乡子

　　小蕊受春风。日日宫花花树中①。恰向柳绵撩乱处②,相逢。笑靥旁边心字浓。　　归路草茸茸。家在秦楼更近东③。醒去醉来无限事,谁同。说着西池满面红④。

[注释]

①宫花：皇宫禁苑中的花木。这里可能指汴京城城西皇家园林金明池里的花木。唐元稹《酬孝甫见赠十首》之四："曾经绰立侍丹墀，绽蕊宫花拂面枝。"

②向：此处作"在"字、"当"字解，在什么地方、当什么时候之意。柳绵：即柳絮，柳絮因风飞舞，故曰"撩乱"。

③秦楼：秦穆公为其女弄玉所建之楼。亦名凤楼。后指歌妓所居住的地方为秦楼楚馆。宋柳永《笛家弄》："未省、宴处能忘管弦，醉里不寻花柳。岂知秦楼，玉箫声断，前事难重偶。"

④西池：即金明池，位于汴梁城西，为当时游览胜地。因其在汴京城西，故宋人诗词中常将它称为"西池"。宋叶梦得《石林燕语》："太平兴国中，复凿金明池于苑北，导金水河水注之，以教神卫虎翼水军习舟楫，因为水嬉。……岁以二月开，命士庶纵观，谓之开池。"宋秦观《千秋岁》："忆昔西池会，鹓鹭同飞盖。"

[赏析]

这首词的主人公是作者邂逅的一个歌女，作者描写了她的娇憨天真的情态。在一个明媚的春日里，小小的花朵恣情地享受着春风的爱抚，天天都在开满宫花的花树丛里。汴京城西郊的金明池，每到阳春二月，苑门就会打开，接纳京城里的士女们来踏青游玩，多少的情事都在这里萌芽啊。我也恰在柳絮蒙蒙扑面的地方，遇见了一位心仪的女孩子。她长着一对浅浅的酒窝儿，笑起来爱意浓浓。我们踏着茸茸碧草，走上回家的路。她说她住在秦楼更东边一点的地方。醉了，醒了，来来去去之中，无限的情事，和谁共同度过呢？一说到西池的事她便满脸羞红。词写得似有若无，非常含蓄。但对于这个女孩子的情态的描写,却又极其鲜明动人,她的笑靥,她的羞面,都给读者留下深刻印象。她还只是一个小小的娇憨可人的女孩子而已。晏几道在另外一首《减字木兰花》中说:"长杨辇路。绿满当年携手处。试逐春风。重到宫花花树中。"情事大约和这首词所写内容相关,可以参看。

南乡子

花落未须悲。红蕊明年又满枝。惟有花间人别后,无期。水阔山长雁字迟①。　　今日最相思。记得攀条话别离②。共说春来春去事,多时。一点愁心入翠眉。

[注释]

①雁字迟:迟迟不见书信到来,消息断绝。雁字,指代书信。

②攀条:攀折柳枝。《古诗十九首·庭中有奇树》:"攀条折其荣,将以遗所思。"《三辅黄图》载,汉人送客至灞桥,往往折柳赠别。古代诗词中常用折柳送别的典故。

[赏析]

这是一首抒发离别相思的小词。起首处一反花落伤春的老调,指出花开花落不值得悲伤,因为到了来年春天,红花又会开满枝头。正所谓年年岁岁花相似。当然词人真正的目的不是为了翻案,而只是为所要表达的主题做铺垫。接下去就翻进一层,可悲的不是花落,令人悲伤的是在这落花纷飞的季节里情人的离别。一旦离别，相见遥遥无期，山长水阔，连音信都迟迟难以送达。"水阔山长"又宕开一层，使词作更加宛曲深至。下阕以"今日"承上启下，用语极具力量。现如今，最相思。所思何事？最使词人印象深刻难以忘怀的就是分别的时候，两人依依不舍，当说到春来春去、春去春来的时候，她长久地默默不语，愁眉紧锁，一丝哀愁悄悄地浮上她的心头。整首词虽以"今日"为出发点，但大多都是对往日的回忆和慨叹，通过层叠的议论和细节的选取，很好地表现了相思离别这一个男女间永恒的主题。

南乡子

画鸭懒熏香①。绣茵犹展旧鸳鸯②。不似同衾愁易晓，空床。细剔银灯怨漏长③。　几夜月波凉④。梦魂随月到兰房⑤。残睡觉来人又远，难忘。便是无情也断肠。

[注释]

①画鸭：有图画装饰的鸭形香炉。唐李商隐《促漏》："舞惊镜匣收残黛，睡鸭香炉换夕熏。"

②绣茵：刺绣的垫席或褥子，此处泛言被褥之类的卧具。唐李商隐《燕台诗四首》之《秋》："金鱼锁断红桂春，古时尘满鸳鸯茵。"

③漏：古代以滴漏计时，据漏起更，故有"更漏"之名，这里指漫漫长夜。

④月波：月光如水，故称为月波。南朝宋王僧达《七夕月下》："远

山敛氛浸，广庭扬月波。"

⑤兰房：犹香闺。旧时妇女所居之室。南朝梁刘孝绰《淇上戏荡子妇示行事》："日暗人声静，微步出兰房。"唐王绩《咏妓》："妖姬饰靓妆，窈窕出兰房。"

[赏析]

这首词以华美的语言描写思妇的哀怨，极为形象动人，颇具《花间集》、《尊前集》的词风。词的上片写一个空床独守的思妇的孤寂无聊的生活，富丽堂皇的生活背景和百无聊赖的孤独无奈形成了鲜明的对比。画着美丽图案的鸭形熏炉，绣着成双成对鸳鸯的锦绣被褥，银光灿灿的高脚灯檠，无不显示出这是一个高雅富丽的人家。然而，徒有雅致的熏炉，却懒得点燃熏香；鸳鸯双双，自己却是独守空床；为了度过漫漫长夜，只能一遍遍地、细细地挑尽银灯。以前同衾共眠的时候，总是嫌夜不够长，发愁天就要亮；可现在，只怨那漏声滴得太慢、太慢，希望天快点放亮。《古诗十九首》里说："昔为倡家女，今为荡子妇。荡子行不归，空床难独守。"而这首词里，这位女子的幽怨和古诗里所表现的那位女子不太一样，她显然没有那么勇敢地呼出自己的心声，而只是寄希望于梦寐之间，能够和自己的心上人有片刻欢会。词的下片便是从这方面着笔的。在月光如水的凉爽的夜晚，自己的爱人似乎随着月光回到了飘着兰麝香味的卧房。可是梦醒时分，那人已远，真是令人难忘。纵使是无情之物也会为这样的感情而断肠悲伤，更何况是多情之人、情之所钟者呢？当年杜甫在《梦李白》中写到"魂来枫林青，魂返关塞黑。落月满屋梁，犹疑照颜色"。想必晏几道笔下的这位女主人公也会深深地体会到其中的况味吧！

南乡子

　　眼约也应虚①。昨夜归来凤枕孤②。且据如今情分里,相于③。只恐多时不似初。　　深意托双鱼④。小剪蛮笺细字书⑤。更把此情重问得⑥,何如。共结因缘久远无⑦。

[注释]

　　①眼约:犹目成,通过眉目传情来结成亲好。《楚辞·九歌·少司命》:"满堂兮美人,忽独与余兮目成。"宋朱熹集注:"言美人并会,盈满于堂,而司命独与我睨而相视,以成亲好。"唐皇甫冉《见诸姬学玉台体》:"传杯见目成,结带明心许。"

　　②凤枕:绣枕,绣有凤凰图案的枕头。五代韦庄《江城子》:"缓揭绣衾抽皓腕。移凤枕,枕潘郎。"

　　③相于:相厚、相亲近的意思。东汉末繁钦《定情诗》:"何以结相于,金薄画搔头。"

　　④双鱼:谓书信。

　　⑤蛮笺:唐时高丽纸的别称。宋顾文荐《负暄杂录·纸》:"唐中国纸未备,多取于外夷,故唐人诗多用蛮笺字,亦有谓也。高丽岁贡蛮纸。"亦指蜀地所产名贵的彩色笺纸。五代南唐冯延巳《更漏子》:"金剪刀,青丝发,香墨蛮笺亲札。"

　　⑥得:语助词,用于动词之后,犹着。唐杜甫《绝句漫兴九首》之二:"恰似春风相欺得,夜来吹折数枝花。"

⑦无：副词。用于句末，表示疑问，相当于"否"。唐白居易《问刘十九》："晚来天欲雪，能饮一杯无？"

[赏析]

  这首词描写了一个恋爱中的女子的心理活动，她对爱情犹疑，但却执着追求，通过反复的诘问，希望能得到一个确定的答复。从女性复杂的心理世界出发描写爱情，可以说是晏几道词作中爱情词的一个特色。词的首句讲到两个人的约定似乎出了问题，男方的爽约，使这位女子感到他们的感情并不是非常牢固。晚上，孤枕独眠，难以入睡，千万思量，满腹狐疑。她想按照如今的这种情形，两人就已经有了许多的生分，如果要长期交往，只怕时间越久，感情越淡，不会再像当初那般情意绵绵。但女主人公似乎并不想轻易就放弃这份感情，很希望得到对方一个确切的音信。于是就用心剪下一幅蛮笺，写下细细密密的小字，把自己的深情厚意托付给那鱼雁来传递。我再次问一问，我们俩的感情究竟如何呢？我们究竟能不能结下天长地久的好姻缘呢？词作就是通过这位女子反复的思量、反复的追问，来探究她的内心世界，来塑造她丰满的形象的。小词虽小，容量却不小。

[汇评]

  俞陛云《唐五代两宋词选释》：反复诘问，惟恐历久寒盟，写情入深细处。人谓小山之词，"字字娉娉袅袅，如揽嫱、施之袂"，此等句足以当之。

南乡子

  新月又如眉①。长笛谁教月下吹②。楼倚暮云初见雁，南飞。

漫道行人雁后归③。　　意欲梦佳期。梦里关山路不知④。却待短书来破恨，应迟。还是凉生玉枕时⑤。

[注释]

①新月：农历每月初形状如钩的弯月。唐齐己《湘妃庙》："黄昏一岸阴风起，新月如眉生阔水。"

②"长笛"句：唐杜牧《题元处士高亭》："何人教我吹长笛，与倚春风弄月明。"教（jiāo）：使，令。

③漫道：徒言，空说。雁后归：隋薛道衡《人日思归》："人归落雁后，思发在花前。"

④"梦里"句：南朝梁沈约《别范安成》："梦中不识路，何以慰相思。"

⑤还是：仍是，又是。

[赏析]

这是一首怀念远人的词。词中的主人公和远行的心上人曾经约定过归期，当大雁南飞的时候，他就会归来，因此主人公经常倚楼远眺，希望早日看到爱人的身影。词的开头说"新月又如眉"，新月如眉，高挂于碧蓝的天空，是一幅美丽的图画，着一"又"字，可见等待者已经不是一次两次见到新月了，每次见到新月，意味着又过去了一个月，她心里的期盼更加迫切，或许离见到自己的爱人更加接近了一点，当然，或许她的失望和怨望也在不断地积累吧。在刚刚入夜的月空下，是谁持长笛，吹彻哀音呢？"谁教"，意思是"谁使"、"谁让"，带有一种埋怨之意，因为这笛声如怨如慕、如泣如诉，深深触动了主人公内心的愁思。独倚楼头，眺望长空，在暮云掩映中，见到了今年第一拨南飞的大雁，可却不见你的踪影，你可千万不要说"人归落雁后"!

见雁南飞而远人不至,知道愆期已是定局。于是有下阕的不少曲折的期望。首先是希望能够在梦中欢会,可惜关山路遥,梦里不识路,欢会何可得?"梦中欢会"与"欢会不可得"一直是古代诗词中的重要主题。其原因即在梦中迷路,这样的典故最早出自《韩非子》,里面记载了一个故事:"六国时张敏与高惠二人为友,每相思不能得见,敏便于梦中往寻,但行至半道即迷不知路,遂回。如此者三。"所以后来沈约《别范安成》诗里就出现了著名的诗句"梦中不识路,何以慰相思"。晏几道的词里也经常使用这样的意象,如《鹧鸪天》"梦魂惯得无拘检,又踏杨花过谢桥",《蝶恋花》"梦入江南烟水路。行尽江南,不与离人遇",等等。既然梦里欢会不可得,退而求其次,希望对方哪怕能够寄来一封书信,告知行迹,也能够破愁解恨,可是书信也迟迟没有收到。现在又到了秋天,夏天用来消暑的玉枕此时已感到冰凉入骨,该收起来了,可是心上人的踪影呢?所有的期盼似乎又落空了。

正如陈永正先生所说的,这首小词写得曲折往复,层次极多,思绪极为复杂,颇具长调的气格。

[汇评]

清先著、程洪《词洁》卷二:小词之妙,如汉魏五言诗,其风骨兴象,迥乎不同。苟徒求之色泽字句间,斯末矣。然入崇、宣以后,虽情事较新,而体气已薄,亦风气为之,要不可以强也。

陈永正《晏殊晏几道词选》:怀人小词,写得如此曲折往复,宛如一篇长调的缩写,意极精,味极永,风流蕴藉,既丽且庄,艳词中自有气格。小山当为两宋小令之最高峰,六百年后始有纳兰性德可仿佛之。

清平乐

留人不住。醉解兰舟去。一棹碧涛春水路①。过尽晓莺啼处。渡头杨柳青青。枝枝叶叶离情。此后锦书休寄②，画楼云雨无凭③。

[注释]

①一棹（zhào）：一桨。借指一舟。唐杜牧《送薛种游湖南》："怜君片云思，一棹去潇湘。"

②锦书：据《晋书》卷九十六《窦滔妻苏氏传》：前秦时窦滔为秦州刺史，被流放到流沙，其妻苏氏思之，"织锦为回文旋图诗以赠滔，宛转循环以读之，词甚凄婉"。后因此称妻子寄丈夫的书信为锦书或锦字。宋李清照《一剪梅》："云中谁寄锦书来，雁字回时，月满西楼。"

③画楼：豪华的居室，此处指歌妓的居处。云雨：用楚襄王梦巫山神女的典故，代指男女之间的情事。

[赏析]

《清平乐》，双调，四十六字，前段四句，四仄韵，后段四句，三平韵。

这首《清平乐》，是一首送行之词，一位女子留不住要远行的心上人，无奈只好送君远去。词一开头就点明主题，千留万留，想尽各种办法，也无计留住决计要远行的心上人，只好在杨柳渡头为他饯行送别。两个人喝着闷酒，女主人公心里面可能有着种种的感受和不同的心情，最后到了"兰舟催发"，不得不分别的时候，于是"醉解兰舟去"，由此我们也可以知道，离去的男子大约也有许多难言之隐，也是无可奈何，既无法取得女主人公的谅解，又无法自我辩解，心头也极其郁闷，但到了需要做决定的时候，又不得不表现出一种决绝来。当然词主要是从女子的视角、从送行者的眼光去进行描写的。所以别后的一切景象、一切思绪都是从女子这一方去写的。送行者看着小船乘着春风、顺着春水飞快地驶离岸头，所过之处皆是莺歌燕舞，一派大好春光，她的心里没有一丝的快意，却更加难过。一者，良辰美景，不能共度；再者，一路上花花草草，难保男子不移情别恋。总之，女主人公心里极其不踏实，种种疑虑泛上心头。这两句和柳永《雨霖铃》中的名句"今宵酒醒何处，杨柳岸、晓风残月"有相似之处，但意境和情绪都颇不相同。晏几道的词，表面上写的景物明丽妩媚，但却是以乐景写哀情，表现的心境颇为衰飒。虽然这位送行的女主人公心里有种种的想法，但毕竟离别的悲愁还是占据了她几乎全部的心思。当兰舟消逝于天际，渡头只剩下她一个人孤独地遥望，那青青的柳色，那枝枝叶叶的柳条柳叶，好像都带着离情，好像都在替她悲伤，真是折尽柳条，也留不住离人啊。这时，一丝怨艾陡然涌上心头，当初画楼里，我们那些云雨风流、山盟海誓都靠不住啊，以后你也不要再给我寄什么红笺锦书！我们能够体会到，随着时间、空间的变化，随着距离的增加，词里的女主人公的心绪也在不停地酝酿、积蓄，终于爆发。我们能够体会到她的无奈，她的悲哀，而这种无奈和悲哀，或许我们都会有所感，有所同情吧。所以周济在评论此词时说"结语殊怨，然不忍割"，虽然怨艾很深，但仍不能割舍。这首词在表达上的特点，一是以乐景写哀情，使悲哀加倍地表现出来；一是在短短的小词里，我们可以明显地体味到感情的巨变。这些都显示出作者高超的艺术功力。

[汇评]

清周济《宋四家词选》：结语殊怨，然不忍割。

清陈廷焯《词则·别调集》卷一：怨语，然自是凄绝。

清平乐

千花百草①。送得春归了。拾蕊人稀红渐少。叶底杏青梅小。小琼闲抱琵琶。雪香微透轻纱②。正好一枝娇艳③，当筵独占韶华。

[注释]

①千花百草：多种多样的花草。南唐冯延巳《鹊踏枝》："百草千花寒食路，香车系在谁家树？"

②雪香：肌肤之香。晏殊《木兰花》："雪香浓透紫檀槽，胡语急随红玉腕。"

③一枝娇艳：以一枝娇艳的花喻美女。唐李白《清平调》："一枝红艳露凝香，云雨巫山枉断肠。"

[赏析]

这首小词描写一个名叫小琼的歌女，在绿肥红瘦的春末夏初时节，独占风流的娇艳形象，饱含了词人对她的欣赏和怜爱。词的上片给小琼的出场设置了一个特别的场景。暮春三月，草长莺飞，百花盛开，这些繁茂的花花草草热热闹闹地将春天送回到了天涯海角。你看那芳草地上，捡拾落花的女孩子越来越少了，枝头的红花也日渐稀落。而在浓荫下面，青青的杏儿、小小的梅子，已露出头角。词人特意选取了这样的一个时间背景，虽则是春去夏来，但没有一点伤感的气氛，反倒是有一种成长的快意。美丽的小琼出场了，她悠闲地弹奏着琵琶，她那雪白的肌肤的芳香从轻纱薄雾一般的衣衫里微微透出来。正好似一枝娇艳的鲜花，独占了筵前的大好春光。可想而知的是，小琼美好的风姿在这初夏时节得到了最充分的展现，也正因为有了这位独占韶华的小琼姑娘，词人才不再为春天的匆匆归去而伤感。这真是难得的一首欢快的春归曲。

清平乐

红英落尽[①]。未有相逢信。可恨流年凋绿鬓[②]。睡得春醒欲醒[③]。　　钿筝曾醉西楼[④]。朱弦玉指梁州[⑤]。曲罢翠帘高卷，几回新月如钩。

[注释]

①红英：红色花瓣。南唐李煜《采桑子》："庭前春逐红英尽，舞态徘徊。"

②绿鬓：黑色的鬓发，表示青春年少。

③春酲（chéng）：春日醉酒后的困倦。唐元稹《襄阳为卢窦纪事》："犹带春酲懒相送，樱桃花下隔帘看。"

④钿筝：以金玉镶嵌装饰的华美的宝筝。唐温庭筠《和友人悼亡》：

"钿筝弦断雁行稀。"西楼：泛指当年欢聚的场所，在晏几道词中多处出现。

⑤梁州：唐教坊曲名。唐顾况《李湖州孺人弹筝歌》："独把梁州凡几拍，风沙对面胡秦隔。"

[赏析]

这首词回忆当年与西楼歌女的欢会，抒发了离别相思的春愁。上阕写离愁。在绿肥红瘦、绿遍芳郊、红英纷飞的暮春时节，仍然未有归期，未有相逢的时候。最可哀叹的是时光如流水，青青两鬓不再。晏几道在《生查子》词里说："两鬓可怜青，只为相思老。"意思和这里相近。日日醉酒，日日昏睡，依然困坐愁城。下阕回忆当年西楼的欢会。西楼应是京城的某个地方，这个地方承载着晏几道许多的悲欢往事，在他的词里反复提到，如《满庭芳》"西楼题叶，故园欢事重重"、《少年游》"西楼别后，风高露冷"、《采桑子》"西楼月下当时见，泪粉偷匀"、《蝶恋花》"醉别西楼醒不记"等。这首词里给我们描绘的西楼场景特别优美婉约。词人和他的心上人在西楼上，品酒赏曲，美人玉手纤纤，拨弄着朱弦钿筝，弹奏一曲《梁州》。曲罢翠帘高高卷起，多少回弯弯的新月挂在碧蓝的天幕。"几回新月如钩"，说明他们交往已有一段时间。这样美好的夜晚，不禁使我们想起周邦彦的《少年游》里的一幕："并刀如水，吴盐胜雪，纤手破新橙。锦幄初温，兽烟不断，相对坐调笙。"情景如此相似，晏词的格调和意境却更胜一筹，"曲罢翠帘高卷，几回新月如钩"，更为传神，颇有"曲终人不见，江上数峰青"的韵味，余音悠扬，余味无穷。

清平乐

春云绿处①。又见归鸿去。侧帽风前花满路②。冶叶倡条情绪③。　红楼桂酒新开④。曾携翠袖同来⑤。醉弄影娥池水⑥，短箫吹落残梅⑦。

[注释]

①春云绿处：春天云彩浓密的地方。绿云多形容缭绕仙人之瑞云。唐李白《远别离》："帝子泣兮绿云间，随风波兮去无还。"

②侧帽风：使帽子倾斜的微风。宋宋祁《汉南州按行江淏以诗见寄》："侧帽风轻过大堤，水村骄马惜障泥。"宋范成大《清明日狸渡道中》："洒洒沾巾雨，披披侧帽风。"

③冶叶倡条：形容杨柳枝叶婀娜多姿。亦借指歌女。唐李商隐《燕台诗四首》之《春》："蜜房羽客类芳心，冶叶倡条遍相识。"宋周邦彦《尉迟杯·离别》："冶叶倡条俱相识，仍惯见珠歌翠舞。"

④红楼：泛指歌女之所居。桂酒：指美酒。《楚辞·九歌·东皇太一》："奠桂酒兮椒浆。"

⑤翠袖：翠绿色的衣袖，指代佳人。唐杜甫《佳人》："天寒翠袖薄，日暮倚修竹。"

⑥影娥池：汉代未央宫中池名。

⑦"短箫"句：用短箫吹着《梅花落》的曲子。唐李白《与史郎中钦听黄鹤楼上吹笛》："黄鹤楼中吹玉笛，江城五月落梅花。"

[赏析]

这首词写词人春日冶游、放浪形骸的生活。黄庭坚在给《小山词》所写的序里曾讲到晏几道的四痴，其中之一是"费资千百万，家人寒饥，而面有孺子之色，此又一痴也"，又说其词作"可谓狎邪之大雅，豪士之鼓吹，其合者《高唐》、《洛神》之流，其下者岂减《桃叶》、《团扇》

哉",本篇可谓一证。上片写其在春风春花中,前去寻花问柳,"侧帽风前",表现出其自恃的风流倜傥。下片写日日征歌逐舞的奢华生活。在红楼里,品着刚刚打开的美酒。醉酒后,携着佳人,在水畔弄影赏曲。用短箫吹奏着《梅花落》,梅花已残,春光将逝,怎能不珍惜呢!

清平乐

蕙心堪怨[①]。也逐春风转。丹杏墙东当日见。幽会绿窗题遍。眼中前事分明。可怜如梦难凭。都把旧时薄幸[②],只消今日无情[③]。

[注释]

①蕙心:比喻女子心地纯洁,性情高雅。南朝宋鲍照《芜城赋》:"东都妙姬,南国丽人。蕙心纨质,玉貌绛唇。"蕙,即蕙兰,一种香草,花气芳香。

②薄幸:薄情,无情。唐杜牧《遣怀》:"十年一觉扬州梦,赢得青楼薄幸名。"

③只消:只抵。

[赏析]

这首词比较特别,写的是词人曾经交往的一个女子后来变了心,这使作者极其痛苦。但作者首先还是反省自己、责备自己,而不是过多地去斥责对方,很能够表现词人多情、痴情、"人百负之而不恨"(黄庭坚《小山词序》)的性格特点。词的上阕着重回忆过去两人的交往。开头就感慨地说即使是兰心蕙质的女子,她的心也会随着春风而转变,这真是令人恼恨啊!记得当初在东墙下一棵盛开的红杏树边第一次相见,后来两人就频频幽会,我把新词题遍了她家的绿窗。"墙东"这个词或许有特别的意思,宋玉《登徒子好色赋》里说:"天下之佳人,莫若楚国,楚国之丽者,莫若臣里,臣里之美者,莫若臣东家之子。""然此女登墙窥臣三年,至今未许也。"在这个著名的典故里,东墙之女,指美丽的女子,同时,或许也含有女子主动追求男子的意思。无论如何,这个女子如今已改变了心意。对于词人而言,前尘往事还历历在目,可惜一切如梦幻泡影,不可凭据。这和另一首《清平乐》里所说的"画楼云雨无凭"意思相近,只是颠倒了角色。然而我们的词人终究是温柔敦厚的,他心里怨多而恨少,他首先是反省自己,或许自己往日里也曾经做过薄情的事,那就和她今天的无情抵消了吧。陈永正先生分析最后两句说:"两句语犹未尽。'都把'、'只消',虚字运用入妙。'旧时薄幸',是假想的,词人实际上并没有什么'薄幸',这只是退一步说。'无情',却是实在的。相比之下,故词人尤感痛心。"可谓分析入微,深得我心。

清平乐

幺弦写意[①]。意密弦声碎。书得凤笺无限事[②]。犹恨春心难寄[③]。　　卧听疏雨梧桐[④]。雨余淡月朦胧。一夜梦魂何处,那回杨叶楼中[⑤]。

[注释]

①幺弦:小弦,琵琶的第四弦最细,故称幺弦,借指琵琶。唐白居易

《琵琶行》："大弦嘈嘈如急雨，小弦切切如私语。"宋张先《千秋岁》："莫把幺弦拨，怨极弦能说。"写意：抒发情意。

②凤笺：砑有凤凰图案的精美信笺。

③春心：指男女之间相思、爱慕的情怀。南朝梁元帝《春别应令》："花朝月夜动春心，谁忍相思不相见？"

④疏雨梧桐：唐孟浩然名句："微云淡河汉，疏雨滴梧桐。"

⑤杨叶楼：杨柳楼，或谓楼名，或谓周围种着杨柳的楼台。指所咏女子的居处。晏几道《鹧鸪天》："舞低杨柳楼心月。"

[赏析]

　　这首词写别后的深情怀念。词人弹着琵琶，希望借此倾诉内心的情意，可情深意密，使琵琶声也变得嘈杂细碎。希望在华美的凤笺上倾吐无限的心事，然而遗憾的是思恋之心也无法传递。词人索居独处，心里苦闷，弹琴写信，以托情愫，却都无济于事。"春心难寄"，是说书信或可寄达，但此心却难表达，颇有"言不尽意"之慨。这种思想和表达手法，晏几道乃是从其父晏殊的词里学得。如晏殊《凤衔杯》："彩笺长，锦书细。谁信道、两情难寄。"《清平乐》："红笺小字。说尽平生意。鸿雁在云鱼在水。惆怅此情难寄。"均此心此志。

　　词的下阕写清夜独宿，期盼梦中相见。词人在漫漫长夜，听着疏雨敲打梧桐。雨渐歇，淡淡的月光朦朦胧胧。疏雨梧桐、淡月胧明，此情此景，清寂至极。词人就在这点点滴滴的雨声中，在朦朦胧胧的月光中，魂魄悠悠，又梦见了那回杨叶楼中的欢会。真所谓"梦魂惯得无拘检，又踏杨花过谢桥"！也许某些场景深深地刻印在词人的脑海中，指引着他的魂魄吧。

　　这首词词境优美，词意婉约，颇有动摇人心的力量，值得反复品味。

清平乐

莲开欲遍。一夜秋声转①。残绿断红香片片。长是西风堪怨。莫愁家住溪边②。采莲心事年年。谁管水流花谢，月明昨夜兰船。

[注释]

①转：时光流转，这里指一夜之间，就进入了秋天。

②莫愁：古代乐府诗中描写的女子之名，这里指采莲女子。南朝梁武帝《河中之水歌》："河中之水向东流，洛阳女儿名莫愁。十五嫁为卢家妇，十六生儿字阿侯。"又乐府诗《石城乐》："莫愁在何处？莫愁石城西。艇子打两桨，催送莫愁来。"这里的石城在今湖北省钟祥市，后讹传为金陵（今南京）。

[赏析]

这首词通过对采莲女心事的歌咏，表现了对于一般女子遭遇的同情。上片写莲花遭遇西风，一夜之间凋零的凄惨景象，既是写实，也含寓意。莲花尚未全部开放，一夜之间，秋声遍地，随着西风劲吹，水面上到处是吹折的荷梗荷叶，片片红色的花瓣飘零。那无情的西风真是使人怨恨！这样的景象，岂不勾起溪边居住的采莲女莫愁的心事？年年采莲，年年都会看到水流花谢，可是有谁来管这些闲事呢？昨夜里，明月下，木兰舟上，眼看着那秋波荡荡、花瓣凋零，又有谁真的能理解自己的重重心事呢？这样的女子，可以说是惯看秋月春风，然而，自己的归宿何在，逝水华年，谁堪共度，或许就是她内心深处最大的顾虑吧。

[汇评]

俞陛云《唐五代两宋词选释》：下阕言流水落花，最是无情有恨，而夜月兰船，嬉游自若，徒使采莲人年年惆怅，莫愁之愁，殆与春潮俱满矣。

清平乐

沉思暗记。几许无凭事。菊靥开残秋少味[①]。闲却画阑风意[②]。梦云归处难寻[③]。微凉暗入香襟。犹恨那回庭院，依前月浅灯深。

[注释]

①菊靥：菊花盛开如人之笑靥。

②闲却：闲了。画阑：雕刻涂饰的栏杆。风意：风光，风情。

③梦云：暗用楚襄王梦见巫山神女的典故。唐杜牧《润州》："柳暗朱楼多梦云。"

[赏析]

这是一首写得极其委婉隐约的怀人之词，词人心中有着许多五味杂陈的回忆，词人也往往在现实与回忆之间消磨着时光，排遣着淡淡的忧愁与苦闷。这首词所写，就是在残秋时节，在无味的生活中，去回忆那些似乎无凭无据、却又挥之不去的缕缕情思。词的开头说"沉思暗记。几许无凭事",有那么多的往事,似乎都已随风而去,"无凭"一词,在晏几道词里也经常使用,比如《蝶恋花》"浮雁沉鱼,终了无凭据"、《鹧鸪天》"相思本是无凭语,莫向花笺费泪行"、《清平乐》"此后锦书休寄,画楼云雨无凭"等,无论是各种客观的原因,还是男女之间感情的变化,情感这种事情大约是最不可靠的,这是晏几道在风月场上得到的痛苦的结论。但他毕竟是一个痴情的人,明明知道,但却忍不住去"沉思"、去"暗记",因为只有这些美好而酸楚的回忆,才是他不竭的创作源泉。词作接下去写残秋的时光,宛如笑靥的菊花已经开残,到了这时,连秋天最后的一点美好的滋味也没有了,画阑边上曾经的傲霜的风姿已经不再,词人也懒得倚着栏杆欣赏秋色。梦中的彩云不知归向何方,只有微微的凉意渗入带着菊香的衣襟。最令人心伤的是,那回和她欢会的庭院,依旧是月色淡淡,灯影深深。境是而情非,更增加了词人无限的怅触。这首词最令人叹赏不已的是作者能够把依约隐微的往事和残秋惨淡的光景糅合在一起,使整首词都带着淡淡的忧伤、淡淡的哀愁。

清平乐

莺来燕去。宋玉墙东路[①]。草草幽欢能几度。便有系人心处。

碧天秋月无端。别来长照关山。一点恢恢谁会[②],依前凭暖阑干。

[注释]

①宋玉:战国时代的辞赋作家,与屈原齐名,并称"屈宋"。墙东:

宋玉《登徒子好色赋》："天下之佳人，莫若楚国；楚国之丽者，莫若臣里；臣里之美者，莫若臣东家之子。东家之子，增之一分则太长，减之一分则太短；着粉则太白，施朱则太赤；眉如翠羽，肌如白雪，腰如束素，齿如含贝；嫣然一笑，惑阳城，迷下蔡。然此女登墙窥臣三年，至今未许也。"故后来以东家子、东墙子指代美丽的女子。

②恹恹：精神萎靡貌。五代刘兼《春昼醉眠》："处处落花春寂寂，时时中酒病恹恹。"

[赏析]

　　这首词和前边所选的《清平乐》（蕙心堪怨）有相似之处，都使用了"墙东"这个著名的典故，这首词所表达的意思则更为明显，它显示出本词所描写的男女之情，可能是这位女子因为爱慕词人的才华，而向他表达以心相许之意。虽然两个人仓促之间，幽约欢会的次数、时间都非常有限，但是仍然给词人留下了刻骨铭心的印象，即使离别之后，也一直记挂于心头。词人因为个人的前途，离别了这位美丽的女子，远赴关山（按，晏几道词里提到"关山"一词，大多和他远赴长安的一段生活有关），碧天上的一轮秋月，长照着苍茫云山，无端惹起了词人的离愁别恨，他知道或许有位佳人，和他一样，在月光下，苦苦思念吧。谁能理解自己心里恹恹欲绝的愁思呢？依旧如同从前一样，凭栏凝望，直到暖热了冰冷的栏杆！"依前"，则说明高楼眺望，已非一日；"凭暖"，则说明凝望之久，几乎忘记了时间的流转。这都细致入微地表现出了词人的孤寂与清愁。

木兰花

秋千院落重帘暮。彩笔闲来题绣户①。墙头丹杏雨余花，门外绿杨风后絮。　　朝云信断知何处。应作襄王春梦去。②紫骝认得旧游踪③，嘶过画桥东畔路。

[注释]

①彩笔：才子之笔，能够写出锦绣文章之笔。《南史·江淹传》："淹少以文章显，晚节才思微尽……尝宿于冶亭，梦一丈夫自称郭璞，谓淹曰：'吾有笔在卿处多年，可以见还。'淹乃探怀中得五色笔一以授之。尔后为诗，绝无美句，时人谓之才尽。"后多以彩笔代指有文采的诗笔。杜甫《秋兴八首》之八："彩笔昔曾干气象，白头吟望苦低垂。"绣户：雕绘华美的门户，多指女子所居。

②"朝云"二句：用宋玉《高唐赋》典故，意谓所思之人音信断绝，不知所在何处，当如楚襄王之春梦一般，杳无踪迹可寻。

③紫骝：泛指骏马。

[赏析]

　　这首词是词人旧地重游，忆念旧好，感慨今昔之作。词作首句写在一个暮春的傍晚，词人故地重游，庭院深深，架着秋千，帘幕重重，阒寂无人。这显然是一个显贵人家的院落，而非一般的歌台舞榭。昔日词人曾经在这里和一位侍儿歌女有过一段美好的感情。那时趁着醉意，曾经拿起彩笔，将新词题遍画楼绣户。大约这是词人的爱好，是词人风流才华的最好展示，《清平乐》里写道"丹杏墙东当日见。幽会绿窗题遍"，另一首《鹧鸪天》里也说"酒阑纨扇有新诗"，可能词人特意为这位歌女谱写了很多新词吧。然而现今这位歌女早已经流转人间，不知去向了。一枝红杏露出墙头，枝头剩下的只有雨后的几朵稀落的残花；大门外的几株绿杨，一些残絮还在风中飘荡。春意阑珊，残花败柳，萍踪风影，佳人何去？她就像那朝云暮雨的巫山神女，音信断绝，不知归向何处。或许又去了楚襄王的春梦里幽会了吧。我座下的紫骝马还认得往昔的游踪，它嘶叫着，跑过画桥东边的道路。词的结尾点出"旧游踪"，这是整首词叙述的基本线索。这首词表现出了高超的技巧，首先是每两句为一个层次，画面不断转换，虚实相间，善于跌宕跳脱，层层引申。其次是词的结句表现得极为高明，以物之有情，更衬出人之深情。以动荡的奇句，空中着笔，不落言筌，有余不尽。这种写法在传统的诗歌里，并非仅见。唐温庭筠《经李征君故居》里写道："惆怅赢骖往来惯，每经门巷亦长嘶。"晚唐诗人张蠙《上所知》："而今马亦知人意，每到门前不肯行。"二者都对晏几道这首词结尾处的写法有所启迪。南宋词人俞国宝《风入松》里说"玉骢惯识西湖路，骄嘶过、沽酒楼前"，则是化用了本词的写法，可见这种以物写人的手法，为古代词人所惯用，都起到了良好的作用。

[汇评]

明沈际飞《草堂诗余正集》卷一："雨余花、风后絮"，"入江云、黏地絮"，如出一手。

清沈谦《填词杂说》：填词结句，或以动荡见奇，或以迷离称隽，着一实语，败矣。康伯可"正是销魂时候也，撩乱花飞"、晏叔原"紫骝认得旧游踪，嘶过画桥东畔路"、秦少游"放花无语对斜晖，此恨谁知"，深得此法。

清陈廷焯《词则·闲情集》卷一："余"、"后"二字，有意味。

清黄苏《蓼园词评》：题为忆旧而作。前阕首二句，别后想其院宇深沉，门阒谨闭。接言墙内之人，如雨余之花。门外行踪，如风后之絮。次阕起二句，言此后杳无音信。末二句言重经其地，马尚有情，况于人乎？似为游冶思其旧好而言。然叔原尝言其先公不作妇人语，则叔原又岂肯为狭邪之事，或亦有所寄托言之也。

木兰花

　　小颦若解愁春暮①。一笑留春春也住。晚红初减谢池花②，新翠已遮琼苑路③。　　湔裙曲水曾相遇④。挽断罗巾容易去⑤。啼珠弹尽又成行⑥，毕竟心情无会处。

[注释]

　　①小颦：歌女的名字。或即叔原友人沈廉叔、陈君龙家中的侍女小蘋。

　　②晚红：暮春的红花。宋欧阳铁《绝句》："芍药留春结晚红。"谢池：犹言谢家池塘。因南朝诗人谢灵运的名句"池塘生春草"而得名。

　　③琼苑：琼林苑。《明一统志》卷二十六《开封府》上："琼林苑，在府城西郑门外，宋尝宴进士于此。"

　　④湔（jiān）裙：旧俗于农历正月元日至月晦，士女酹酒洗衣于水边，以避灾度厄。隋杜台卿《玉烛宝典》卷一："（农历正月）元日至于月晦，民并为酺食、渡水，士女悉湔裳、酹酒于水湄，以为度厄。"注："今世唯晦日临河解除，妇女或湔裙也。"唐吕渭《皇帝移晦日为中和节》："湔裙移旧俗，赐尺下新科。"曲水：古代风俗，于农历三月上巳日（上旬的巳日，魏晋以后始固定为三月三日）就水滨宴饮，认为可被除不祥，后人因引水环曲成渠，流觞取饮，相与为乐，称为曲水。晋王羲之《兰亭集序》："又有清流激湍，映带左右，引以为流觞曲水，列坐其次。"

唐元稹《代曲江老人》："曲水流觞日，倡优醉度旬。"

⑤罗巾：丝制手巾。唐白居易《后宫词》："泪湿罗巾梦不成，夜深前殿按歌声。"容易：轻易。

⑥啼珠：泪滴如珠。唐元稹《月临花》："夜久清露多，啼珠坠还结。"

[赏析]

这首词写晏几道朋友家的侍儿小蘋（或为小蘋）的一次伤心的怀春的经历。小蘋本是个纯真美丽的姑娘，她小小年纪，还不懂得春思秋悲，只是快乐地享受着美好的春光，即使是春将归去，她也不知道为之悲伤。你看那谢家池塘的晚春的红花也凋谢了，你看那新生的翠绿的树叶就要遮住琼林苑的道路了，匆匆春又归去，但小蘋完全不懂得为之忧愁。她是那么单纯美丽，她若真解愁春暮，恐怕她嫣然一笑，要留住春天，春天也会为她停留吧！

但是曲水池畔的那次相遇，让她懂得了爱情的忧愁。三月三日，游女士夫，都到郊外踏青寻春，在水畔湔裙祓禊，去除积年的不祥，求得一年的平安。小蘋在这里和一位青年才俊不期而遇，两心相许。然而嘉会匆匆，就要别离，千留万留，即使是把他的罗巾挽断，他仍狠心地轻易离去。她弹尽珠泪，又忍不住泣涕涟涟。这样的心情，终归又有谁能理会呢？

这首词就是这样描绘了一幅少女怀春的图画，一个不解风情的女孩子终于尝到了风情带来的甜蜜的痛苦。或许以后的花花草草，春去夏至，都会惹起她无尽的愁思吧！

木兰花

小莲未解论心素①。狂似钿筝弦底柱②。脸边霞散酒初醒,眉上月残人欲去。　　旧时家近章台住③。尽日东风吹柳絮。生憎繁杏绿阴时④,正碍粉墙偷眼觑。

[注释]

①小莲:即晏几道友人沈廉叔或陈君龙家的侍儿。心素:心中的情愫,词中指恋爱之情。唐李白《寄远》:"两不见,但相思,空留锦字表心素,至今缄愁不忍窥。"

②钿筝:镶嵌螺钿金玉做装饰的华美的宝筝。弦底柱:筝弦下的柱,称筝柱,可移动以调节声音的高低。

③章台:汉长安街名。后世多指娼妓所居之地。唐韩翃《寄柳氏》:"章台柳,章台柳,昔日青青今在否?"宋欧阳修《蝶恋花》:"玉勒雕鞍游冶处,楼高不见章台路。"

④生憎:最恨,偏恨。唐杜甫《送路六侍御入朝》:"不分桃花红似锦,生憎柳絮白于绵。"

[赏析]

这首词刻画了词人最为赏识的一个歌女小莲的个性和形象。小莲是晏几道的好友沈廉叔或陈君龙家的侍儿"莲、蘋、鸿、云"中的一位,晏几道经常到这两位好友家宴乐,他也写下了大量吟咏这些歌女的词作,这些小词当时可能就由这些歌女们当宴演唱，也随之流传人间。其中关于小莲的词最多，如《鹧鸪天》（手捻香笺忆小莲）、《破阵子》（写向红窗夜月前。凭谁寄小莲）、《愁倚阑令》（浑似阿莲双枕畔）等，而这一首是对小莲的个性描绘得最为成功的，词作突出了小莲狂放的个性，写出了她风流放诞、天真无邪的美丽形象。

　　词作开头就写她"未解论心素"，说她还是一个天真烂漫的小姑娘，不懂得去谈情说爱，狂放好动，犹如宝筝弦底的雁柱，频频移换，奏出各种声调的乐曲。这样的比喻颇为奇特，晏殊《踏莎行》里曾写道"弱袂萦春，修蛾写怨。秦筝宝柱频移雁"，晏几道《蝶恋花》里也说"却倚缓弦歌别绪。断肠移破秦筝柱"，通过雁柱的频繁移动，秦筝就可以奏出不同的曲调，通过这个比喻，我们就可以感受到这个姑娘狂放、多变的性格，当然也和她的多才多艺的身份相符合。接下去一联描写小莲的风韵情态，她双颊的红霞慢慢散开，宿酒方醒；她蛾眉上的翠色渐渐淡去，人将归去。这样的描写极其切合她的歌女的生活状态，又多么引人遐想，却点到即止，含蓄蕴藉。下阕写到小莲的出身，或许在进入这家做歌女侍儿之前，她是在花街柳巷长大的，就如那无根的柳絮一样，随风飘扬，任人攀折。也正因为这样的人生经历，她不受任何约束羁绊。所以才有了最后两句的点睛之笔：她生来最恨的是浓荫满树的青杏，因为它正好挡住了她越过粉墙偷觑外边世界的视线。如果说李清照《点绛唇》"见客入来，袜刬金钗溜。和羞走，倚门回首，却把青梅嗅"描写的是大家闺秀的害羞和青春渴望，那么晏几道笔下的小莲的形象就大胆、主动得多，这样一种风流放诞的个性，自然不是在书香门第里长大的女孩子会有的。但这种风流放诞的个性，又何尝不是人性的正常的反映呢？又何损其天真烂漫的形象呢？也许正是这样狂放大胆的品格，才更得词人的青睐吧。

木兰花

念奴初唱离亭宴①。会作离声勾别怨②。当时垂泪忆西楼,湿尽罗衣歌未遍。　难逢最是身强健。无定莫如人聚散。已拚归袖醉相扶③,更恼香檀珍重劝④。

[注释]

①念奴:唐玄宗天宝年间著名歌妓。唐元稹《连昌宫词》:"力士传呼觅念奴,念奴潜伴诸郎宿。"自注:"念奴,天宝中名倡,善歌。"离亭宴:词牌名。最先起于北宋词人张先,因其词中有"随处是、离亭别宴"而得名。

②会:恰逢。离声:表现离愁别绪的歌声。

③拚:即拼,俗语"豁出去"之意。

④香檀:用以描画口唇的化妆品,这里代指嘴唇。宋苏轼《少年游》:"一点香檀,谁能借箸,无复似张良。"或指檀木歌板。

[赏析]

这首词写词人因听歌而勾起的离愁别怨。在一次宴会上,一位当红的歌女开口就唱起了《离亭宴》这首新词,美妙的演绎勾起了词人的离愁别绪。一曲未了,词人当场就滚下热泪,湿透了罗衣,只因为想起了西楼的那位歌女。人生最难得的是身体康健强壮,人生最不确定的是相爱的人的聚散离合。已经豁出去喝个大醉任人搀扶回去,可恼的是歌声却在殷殷劝人多多珍重！离歌别宴，只是个诱因，真正使词人伤心落泪的，是对西楼歌女的回忆，但这首词对此却并未多费笔墨，读者只能通过晏几道其他和"西楼"有关的词作，来补足词人的留白。前边我们讲到，"西楼"是汴京的一个地方，小山词里有多处提到"西楼"这个地名，可想而知，此地承载着词人太多的悲欢记忆。正是因为有了如此之多的人生阅历，词人才故作旷达，发出"难逢最是身强健。无定莫如人聚散"这样的议论，但显然，他还没有达到像杜牧"尘世难逢开口笑，菊花须插满头归"那样的豪放，因为我们的词人终究还是需要借酒来消除心中的愁闷。看不透的人生，抛不开的爱情，小晏终究是小晏，一位多情到痴情的词人。

减字木兰花

长亭晚送①。都似绿窗前日梦。小字还家②。恰应红灯昨夜花③。　　良时易过。半镜流年春欲破④。往事难忘。一枕高楼到夕阳。

[注释]

①长亭：古代于大道旁设驿亭，供行人休息，五里一短亭，十里一长亭。古人送别，多备酒食，宴于长亭。

②小字：指细字小笺的书信。唐李贺《湖中曲》："燕钗玉股照青渠，越王娇郎小字书。"

③应：应验，验证。红灯昨夜花：古时以油灯照明，灯芯余烬结为花形，曰灯花。古人以为灯花爆响为喜事临门之兆。唐杜甫《独酌》："灯

花何太喜，酒绿正相亲。"

④半镜：半片镜子。唐韦述《两京新记》卷三记载：南朝陈太子舍人徐德言娶后主叔宝之妹乐昌公主，时陈政方乱，德言知不相保，乃破镜与妻各执其半，约他年正月望日卖于都市，冀得相见。后果如愿。后遂以半镜或破镜喻夫妻离别。唐李商隐《代越公房妓嘲徐公主》："遽遣离琴怨，都由半镜明。"春欲破：春天将尽。晏殊《玉楼春》："玉楼朱阁横金锁。寒食清明春欲破。"

[赏析]

这首词仍是一首闺中人念远忆旧的感伤之作。当初傍晚时分长亭送别所爱的人，这景象深深刻在女主人公心中，经常浮现于她的梦寐。终于收到一封小字短笺，恰好应了昨晚灯花爆响的喜信。可惜流年，良辰美景，在孤枕独眠中春天又快到了尽头。往事系怀，永志难忘，寄希望于梦中，一觉醒来，残阳余晖，又照在高高楼头。高楼夕阳，是思妇词里经常出现的意象，单就二晏词中所写，如晏殊《踏莎行》"画阁魂消，高楼目断。斜阳只送平波远"、"高楼目尽欲黄昏"、"一场愁梦酒醒时，斜阳却照深深院"，《清平乐》"斜阳独倚西楼"，晏几道《蝶恋花》"隔水高楼，望断双鱼信。恼乱层波横一寸。斜阳只与黄昏近"，《鹧鸪天》"年年陌上生秋草，日日楼中到夕阳"等，可知在词人的体验里，高楼既是闺中女子日常的居所，也是她们凭高远眺，可以获得远人的一点信息和希望的途径，是她们心灵的一点慰藉和寄托；而夕阳，则又往往是希望破灭的象征，"夕阳无限好，只是近黄昏"，入夜之后，又将是魂梦颠倒，或彻夜难眠，孤枕的凄寂、孤雁的哀鸣、悲凉的笛声，都可能在夜晚让她们痛彻心扉。因而，斜阳冉冉春无极，成了许多思妇的写照和背影。

[汇评]

清先著、程洪《词洁》卷一：轻而不浮，浅而不露。美而不艳，动而不流。字外盘旋，句中含吐。小词能事备矣。

俞陛云《唐五代两宋词选释》：由相别而相逢，而又相别，窗前灯影，楼上斜阳，写悲欢离合，情景兼到。

泛清波摘遍

催花雨小①，着柳风柔，都似去年时候好。露红烟绿，尽有狂情斗春早②。长安道。秋千影里，丝管声中，谁放艳阳轻过了。倦客登临，暗惜光阴恨多少。　　楚天渺③。归思正如乱云，短梦未成芳草④。空把吴霜鬓华⑤，自悲清晓。帝城杳。双凤旧约渐虚，孤鸿后期难到⑥。且趁朝花夜月，翠尊频倒。

[注释]

①催花：促花早发。唐白居易《叹春风》："树根雪尽催花发，池岸冰消放草生。"宋韩维词："轻云薄雾，散作催花雨。"

②尽：任凭，只管。斗：犹"趁"也。

③楚天：楚地的天空。战国时期楚国地域广阔，今河南南部、安徽一带都属于楚国。

④归思：想念家乡盼望归去的情绪。思，读去声，作名词用，情绪，心思。芳草梦，《南史·谢惠连传》："族兄灵运嘉赏之，云：'每有篇章，

对惠连辄得佳语。'尝于永嘉西堂思诗,竟日不就。忽梦见惠连,即得'池塘生春草',大以为工。"故以"芳草"与"梦"连用。

⑤吴霜:吴地的白霜,喻指白发。唐李贺《还自会稽歌》:"吴霜点归鬓,身与塘蒲晚。"

⑥双凤:双凤阙,借指帝都。唐王维《奉和圣制从蓬莱向兴庆阁道中留春雨中春望之作应制》:"云里帝城双凤阙,雨中春树万人家。"或谓双凤指"鸳鸯、凤凰",晏几道《虞美人》词中有"双星旧约年年在"语。孤鸿:代指音信、期约。宋苏轼《正月二十日与潘郭二生出郊寻春忽记去年是日同至女王城作诗乃和前韵》有"人似秋鸿来有信"之语。

[赏析]

《泛清波摘遍》,双调,一百零五字。前段十一句,后段十句,均仄韵。《泛清波》是乐曲中的大曲。所谓摘遍,则是摘《泛清波》大曲中的一遍。沈括《梦溪笔谈》卷五:"所谓大遍者,有序、引、歌、㽍、嗺、哨、催、撷、衮、破、行、中腔、踏歌之类,凡数十解。每解有数叠者,裁截用之,则谓之摘遍。今人大曲,皆是裁用,悉非大遍也。"

该调历来作者甚少,晏几道词作是现存最早的一首。清万树《词律》卷十八:"此词丰神婉约,律度整齐,作者何寥寥耶?而各谱中失收,更不可解。"这也是晏几道词中少有的长调作品。

词作表现的是倦客思归的主题,除了厌倦于长期漂泊在外,其所思则是曾有旧约的帝京歌女。词人倦游何处?所思何人?张草纫先生认为是宦游长安思念西楼歌女。陈永正先生则认为是词人在颍州时所作,所思自是京城的某位歌女。这里我们采用陈永正先生的说法。万树《词律》里认为这首词由四个段落合成。从"催花"到"春早"为第一段。这一节实写春天的美景。霏霏丝雨,催开了花朵;柔柔和风,轻扬着柳条。和去年这时候的风景一般美好。红花垂露，绿柳笼烟，但有疏脱狂放的心情，都会赶趁着春光，争先出游。这里的重点在于"去年"，去年也如此美好，且和佳人共度春光，而今，漂泊在外，已是景是人非。"长安道"，代指帝京，为上阕之"换头语"。从"秋千"至"多少"为第二段。这一节的景物描写为虚写，是作者登高望远的想象之词。词人似乎看到了帝京里，秋千荡漾，管弦高奏，游女士夫，谁会舍得虚度这艳阳天呢？"倦客登临"，点出了思归的主题，引出下阕。从"楚天"至"清晓"为第三段。这一节写登临所见及归来感慨。词人登临望故国，但见暮霭沉沉，楚天寥廓，不禁引起了浓浓的思归之情。颇有柳永《八声甘州》"不忍登高临远，望故乡渺邈，归思难收"的意味。词人思如乱云翻涌，连春宵短梦，也未能如萋萋芳草，展向归所。清早起来，览镜自照，徒然感慨两鬓如霜，年华空逝。从"帝城"至"频倒"为第四段。这一节写归计无从，旧约成虚，唯有翠尊绿酒，以解忧愁。"双凤"、"孤鸿"恰成对照，"旧约"、"后期"皆为虚空。由此我们也可以明了，词人的"归思"除了倦游思家之外，更多的是对于负约的自责和无奈。晏几道《虞美人》词里写道"双星旧约年年在，笑尽人情改"，大概所约之人仍是"莲、蘋、鸿、云"们吧。

　　晏几道词作以小令著称，甚少长调，而这首《泛清波摘遍》使我们一睹其长调风采，格调高雅、风神绰约，颇有柳永羁旅行役一类长调词的风味，值得我们重视。

洞仙歌

　　春残雨过,绿暗东池道①。玉艳藏羞媚赪笑②。记当时、已恨飞镜欢疏③,那至此,仍苦题花信少④。　　连环情未已⑤,物是人非,月下疏梅似伊好。淡秀色,黯寒香,粲若春容,何心顾、闲花凡草。但莫使、情随岁华迁,便杳隔秦源⑥,也须能到。

[注释]

　　①绿暗:指绿荫渐浓。唐吴融《途次淮口》:"有村皆绿暗,无径不红芳。"小晏词里有"西池"、"东池",西池指位于汴京城西的金明池,东池应指位于汴京城东南的凝碧池,皆为京城游览胜地。其《蝶恋花》词有"水调声长歌未了,掌中杯尽东池晓"句。

　　②玉艳:像玉一样华美艳丽,形容女子之美丽。唐李商隐《天平公座中呈令狐令公》:"更深欲诉蛾眉敛,衣薄临醒玉艳寒。"赪(chēng)笑:笑时因含羞而脸红。

　　③飞镜欢疏:谓月下的欢情太少。唐李白《渡荆门送别》:"月下飞天镜。"飞镜,喻圆月。

　　④那:奈,无奈。题花:在花片上题诗。唐李商隐《牡丹》:"我是梦中传彩笔,欲书花片寄朝云。"唐韩偓《春闷偶成十二韵》:"粉字题花笔,香笺咏柳诗。"

　　⑤连环:一环连着一环,环环相扣,比喻难解的情结。

　　⑥秦源:即桃源,桃花源。典出晋陶潜《桃花源记》,在今湖南。另

有一桃源,在今浙江省天台县。据南朝宋刘义庆《幽冥录》:东汉时刘晨、阮肇到天台山采药迷路,误入桃源洞,遇见二仙女,被邀至其家。半年后归家,子孙已过七代。再到桃源,已找不到原处。常用以表示男女之间的爱情不能重新恢复。但后人常把这两个典故混用。如唐王涣《惆怅诗》:"晨肇重来路已迷,碧桃花谢武陵溪。仙山目断无寻处,流水潺湲日渐西。"本词亦是如此。

[赏析]

《洞仙歌》,唐教坊曲名,后用为词牌。宋词有令词、慢词两体,均为双调,仄韵。此调音节舒缓,极骀荡摇曳之美。

这是一首借花喻人、怀人的词作。上阕回忆过去的交往。暮春时候,一番雨过,浓浓的绿荫遮住了通往东池的道路。她花容玉貌,含羞带笑,红着脸,真是妩媚妖娆。记得当时已经叹息月下的欢会太疏阔,无奈到如今,仍然苦于给她的音信太少。下阕写别后的相思,希望两情长久。情结如连环,没有穷已的时候。物是人非,月光下疏疏落落的梅花,像她一样美好。淡淡的秀色,悄悄的寒香,明丽如春天般的容颜,哪还有心去惹那些闲花野草!只愿两情不要随着岁月而变迁,即使杳杳如隔着桃花源,也能够寻觅得到。词作通过对"玉艳"、"疏梅"的刻画,给我们展现了一位美艳、娇羞却又淡雅的女性形象,这是词人心中所念念不忘的人,虽然两人如天人相隔,但还是希望两情长久,终有相聚的时日。以花喻人,颇有暗香疏影的气格。

菩萨蛮

来时杨柳东桥路①,曲中暗有相期处②。明月好因缘③,欲圆还未圆。　　却寻芳草去④，画扇遮微雨。飞絮莫无情，闲花应笑人。

[注释]

①东桥：汴京城里的某一座桥，可与晏几道《木兰花》词"紫骝认得旧游踪，嘶过画桥东畔路"相参。

②曲：坊曲，城坊中的小巷，为妓院所在地的通称。唐白居易《马上晚吟》："日短天阴坊曲还。"相期：相约，相会。

③好因缘：宋陶榖《风光好》："好因缘，恶因缘。只得邮亭一夜眠，别神仙。"

④却寻：再寻。芳草：喻歌妓。唐孟浩然《留别王维》："欲寻芳草去，惜与故人违。"

[赏析]

这首词所写的是词人和一位歌女的一段不了的姻缘。词中写了两次不成功的寻访和约会。上阕写词人第一次去和一位期约的歌女相会，他来到杨柳低垂的东桥路上，在坊曲小巷之中，是他们暗中期约的地方。天上明月高挂，欲圆未圆，就像我们的美好姻缘，欲就未就啊！词人是满怀着希望和热情，就像要成就一份伟业似的。但两人约会的结果如何，词人留下了空白，给读者以想象的余地。然而待词人再次前去寻觅萋萋芳草的时候，细雨霏微，那位美人用画扇遮着颜面，不肯相见。飞扬的柳絮啊，请你不要那么无情，那些野草闲花，恐怕要嘲笑我这个多情的人吧。在古典诗词里，"飞絮"、"闲花野草"往往用来指代歌妓舞女，词人用"飞絮"来指称所约之女子，也许这只是一次失败的偶遇，她只是词人众多情感历程中一位匆匆的过客，词人并未十分悲伤，而是通过自嘲来消解心中的失望。这可能是词人年轻时的作品，整体风格显得轻倩流美。

[汇评]

俞陛云《唐五代两宋词选释》：月未十分圆满，情味最长。取喻因缘，小山独能见到。

菩萨蛮

哀筝一弄湘江曲①，声声写尽湘波绿。纤指十三弦②，细将幽恨传。　　当筵秋水慢③，玉柱斜飞雁④。弹到断肠时，春山眉黛低⑤。

[注释]

①哀筝：筝是秦地的一种弦乐器，筝声高亢悲凉，故称为"哀筝"。三国魏曹丕《与朝歌令吴质书》："高谈娱心，哀筝顺耳。"唐杜甫《秋日夔府咏怀一百韵》："哀筝伤老大，华屋艳神仙。"弄：弹奏。湘江曲：曲调名。唐张籍《湘江曲》："湘江无潮秋水阔，湘中月落行人发。行人发，送人归。白蘋茫茫鹧鸪飞。"《湘江曲》或与"湘灵鼓瑟"的典故相关，舜帝二妃溺死湘江，成为湘江之神，是为湘灵，湘灵鼓瑟，表现哀怨之情。《楚辞·远游》中有"使湘灵鼓瑟兮，令海若舞冯夷"之句，唐钱起《省试湘灵鼓瑟》中写道"逸韵谐金石，清音发杳冥。苍梧来怨慕，白芷动芳馨。流水传湘浦，悲风过洞庭。曲终人不见，江上数峰青"，都可以印证此曲哀怨的声调。

②十三弦：唐宋时教坊用筝均为十三根弦，因作为筝的代称。唐李商

隐《昨日》:"二八月轮蟾影破,十三弦柱雁行斜。"

③秋水:即秋波,比喻女子眼波流动如秋水之明澈。唐白居易《筝》:"双眸剪秋水,十指剥春葱。"慢:通"漫"。秋水漫,如秋水之流动弥漫。

④玉柱:华美的筝柱。筝柱斜行排列,如飞雁之行阵,也叫雁柱。

⑤春山:此处喻指女子的眉毛如春山般青翠。《西京杂记》:"文君姣好,眉色如望远山。"

[赏析]

这是一首吟咏弹筝女子的词,对弹筝女子情态的描摹,可谓缠绵悱恻、神韵独绝。吟咏音乐的名篇,在古典诗词里有很多,如白居易《琵琶行》、李贺《李凭箜篌引》、韩愈《听颖师弹琴》等。晏几道的这首小词则将弹筝者的情态和所弹筝曲的声情糅合起来,表现出令词特有的曼妙之美,含蓄蕴藉,意浓而韵远。

这位女子所弹为"哀筝",所弹奏的乐曲是《湘江曲》,用高亢悲凉的乐器演奏哀怨的湘灵的故事,两者自然是契合无间。声声清美的筝音,仿佛使听众看到湘江的绿水滔滔滚滚。十指纤纤,弹弄着十三根筝弦,细细地将湘灵的幽怨传递。在筵前轻轻转动秋水般的双眸,看着那如雁行般排列的筝柱。当弹到最哀切的地方,低垂下她那春山一样的眉黛。词作对于音乐的描写只有"声声写尽湘波绿"和"细将幽恨传"两句,特别是前边一句以视觉写听觉,颇有通感之妙。词作的重心则是对弹筝女的描摹,她的纤纤玉指,她的秋水双眸,她的春山眉黛,她的容颜都随着她弹奏的乐曲的情韵而变化,似乎乐曲传达的不仅仅是一种技艺,更是她自己内心世界的波澜。人筝合一,不愧是当时最杰出的弹筝高手。小词充分体现了令词特有的高雅。

[汇评]

明王世贞《弇州山人词评》：温庭筠（应为欧阳修）"雁柱十三弦，一一春莺语"，陈无己（陈师道，有的版本记载此词作者为陈师道）"弹到断肠时，春山眉黛低"，皆弹琴筝俊语也。

明沈际飞《草堂诗余正集》："断肠"二句俊极，与"一一春莺语"比美。

清黄苏《蓼园词选》：写筝耶？寄托耶？意致却极凄惋。末句意浓而韵远，妙在能蕴藉。

俞陛云《唐五代两宋词选释》：宋时善筝之妓，有轻轻，有伍卿，每拂指登场，座客皆为痴立。客有赠诗者曰："轻轻殁后便无筝，玉腕红纱到伍卿。座客满筵都不语，一行哀雁十三声。"此诗出而伍卿之名益著。子野（张先，此词作者一作张先）所遇筝妓，观其"肠断"、"眉低"二句，当亦深于情者。为鸣筝能手，不在玉腕、红纱之下也。

菩萨蛮

相逢欲话相思苦，浅情肯信相思否①。还恐漫相思②，浅情人不知。　　忆曾携手处，月满窗前路。长到月来时，不眠犹待伊③。

[注释]

①浅情：薄情。肯：岂肯。

②漫：徒然地，白白地。

③伊：人称代词，她。

[赏析]

　　这首词围绕着"相思"和"浅情"展开议论,语言直白,然用情极深,这样的一种写法和风格在晏几道的作品中算是比较特别的。这首词上片直抒苦情,相逢之时,准备向对方倾诉自己的相思苦楚,然而薄情的她岂会相信世上还有相思之情。我怕自己白白地受着相思之苦,可薄情的她却浑然不知。既然对方是用情甚浅之人,词人为何还会苦苦相思呢?词的下片给出了答案。曾经美好的回忆,深深地刻在了词人的心上。回忆起两人曾经携手漫步,皎洁的月光洒满窗前的小路。此后每每到了月明之夜,词人都会彻夜不眠,等待她的到来。词人总是生活在一个诗意的世界,一旦某个美丽温馨的画面定格在他的记忆里,就不愿意抹去,希望永远都生活在那个童话般的世界。词人并非不懂得人情世故,只是不愿意为人情世故而委屈了自己的梦幻世界。在晏几道的作品里,"相思"自然是个中心词,"相思"也是他最为平常的心理体验。而"浅情"却是他最不愿意面对又不得不面对的。在他的作品里,"浅情"这个词数次出现过,特别是《长相思》一词中说:"长相思。长相思。欲把相思说似谁。浅情人不知。"用意和词风与本词无有二致。"浅情",可以解为"薄情寡义",也可以解为"用情极浅",不管如何理解,都和晏几道自己"痴绝"、"情痴"的个性背道而驰,也是让他极其痛苦的,但他"信人,终不疑其欺己",不但不疑,甚至连真正的痛责之词也极少出自其口,如此诚挚的个性,才造就了小山词"以情胜"的特色。

玉楼春

东风又作无情计。艳粉娇红吹满地。碧楼帘影不遮愁,还似去年今日意。　谁知错管春残事。到处登临曾费泪。此时金盏直须深①,看尽落花能几醉。

[注释]

①金盏:金制的酒杯,华美的酒杯。直须:真的要,尽管。唐杜秋娘《金缕曲》:"花开堪折直须折,莫待无花空折枝。"深:此处谓酒杯斟得满。

[赏析]

这是一首惜春之词,文笔爽利,饱含深挚之情。词作将年年春残、年年惜春的感情体验叠加在一起,以解悟之语表迷恋之情,善做层进,善做翻案。上片写今年又到春残时候,东风再次做好了残酷无情的计划,把那粉白娇红的花朵吹落满地。在高楼之上,词人放下帘幕,不愿看见这百花纷飞的景象,但是疏疏的帘影怎遮得住浓浓的春愁,今年的春愁还是和去年今日一模一样。杜甫说"一片花飞减却春,风飘万点更愁人",善感的词人对此都深有同感。"去年今日"引起下阕对往事的回忆。去年多事的自己偏偏要去管春残之事,到处登临赏春,曾为花落春去费尽了眼泪。词人说"错管",似乎表示后悔多管闲事,实则为翻案语,笔力矫健。接下来由去年登临转回今年,词人说现在自己不会再去多管春残之事了,这个时候，举起金盏，尽管满满地斟上美酒，看看落花又要飘尽，又能痛饮几回呢？正如唐代诗人崔敏童诗里所说的"能向花前几回醉，十千沽酒莫辞频"，不必再为落花而流泪，流泪也挡不住春去的脚步。尽管痛饮狂歌，欣赏那片片花瓣的舞姿吧。词人以旷达之语表现内心的深悲，其伤春惜春之情，反倒更能摇动人心，深入人心。

[汇评]

  唐圭璋《唐宋词简释》：此首伤春，文笔清劲。起句沉痛之至，"东风又作无情计"，可见怨风之甚。一"又"字，与子野词"残花中酒，又是去年病"之"又"字同妙。"艳粉"句，即东风所摧残之落花。"碧楼"两句，言隔帘见花飞零乱，景亦至佳。"还似"与"又"字相应，引起去年今日之情景。"谁知"两句，自怨自悔，皆因伤极而有此语。"春残"从"粉艳"来，"到处"从"去年"来。"此时"两句，自作解语，言费泪无益，惟有借酒浇愁。此与同叔之"劝君莫做独醒人，烂醉花间应有数"同意。但小晏出之以问语，更觉深婉。又后主词云"醉乡路稳宜频到，此外不堪行"，此处"直须"二字，最能得其神理。

  陈匪石《宋词举》：小山学《花间》，妙在吞吐含蓄，全不说破。此词为爽利一派，已开慢曲门径矣。首句破空而来，先怨"东风"之"无情"，着一"又"字，将第四、五、六等句元神提出，直贯篇末。次句，"落花"正面。第三句，飞花零乱，隔帘可见。"帘影不遮愁"，恨帘抑惜春？出以囫囵语气，气味绝厚。第四句，回想去年。"还似"二字，跟"又"字来，而情倍深，语倍沉痛。过变两句，承"去年"说，而作翻案语，不说春去须惜，反认惜春为多事。"登临"之"泪"，遂嫌其"费"，以有"错管"之悔。"谁知"是翻笔。"到处"及"曾"字，又回顾"又"字。既嫌以前之"错管"，故"此时"惟有以沉醉消之。末两句是得过且过之意，亦古人"惜分阴"之心，恐时不再来，而及时行乐，遂转不惜"落花"，而欲趁花未落尽以前，恣意玩赏。语似旷达，其沉痛则较惋惜尤甚，实进一层立意也。至其疏而不密，劲而不挠，全从李煜得来。周之琦所谓"道得红罗亭上语"，其在斯乎？

玉楼春

当年信道情无价①。桃叶尊前论别夜②。脸红心绪学梅妆③，眉翠工夫如月画。　　来时醉倒旗亭下④。知是阿谁扶上马⑤。忆曾挑尽五更灯，不记临分多少话。

[注释]

①信道：知道。

②桃叶：晋人王献之的妾的名字，后用作爱妾或所爱女子的代称。《乐府诗集·清商曲辞二·桃叶歌》郭茂倩解题引《古今乐录》："《桃叶歌》者，晋王子敬所作也。桃叶，子敬妾名，缘于笃爱，所以歌之。《隋书·五行志》曰：陈时江南盛歌王献之《桃叶》诗，云：'桃叶复桃叶，渡江不用楫。但渡无所苦，我自迎接汝。'"尊前：即樽前，筵席之间。论别：叙别。

③梅妆：即梅花妆，画梅花之形于额头的一种化妆花样。《太平御览》卷九百七十引《宋书》："武帝女寿阳公主人日卧于含章檐下，梅花落公主额上，成五出之华。拂之不去。皇后留之。自后有梅花妆，后人多效之。"

④旗亭：酒楼。悬旗为酒招，故称。宋周邦彦《琐窗寒·寒食》："旗亭唤酒，付与高阳俦侣。"

⑤知是：不知是。阿谁：疑问代词，犹言谁，何人。《乐府诗集·横吹曲辞五·紫骝马歌辞》："十五从军征，八十始得归。道逢乡里人，家中有阿谁？"

[赏析]

　　这是一首追忆送别所爱女子之词，两人感情真挚，浓情密意，不忍离别，女子刻意打扮，希望给心上人留下最美好的印象，词人则痛饮沉醉，迷离惝恍。词人作品中即着意描写沉醉之后的模糊记忆，角度特别，将临别之情写得委曲动人。

　　词的开头即大发感慨，大声言出"情无价"，词人说自己当年就知道真情无价，那是在与所爱女子离别的筵席之上，深情叙别。词人以"桃叶"来指代自己所爱的女子，应该和王献之在秦淮河畔送别爱妾桃叶的典故相关，故可以说这首送别之词的特别之处在于是词人送别所爱的歌女的，而不是歌女送别词人。在那个叙别的夜晚，她娇脸新红——收拾起离愁，学画美丽的梅花妆；她双眉翠黛——下足了功夫，画得如一弯新月。从女子刻意用心地梳妆打扮，可以体会她的惜别之情，她也特别希望把最美的形象留在爱人心中。以上写临别之夜，下阕写送别之时。词人来送别的时候，已沉沉醉倒在旗亭之下，不知道是谁将自己扶上马。事后能够记得的只有那夜挑灯夜话，直到五更天。至于临别时候，说了什么，已经是绝无记忆了。下阕写醉别，可谓穷形尽相，极善于刻画醉后情形，不如此恐不足以表现离别的难堪吧。

　　如此写醉酒的诗词，前于小晏的有唐人于鹄的《醉后寄山中友人》云"独忆卸冠眠细草，不知谁送出深松"，后于小晏的有南宋诗人华岳的

《春闺杂咏》云"沉醉归来浑不记，阿谁扶我上雕鞍"。而略后于小晏的词家周邦彦也把这种写法化入到他的词作《瑞鹤仙》中，该词下阕云："不记归时早暮，上马谁扶，醒眠朱阁。"可见醉后情怀，文人是所见略同的。

[汇评]

清郭麐《灵芬馆词话》卷二：咏酒醉之诗，唐人有"不知谁送出深松"，宋人有"阿谁扶我上雕鞍"，皆善于描写。叔原《玉楼春》词云（略），真能委曲言情。

夏敬观批语：清真袭取入《瑞鹤仙》词。

阮郎归

旧香残粉似当初。人情恨不如。一春犹有数行书。秋来书更疏。　　衾凤冷，枕鸳孤①。愁肠待酒舒。梦魂纵有也成虚。那堪和梦无②。

[注释]

①衾凤、枕鸳：绣有凤凰、鸳鸯图案的被褥、枕头，都是夫妻和谐美满的象征。

②和：此处用作介词，构成"连……都……"的句式。宋秦观《阮郎归》："衡阳犹有雁传书。郴阳和雁无。"

[赏析]

　　这首词和前面所选《菩萨蛮》（相逢欲话相思苦）里面所表达的对于"浅情"人的怨诉在主题上较为接近，但在艺术表现上则更能代表晏几道的风格，写法颇为高明。

　　词的中心是表达"人情恨不如"，感慨人的凉薄无情，衣衾上余香还未散尽，残留的脂粉尚在，可是人的感情却还不如这旧香残粉耐久。为什么如此说呢？你看整个春天里尚且收到了几行书信，而到了秋天这书信愈加稀疏。陈永正先生分析说："两句有数重转折，句法甚巧。'一春'，谓别后不久。情人初别，'书尽红笺百二行'才是常理，'数行书'，已觉情之不深。'犹有'二字，婉而讽，温厚之至。由春及秋，不过数月，而书已'更疏'，以事实补充说明人情之不如易散的香粉。"所言甚是。下阕写自己的孤独。看着凤衾和鸳枕，相形之下更觉得自己的孤单和被冷落。愁肠百结，只能靠美酒来消解。纵使梦里能相会，那也不过是一场空虚，最难堪的是，彻夜难眠，连个梦也没有！最后两句使用层层折进的办法，将孤苦凄凉之感写得至为深曲。秦观《阮郎归》里说"衡阳犹有雁传书。郴阳和雁无"，写法相同，但一凄婉，一凄厉，风格不尽相同。宋徽宗被掳到金国后所写《燕山亭》里说"天遥地远，万水千山，知他故宫何处？怎不思量，除梦里有时曾去。无据。和梦也新来不做"，则更加惨烈。可见这样一种层深逼进的写法，在表达强烈的感情时所具有的良好效果。

[汇评]

　　张伯驹《丛碧词话》：小山《阮郎归》词云云（原词略），情意凄婉，不在五代人之下。后结句先与道君《燕山亭》词不期而同。唯道君《燕山亭》全阕尤俳哀可怜，因其境惨故也。

唐圭璋《唐宋词简释》：此首起两句，言物是人非。"一春"两句，正写人不如之实，殊觉怨而不怒。换头，言独处之孤冷。"梦魂"两句，言和梦都无，亦觉哀而不伤。又此首上下片结处文笔，皆用层深之法，极为疏隽。少游"衡阳犹有雁传书。郴阳和雁无"，亦与此意同。

阮郎归

天边金掌露成霜①。云随雁字长②。绿杯红袖趁重阳。人情似故乡。　　兰佩紫，菊簪黄③。殷勤理旧狂④。欲将沉醉换悲凉。清歌莫断肠⑤。

[注释]

①金掌：指高大的承露金铜仙人。《三辅黄图》记载，汉武帝曾于长安建章宫造神明台，台上立铜柱仙人，高二十丈，大七围，舒掌擎铜盘玉杯，以承接云端清露，和玉屑饮之，以求成仙。李贺曾写有《金铜仙人辞汉歌》。

②雁字：雁为候鸟，秋季结队南飞，排成"一"字形或"人"字形，称为雁行、雁阵，亦称雁字。

③兰佩：佩戴兰花。《楚辞·离骚》："扈江离与辟芷兮，纫秋兰以为佩。"菊簪：将菊花簪在头上。唐杜牧《九日齐安登高》："尘世难逢开口笑，菊花须插满头归。"

④旧狂：旧时固有的狂放不羁的作风。此系作者自谓。

⑤清歌：无乐器伴奏的歌唱，亦可指清雅优美的歌唱。闻清歌而断

肠，典出《世说新语·任诞》："桓子野每闻清歌，辄唤'奈何'。谢公闻之，曰：'子野可谓一往有深情。'"

[赏析]

  这首词当作于晏几道晚年居住汴京时的某个重阳节的宴会之上。张草纫先生认为此词作于颍昌府许田镇监税任上，依据是"人情似故乡"，说小晏在颍昌府颇受当地同僚的优待，让他产生了比较强的认同感，觉得这里风俗人情和故乡相似（晏几道虽然是临川人，但生长在汴京，他向来是把汴京当作家乡的）。但张先生忽视了词里写到的"天边金掌"，这个典故只能指京城，不大可能指其他地方。另外，本词所表现出来的感情沉郁悲凉，具有强烈的沧桑之感，而晏几道监许田镇酒税时还相当年轻，这一点也不大符合。也许只有到了晏几道的晚年，因为他的落拓潦倒，才会产生对自己真正的家乡的思念，才会写出"人情似故乡"的句子吧。

  词作抒写重阳佳节清歌美酒引发了词人的疏狂悲凉之感。上阕描写重阳节令。天边高大的金铜仙人的手掌上的承露盘里的仙露已凝成了白霜，长空的白云随着横空的雁字拉得很长很长。这两句描写秋日节令，一虚一实，首句用"金铜仙人"的典故和"白露为霜"的成语，指代写作的背景是在京城，次句则是实写秋空的寥廓，两句境界开阔，气象高华。接下来写到绿色美酒、红袖清歌，正是重阳佳节，词人正好可以趁着这个时候，痛饮一番，聊舒愁肠。这里的风俗人情正和故乡相似啊！下阕转写词人自己在重阳节上饮酒听歌。他佩戴着紫色的兰草，头上插满了金黄的菊花，殷切地重新拾起旧日的疏脱狂态，准备纵情痛饮，用眼前的沉醉替代往日的悲凉，那清越的歌声啊，莫要再使我柔肠寸断了！关于"殷勤理旧狂"，况周颐先生有极好的分析，读者可以参看。晏几道的"狂"，乃是一肚子的不合时宜。这个话本来是苏轼的爱妾朝云说苏轼的，移赠晏几道也完全合适，虽然两人的不合时宜的具体内容并不相同。晏几道的"狂"近于"痴"，具体而言，就是黄庭坚在《小山词序》里所说的晏几道"磊隗权奇，疏于顾忌"的个性和他的"四痴"，所谓："仕宦连蹇，而不能一傍贵人之门，是一痴也。论文自有体，不肯一作新进士语，此又一痴也。费资千百万，家人寒饥而面有孺子之色，此又一痴也。人百负之而不恨，己信人终不疑其欺己，此又一痴也。"作为王孙公子，而至于落魄潦倒，其痴其狂，由来久矣。但在其晚年，或许把这种痴狂隐藏压抑起来了很长时间，词人希望借这重阳佳节，重拾旧狂。词的最后两句，词人希望痛饮狂歌，以沉醉来取代悲凉之感，可见悲凉入人之深。然而，绿杯红袖的一曲清歌，又令词人柔肠寸断。这里使用晋人桓子野闻清歌辄唤"奈何"，被谢安誉为"一往有深情"的典故，也极好地表现了作者多情的性格。

这首词用语华美，色彩搭配极具美感，以五彩斑斓表现秋天的美丽。而词作在整体格调上能够将沉郁悲凉之情和空灵盘旋之感完美地结合起来，使小令之词，摆脱绮罗香泽之态，颇能新人耳目，引人深思。

[汇评]

清况周颐《蕙风词话》卷二：小山词《阮郎归》云（词略）。"绿杯"二句，意已厚矣。"殷勤理旧狂"，五字三层意思。"狂"者，所谓一肚皮不合时宜，发见于外者也。狂已旧矣，而理之，而殷勤理之，其狂若有甚不得已者。"欲将沉醉换悲凉"，是上句注脚。"清歌莫断肠"，仍含不尽之意。此词沉着厚重，得此结句，便觉竟体空灵。小晏神仙中人，重以名父之贻，贤师友相沆瀣，其独造处岂凡夫肉眼所能见及。"梦魂惯得无拘检，又踏杨花过谢桥"，以是为至，乌足与论小山词耶。

陈匪石《宋词举》：此在《小山词》中，为最凝重深厚之作，与其他艳词不同。考山谷《小山词序》：小山磊隗权奇，疏于顾忌。仕宦偃蹇，而不能一傍贵人之门，论文自有体，不肯一作新进士语。费资千百万，家人饥寒，而面有孺子之色。是殆不随人俯仰者，其别有伤心可知，此词其自写怀抱乎？起两句写秋景。"天边金掌"，本是高寒，而"露"已"成霜"矣。秋云本薄，而其"长"乃随"雁字"，短又可想矣。悲凉之意，已淋漓尽致。"绿杯"句一转，本不萦情于"绿杯红袖"，而姑"趁""重阳"令节，一作欢娱，满腔幽怨，无可奈何，一"趁"字尽之。其所以然者，以"人情"尚"似故乡"也。过变二句，跟前结来，为"似故乡"之风物。"殷勤理旧狂"，则"趁"字之心理。"欲将"句再申言之。"沉醉"为"绿杯红袖"之究竟，"悲凉"则霜云之境地。"清歌"偶听，仍是"断肠"，终欲换不得，下一"莫"字，自为解劝，究不肯作一决绝语，其温和为何如，其欲吐仍茹为何如耶！况周颐曰："'绿杯'二句。（略，见上引）"旨哉言乎！小晏多聪俊语，一览即知其胜，此则非好学深思不能知其妙处者。

唐圭璋《唐宋词简释》：此首起两句，言霜寒云薄，是深秋冷落景象，令人生悲。"绿杯"两句，言所以欲暂图沉醉，借解悲凉者，一则因重阳佳节，一则因人情隆重。换头三句，言重阳行乐之实。"欲将"二字与"莫"字呼应，既将全词收束，更觉余韵悠然。况蕙风释此词云："'绿杯'二句，意已厚矣。（略，见上引）"况氏所释颇精，并录于此。

归田乐

试把花期数。便早有、感春情绪。看即梅花吐[①]。愿花更不谢，春且长住。只恐花飞又春去。　　花开还不语[②]。问此意、年年春还会否③。绛唇青鬓④,渐少花前侣。对花又记得,旧曾游处。门外垂杨未飘絮。

[注释]

①看即:很快、眼看着之意。吐:长出,生出,开放。
②"花开"句:宋欧阳修《蝶恋花》:"泪眼问花花不语,乱红飞过秋千去。"还:此处是"却"字的意思,花却不语,又是暗中反用"花能解语"的典故。
③此意:指"愿花更不谢,春且长住"。会:领会,解悟。
④绛唇青鬓:红色的嘴唇,黑色的鬓角,指代年轻人。

[赏析]

《归田乐》,双调。七十二字。上阕六句,五仄韵。下阕七句,五仄韵。此调有很多拗句,但诵读时声韵特美,适合执红牙板演唱。

这首词写伤花惜春且念旧游的情绪。写惜春的词甚多,但这首词的特点是在早春时节,甚至春还没有到来的时候,就预想春之归去,且表达留住春天的美好愿望和愿望不可能实现的悲哀。先人一招,所表现的是词人年年送春、年年惜春后的带有一些理性的感悟。词的上阕写早早惜春的情怀。词人还在冬末春初的时候,就试着计算各种鲜花开放的时期,这个时候,就有了惜春的伤感情绪。花开有信,春天有二十四番花信风,宋人王琪《暮春游小园》说:"一丛梅粉褪残妆,涂抹新红上海棠。开到荼蘼花事了,丝丝天棘出莓墙。"开到荼蘼,花事方了,而现在梅花才刚刚吐蕊。此时词人已经呼出了美好的愿望:"愿花更不谢,春且长住。"这也许是所有人在欣赏大好春光时,都会有的愿望,然而且莫说"春长住",即使是"春且住",那恐怕都是不可能的。词人自然再明白不过,所以下面紧接着就说"只恐花飞又春去",以此收束上阕,顿挫有力。下阕继续就惜春之情展开追问。花能解语,然而现在花儿开放,却默默无语,词人不禁要追问春天的使者,普天下人都有的"愿花更不谢,春且长住"的心意,年年的春天,都能解得人意吗?现在年已老大,赏花之时,渐渐少了红唇青鬓的游伴。对花不禁使人回忆起曾经游过的地方,那时候门外的袅娜的垂杨,还未曾飘絮呢!这首词表达的就是一种"惜春常怕花开早"的心理,反复围绕着"花"和"春",喁喁絮语,如痴情的小儿女的口吻,旖旎动人。

浣溪沙

二月和风到碧城①。万条千缕绿相迎。舞烟眠雨过清明②。妆镜巧眉偷叶样③,歌楼妍曲借枝名④。晚秋霜霰莫无情。

[注释]

①碧城:碧霞城,仙人居住的城池。这里代指碧柳笼罩下的汴京城。《太平御览》卷六百七十四引《上清经》:"元始(元始天尊)居紫云之阙,碧霞为城。"唐李商隐《碧城》:"碧城十二曲阑干,犀辟尘埃玉辟寒。"

②舞烟眠雨:谓杨柳在烟雨中或随风飘舞或静垂如眠。唐白居易《杨柳枝词》:"叶含浓露如啼眼,枝袅轻风似舞腰。"《三辅故事》:"汉苑中有柳,状如人形,号曰人柳,一日三眠三起。"

③"妆镜"句:谓对镜梳妆,按柳叶形状画眉。唐白居易《长恨歌》:"芙蓉如面柳如眉,对此如何不泪垂。"五代韦庄《女冠子》:"依旧

桃花面,频低柳叶眉。"

④借枝名:谓歌楼所唱之曲以"杨柳枝"为名。汉乐府《折杨柳》至唐易名《杨柳枝》,开元时已入教坊曲。唐白居易《杨柳枝词》:"古歌旧曲君休听,听取新翻杨柳枝。"唐刘禹锡《杨柳枝词》:"请君莫奏前朝曲,听唱新翻杨柳枝。"

[赏析]

这是一首纯粹的咏物词,所咏对象为柳树,杨柳历来是春天里的常客,也是词人喜爱的对象。在词人们一次次的吟咏中,它的枝枝叶叶,都被赋予了十足的文化含义。

晏几道的这首咏柳词也形象地歌咏了杨柳的风姿,并联系其所代表的人事的含义,表达对柳树的喜爱之情及对秋柳遭遇摧残的深刻同情。词的上阕描写了清明时节京城里万千杨柳的美丽姿态。当二月的和风吹来,千缕万丝的碧绿的柳枝都飘飘相迎。它们在烟雾里舞动,它们在春雨中低垂,就这样到了清明时节。词的下阕则是联系人事,写杨柳之美。人们从杨柳身上汲取了很多美好的东西,梳妆的女子学着柳叶的样子画出了柳叶眉,歌楼里最美艳的歌曲也借杨柳枝为名。希望晚秋的严霜飞霰,不要那么无情地将它们摧残!因为在传统诗词里,杨柳经常和歌女联系在一起,在著名的歌曲《望江南》里就唱到:"我是曲江临池柳,这人折了那人攀,恩爱一时间。"因而晏几道在咏柳之时,表达对于歌女的同情,这是完全可以理解的。但有的评论者对于本词的寄托意义进行过分解读,就有点求之过深,忽视了这些小词产生于娱宾遣兴这样的背景,只是写来供歌儿舞女们演唱罢了。

[汇评]

刘永济《唐五代两宋词简析》:此词通首咏柳,细味之皆含讽意。上半阕言其盛时。下半阕一、二句,言趋附者之多也。末句似讽、似怜、又似以盛衰无常警戒之。盖柳盛于二月时而衰于晚秋,似得势者有盛必有衰也。作者意中必有所指之人,必系权势煊赫于一时者。考宋仁宗朝,吕夷简权势最盛,子公绰、公弼、公著、公孺皆荣显。《宋史·吕夷简传》论曰:"吕氏更执国政,三世四人,世家之盛,则未之有也。"神宗朝王安石得君虽专,然不如吕氏之三世执政。此词所讽,当指吕氏。

浣溪沙

床上银屏几点山①。鸭炉香过琐窗寒②。小云双枕恨春闲③。

惜别漫成良夜醉,解愁时有翠笺还④。那回分袂月初残⑤。

[注释]

①床上银屏:指置于卧床之上的小型屏风,即"枕屏",用以装饰和避风。用金银等材料作装饰镶嵌,故称银屏。枕屏之上多饰有山水风景图画,所以也称之为"屏山"。唐温庭筠《菩萨蛮》:"无言匀睡脸,枕上屏山掩。"

②鸭炉:鸭形的香炉,铜制,焚香时香雾从鸭嘴里袅袅飘出。琐窗:饰有雕镂连环形花纹的窗户。南朝宋鲍照《玩月城西门廨中》:"蛾眉蔽珠栊,玉钩隔琐窗。"

③小云:歌女名,晏几道好友家的歌女"莲、鸿、蘋、云"中的一位。双枕:即鸳枕,绣有鸳鸯图案的枕头。晏几道《愁倚阑令》:"浑似阿莲双枕畔,画屏中。"

④漫成:聊作,姑且。翠笺:绿色的笺纸,书信的美称。

⑤分袂（mèi）：分手，离别。袂，衣袖。唐李山甫《别杨秀才》："如何又分袂，难话别离情。"

[赏析]

    这首小词是专为歌女小云而作的，当是词人前往颍昌府许田镇任职而和小云分别，之后写下了这首思念和回忆之作。词的上阕设想分手后小云孤寂的生活。小云的闺阁里，床上的银屏画着几抹远山，鸭形的香炉里，袅袅地飘着几缕檀香，琐窗抵不住料峭的春寒。小云的鸳鸯双枕，可恨这一春来都是空闲着。虽然闺阁陈设极其华美，但通过"寒"、"恨"、"闲"这几个字，可以体会出女主人公凄寂的心灵，这只因为词人的远去，使她失去了良朋佳侣。词的下阕写别时和别后的情形。依依惜别，聊成一醉。那个良夜，正是圆月初残的时候。别后幸好还有书笺往还，以解离愁。整首词文采华美、词意深婉，颇有温庭筠词的格调。

【附录】

晏几道《浣溪沙》：
    绿柳藏乌静掩关。鸭炉香细琐窗闲。那回分袂月初残。　　惜别漫成良夜醉，解愁时有翠笺还。欲寻双叶寄情难。
清陈廷焯《词则·闲情集》卷一：幽怨。
夏敬观批语：此篇当是原作，上一阕为改作。编者两存之。

浣溪沙

家近旗亭酒易酤①。花时长得醉工夫。伴人歌笑懒妆梳。

户外绿杨春系马②,床前红烛夜呼卢③。相逢还解有情无?

[注释]

①旗亭:市楼,酒楼,竖旗以为标志,故称旗亭。宋代歌馆楼台多靠近酒楼。晏几道《玉楼春》:"来时醉倒旗亭下。"酤:即沽,打酒。

②"户外"句:唐韩翃《赠李翼》:"门外碧潭春洗马,楼前红烛夜迎人。"

③呼卢:指古代的"樗蒲之戏",一种赌博的方式。古时博戏,用木制骰子五枚,每枚两面,一面涂黑,画牛犊,一面涂白,画雉。一掷五子皆黑者为卢,为最胜采;五子四黑一白者为雉,是次胜采。赌博时为求胜采,往往且掷且喝,故称赌博为"呼卢喝雉"。唐李白《少年行》之三:"呼卢百万终不惜,报仇千里如咫尺。"

[赏析]

这首小词是晏几道年轻时候冶游生活的写照,词作即写了歌女的生涯,也描写了冶游郎的豪兴,"户外"一联在当时颇为传诵,然整首词并无深意,未必包含多少对歌女生活的同情,亦无必要深究。

词的上阕写歌女的日常生活状态。她居住在酒楼旗亭的边上,沽酒甚是方便。春暖花开的时候,经常可以沉醉酒中。日日陪客轻歌浅笑,也懒得去细细梳妆。下阕写冶游郎的豪兴。她家门外,春天里绿杨轻拂,下面系着骏马;她的床前,彻夜红烛高照,时时传来呼卢喝雉的叫声。相逢的时候,不知道她究竟是不是有情呢?从词作的描写里看,词人笔下的这个歌女更多的是一个逢场作戏、游刃有余的风尘女子,词人只是客观地描写了其生活的状态,至于其究竟是否是个多情的女子,词人也不能确定,所以词作最后以设问结束,语意非常含蓄。

这首词里"户外"一联，因为形象地写出了冶游者的精神风貌，而为人传诵。另外，这一联化用唐代诗人韩翃的诗句，但用意和风格与韩诗并不相同，也引起了一些评论者的讨论。就用意而言，韩诗写王孙公子的华贵生活，晏词写冶游郎的豪兴。就风格而言，"韩诗清丽，晏词俊爽，各有擅胜"（陈永正语）。

[汇评]

宋吴曾《能改斋漫录》卷八：晏叔原"门外绿杨春系马，床头红烛夜呼卢"，盖用乐府《水调歌》云："户外碧潭春洗马，楼前红烛夜迎人。"然叔原之辞甚工。

宋陆游《老学庵笔记》卷五：唐韩翃诗云："门外碧潭春洗马，楼前红烛夜迎人。"近世晏叔原乐府词云："门外绿杨春系马，床前红烛夜呼卢。"气格乃过本句，不谓之剽可也。

明沈际飞《草堂诗余续集》卷上：不恨无花，不恨无醉，恨无工夫耳。叔原可夸。

清张宗橚《词林纪事》：《能改斋漫录》："晏叔原'门外杨柳春系马，床前红烛夜呼卢'，盖用乐府《水调歌》云：'户外碧潭春洗马，楼前红烛夜迎人。'然叔原之辞甚工。"橚按：唐韩翃诗"门外绿杨春系马，床前红烛夜呼卢"，小山只易二字，放翁乃谓此联气格过于本句，余所不解。

俞陛云《唐五代两宋词选释》：此首与前首意适相反。前首"冶游郎"句（指另外一首《浣溪沙·日日双眉斗画长》）言其高洁之怀，此首"绿杨"二句状其豪盛之态，恒舞酣歌，明琼卜夜，安望其解有情耶！

浣溪沙

日日双眉斗画长①。行云飞絮共轻狂②。不将心嫁冶游郎③。溅酒滴残歌扇字，弄花熏得舞衣香④。一春弹泪说凄凉。

[注释]

①"日日"句：唐秦韬玉《贫女》："敢将十指夸针巧，不把双眉斗画长。"此处反用其意。斗：比赛着、争竞着的意思。女子化妆，把眉毛描画得很长，曾经是唐代流行的一种"眉样"。

②行云飞絮：皆用来比喻青楼女子的轻狂放荡。行云，飘拂的云，轻薄而无定。飞絮，随风飞舞的柳絮，亦指飘忽轻浮之物。唐杜甫《绝句漫兴》之五："颠狂柳絮随风舞，轻薄桃花逐水流。"宋秦观《望海潮》："奴如飞絮，郎如流水，相沾便肯相随。"

③冶游郎：放浪之人，喜寻花问柳的花花公子。唐李商隐《蝶三首》之三："见我佯羞频照影，不知身属冶游郎。"

④"溅酒"二句：宋张先《师师令》："不须回扇障清歌，唇一点、小于朱蕊。"唐于良史《春山夜月》："掬水月在手，弄花香满衣。"歌扇：歌唱时用以遮住脸的扇子。

[赏析]

这首词描写一位歌女的刚烈的性格和酸楚的内心世界，表现出词人对歌女命运的深切同情，也许正是因为词人自己陆沉于下僚的人生阅历和痴情钟情的性格特点,使他对于这些女性的感情世界有着深刻的了解,也抱有极大的认同,以高明的艺术手法表现出来,故产生了持久的动人力量。

这首小词以冷热对比的手法,以极为凝练的语言,造成陡然转折顿挫的艺术冲击力,具有很高的艺术功力。词的上、下阕的前两句都是从热闹的、世俗的一面去描写这位歌女。上阕前两句写出了这位歌女严妆打扮,争强好胜,举止风流轻狂。用一个"斗"字,非常凝练而丰富地描画出作为一个歌女的她为了生存,所做出的极大的努力。歌女毕竟不同于贫女,描画双眉,才是她们的资本,是她们每天的生存之道。卖笑陪客,不得不做出如行云柳絮那样轻狂的姿态来。然而她的真正的性格却和人们看到的大不一样,她有着清醒的头脑,对人情世故有着深刻的认识,对于自己的感情寄托也有着坚定的见解,那就是"不将心嫁冶游郎",她的心是属于自己的,是属于一份纯洁的爱情的,她的语气是如此斩钉截铁,如此决绝;她对于冶游郎——自己的客户,是如此不屑。词人自己也许曾经就是一个冶游郎,却能够以极为凝重之笔写下这样的句子,他的自省、他的超脱,也使他彻底地将自己和那些冶游郎区分开来。词的下阕前两句仍然是写热闹,写歌女看上去令人艳羡的花天酒地的豪华生活。她清歌酣饮,溅出来的美酒将歌扇上的字迹都弄漫漶了;她簪花弄草,把舞衣都熏染上了浓浓花香。这两句虽然没有具体写舞女的容貌姿态,但是通过对其活动中两个细节的描写,歌女的娇媚可爱自然出现于读者眼前。然而,表面的繁华遮掩不住她内心的凄凉,曲终人散之后,整个春天里,她都在背地里,偷偷地流泪,诉说着心里的悲凉。她能向谁诉说呢?她没有一个可以将心相许的情郎,恐怕她也没有一个可以毫无顾忌地倾诉心事的姐妹,她可以诉说凄凉的对象,也许只能是自己心里的那个清醒的自己吧!

[汇评]

清贺裳《皱水轩词筌》:词家须使读者如身履其地,亲见其人,方为蓬山顶上。……晏几道"溅酒滴残歌扇字,弄花熏得舞衣香",真觉俨然如在目前,疑于化工之笔。

清陈廷焯《词则·闲情集》卷一:小山诸词,无不闲雅。后人描写闺情,大半失之淫冶,此唐五代北宋犹为近古。

俞陛云《唐五代两宋词选释》:人但见其画时样长眉,逐随风飞絮,不知冰心独抱,冶游郎不值其一盼。"弄花"、"溅酒",只为伤春弹泪之资耳。

刘永济《唐五代两宋词简析》:此词乃写一舞伎之内心矛盾,亦即其内心之痛苦。于上下两阕之前两句,极力写出此舞女之日常轻狂生活,而于两结句写其心理之痛苦,更从其生活与心理之矛盾上显出其个性。上半阕结句,言不轻以身许人,则其上二句所言妆饰之美、举止之狂,非以媚人,实自怜也。下半阕结句,言其一春弹泪,则其上二句所言溅酒、弄花、歌舞之乐,非真感乐,实慰苦也。作者将此一舞女之生活和内心写得如此酣畅,其自身几已化为此女。盖由作者自身亦具有此种矛盾之痛苦,亦同有此舞女之个性,故能体认真切。此舞女,直可认为作者己身之写照。此种写法,又较托闺情以抒己情者更加亲切,因之更加动人。论者称其词顿挫,即从此等处看出也。

浣溪沙

午醉西桥夕未醒。雨花凄断不堪听①。归时应减鬓边青。
衣化客尘今古道,柳含春意短长亭②。凤楼争见路旁情③。

[注释]

①雨花:此处指雨声。唐李白《登瓦棺阁》:"漫漫雨花落,嘈嘈天乐鸣。"

②衣化客尘：旅途的风尘改变了衣服的颜色。晋陆机《为顾彦先赠妇》："京洛多风尘，素衣化为缁。"客尘，旅途风尘。短长亭：晏几道《临江仙》："客情今古道，秋归梦短长亭。"

③凤楼：古时宫殿飞檐之上设有凤形饰物，故称为凤楼。此处指思妇所居的华丽屋宇，并用以指代居于其中之人。南朝梁江淹《征怨》："荡子从征久，凤楼箫管阒。"争：疑问词，犹言怎么、怎能。

[赏析]

这首词表达久客思归之情。在一个春雨绵绵的日子，词人午间在西桥酒家喝醉了酒，直到黄昏时分酒还未醒。淅淅沥沥的春雨夹杂着寒风，凄清至极，使人不堪听闻。待到归去的时候，我两鬓的黑发要变得又白又疏了吧。古往今来，客途风尘，褪去了旅人衣服的颜色；长亭短亭，杨柳蕴含春意，又萌新绿。高楼之上，闺阁之中，女子怎么会理解路旁客子的情怀呢？词人可能正在旅途之上，旅途的劳顿辛苦，旅途的寂寞苍凉，使他内心蓄积了许多的感慨，而自己曾经怀恋的那些凤楼歌女们，恐怕是难以理会自己的艰辛的吧。陈永正先生说："此词格韵俱高，字字句句皆响。变婉约，成苍凉，殆小山暮年之作欤？观'衣化'二句，当为出官颍州后之事。"对于本词风格的分析至为精到。至于说是其暮年之作，则不尽准确，因为小山出官颍昌府许田镇监税之时，尚在中年之前。

[汇评]

明沈际飞《草堂诗余续集》卷上：荏苒。

俞陛云《唐五代两宋词选释》："客尘"两句感叹殊深。夕阳古道之旁，素衣化缁；攀条惜别者，悠悠今古，阅尽行人，彼高倚凤楼者，蛾眉争艳，浪掷年光，焉有俯仰今昔之怀乎！

浣溪沙

已拆秋千不奈闲①。却随胡蝶到花间。旋寻双叶插云鬟。几折湘裙烟缕细②,一钩罗袜素蟾弯③。绿窗红豆忆前欢④。

[注释]

①已拆秋千:古代妇女在上巳、清明节喜欢作秋千之戏,夏初即拆去秋千。宋柳永《促拍满路花》:"画堂春过,悄悄落花天。最是娇痴处,尤殢檀郎,未教折了秋千。"不奈:不耐。

②湘裙:即细裙,浅黄色的裙子。裙子上头有裙折。烟缕:形容裙子透明轻薄。唐李商隐《燕台诗四首》之《夏》:"安得薄雾起缃裙。"

③一钩罗袜:女子足穿罗袜素履,小巧秀美如一弯明月。这句描写的是女子缠足的形象。素蟾:明月。蟾,传说月中有蟾蜍,故以蟾称月。

④红豆:我国南方亚热带地区生长有红豆树,结实如豆,红色,名红豆,又名相思子,被视为爱情的象征物。唐王维《相思》:"红豆生南国,春来发几枝。劝君多采撷,此物最相思。"

[赏析]

这首词描写了一个活泼可爱的少女的美丽形象,以及她淡淡的情思。词的上阕写她花间游玩时的可爱形象。春末夏初,院子里的秋千已经拆下,她耐不住这无聊闲暇的时候,于是就追赶着翩翩飞舞的蝴蝶,跑到了花丛之间。她随即又寻来一双绿叶,插向她那乌云一般的发鬟。上阕是从动态方面描写女孩子的活泼形象,下阕则是从静态方面描写女孩子的装扮。她身系几折绸裙,如缕缕轻烟薄雾;她足穿罗袜素履,如一钩弯月尖尖。在碧纱窗下,她手捻红豆,回忆着往日的欢娱。少女的天真烂漫、情窦初开的形象,通过词人细致的观察和生花妙笔,给读者留下了鲜明的印象,如闻其声,如见其形。

浣溪沙

闲弄筝弦懒系裙。铅华消尽见天真。眼波低处事还新①。怅恨不逢如意酒,寻思难值有情人②。可怜虚度琐窗春。

[注释]

①眼波低处:意谓低下头来暗自思量。眼波,谓目光顾盼流动,如同清澈水波。

②"寻思"句:唐鱼玄机《赠邻女》:"易求无价宝,难得有心郎。"值:逢到,遇上。

[赏析]

这首词描写了一个歌女对于自身命运的感叹,属于词人代其立言。上阕写歌女的容态心事。这位歌女可能年已老大,对于自己的未来忧心忡忡。在百无聊赖之时,习惯性地拨弄着琴弦,这本是她的看家的技艺,诉说心声的工具,但这个时候她显然没有心思弹弄一曲妙音,只是随手弹拨,心绪低沉。她懒得系上衣裙,不愿浓妆艳抹。不施脂粉的她,露出了本来的天生丽质。她垂下眼睑，沉思前事，而新的心事又涌上心头。上半阕描写歌女的动态、神情，细致入微。下半阕是歌女对于自己命运的沉重的感慨。天天陪客饮酒，却没有哪一顿喝得如意；日日逢场作戏，仔细寻思却遇不到一个真心的人。正是"易求无价宝，难得有心郎"啊！可惜的是，在绮窗之下，却虚度了这美好的青春时光。词人对于歌女的命运是非常熟悉的，对她们的同情也是极其真诚的。

浣溪沙

浦口莲香夜不收①。水边风里欲生秋。棹歌声细不惊鸥②。

凉月送归思往事，落英飘去起新愁。可堪题叶寄东楼③。

[注释]

①浦口：小河入江之处。晏几道《鹧鸪天》："来时浦口云随棹，采罢江边月满楼。"

②棹歌：行船时所唱的歌。棹，船桨，经常用以指代身船。

③可堪：何堪，怎堪，不堪。唐李商隐《春日寄怀》："纵使有花兼有月，可堪无酒又无人。"题叶：即"红叶题诗"的故事。该故事在唐代流传甚广，故事情节大同小异。唐范摅《云溪友议》卷十："宣宗时，舍人卢渥偶临御沟，得一红叶，上题绝句云：'流水何太急，深宫尽日闲。殷勤谢红叶，好去到人间。'归藏于箱。后来宫中放出宫女择配，不意归卢者竟是题叶之人。"唐杜牧《题桐叶》："江楼今日送归燕，正是去年题叶时。"

[赏析]

　　这首词咏写词人月夜荷塘游赏引起的轻愁。浦口莲花盛开，荷香到了夜晚更加浓郁。水上刮起一阵凉风，使人顿感几分秋意。采莲姑娘的船歌轻轻细细，连栖息的鸥鹭都没有惊扰。追思往事，在那个清凉的月夜将她送走，现在看到飘落的荷花，不禁勾起我的新愁。怎堪叶上题诗，寄往东楼呢？晏几道在颍昌府许田镇任职时，对南湖的采莲女子非常熟悉，和当地的歌女也多有交往，写下了一系列和采莲有关的词作，本词也应是当时所作。

[汇评]

　　夏敬观批语：托兴采莲，无不绝佳。

六幺令

　　绿阴春尽，飞絮绕香阁。晚来翠眉宫样，巧把远山学①。一寸狂心未说，已向横波觉②。画帘遮匝③。新翻妙曲，暗许闲人带偷掐④。　　前度书多隐语⑤，意浅愁难答。昨夜诗有回文，韵险还慵押⑥。都待笙歌散了，记取留时霎⑦。不消红蜡⑧。闲云归后，月在庭花旧阑角。

[注释]

　　①翠眉：描画之后的双眉作深绿色，故称翠眉，亦称黛眉。宫样：皇

宫中流行的画眉式样。远山：一种形如远山的眉样。《西京杂记》载："（司马相如妻）文君姣好，眉色如望远山。"

②一寸：寸心，心如方寸大小，故曰"寸心"、"方寸"。南朝梁何逊《夜梦故人》："相思不可容，直在方寸中。"狂心：指恋爱中的狂喜心情。横波：眼神流动如水波闪闪。唐李白《长相思》："昔时横波目，今作流泪泉。"

③遮匝：遮蔽得严严实实。匝，围绕一周。

④新翻：新谱的曲子，新编的曲子。唐白居易《杨柳枝词》："古歌旧曲君休听，听取新翻杨柳枝。"偷掐：用拇指点着别指进行暗记或推算。唐元稹《连昌宫词》："李谟擫笛傍宫墙，偷得新翻数般曲。"自注："明皇尝于上阳宫夜后按新翻一曲。属明夕正月十五日潜游灯下，忽闻酒楼上有笛奏前夕新曲，大骇之。明日密遣捕捉笛者，诘验之。自云：前夕窃于天津桥玩月，闻宫中度曲。遂于桥柱上插谱记之，臣即长安少年善笛者李谟也。明皇异而遣之。"插谱，即掐谱，用手指甲在桥柱上用力划出痕迹，以为记谱。

⑤隐语：指不直说本意而借别的词语来暗示的话，类似今之谜语，古亦称"廋辞"。

⑥回文：我国古代一种特殊的诗体，正着读、倒着读、回环往复都能成句，近于文字游戏。韵险：即押险韵，所押韵部的字数少而且生僻，步韵、和诗较为困难。

⑦记取：记住。时霎：犹言霎时，一会儿，很短的时间。

⑧不消：不用，不须。

[赏析]

《六幺令》，词牌名，又名《绿腰》等。双调，九十四字，上、下阕各九句,五仄韵。

　　这首长调描写了一位歌女和情人之间偷期暗约的一些韵事,因为是长调,词人有较多的篇幅可以写出他们之间的曲折和细节,使整篇词颇具有一些戏剧表演的风味,在晏几道的词作中这样的作品是不多见的。

　　词的上阕描写歌女的装扮和演出,暗中透露了她内心的隐秘。绿杨浓荫的暮春时节,飘扬的飞絮缭绕着画楼香阁。她用心化着晚妆,宫样时新的眉黛,巧妙地学着远山那缥缈的翠微色。内心深处的狂喜和激动还未脱口,已泄露于那晃漾的眼波。垂下画帘,密密遮匦,她开始演奏新翻的奇妙的乐曲,暗地里允许那不尴尬的闲人顺带偷偷地学去。这一部分描写了歌女的装扮,因为晚上演出的缘故,所以她精心地刻意打扮,以最时新最靓丽的形象登场。她演奏了最新的乐曲,暗中应允闲人可以学取传播。我们都知道"女为悦己者容",这位歌女内心世界的波动和她反常的举动,自然有着它的因由。词里写到"一寸狂心未说,已向横波觉",这是透露她内心情绪的一个句子,她为何会有狂心,这狂心要说于谁呢?她的眼睛泄露了她内心的秘密,被人觉察,那么又是谁一下子就觉察了她的心思呢?这里面一定有一个"悦己者"——喜欢她的人吧。这个人不是别人,恐怕就是那个遮遮掩掩的"闲人"。关于偷学新曲,那是有典故的,唐玄宗时期著名的音乐人李谟偷学了玄宗宫中新制作的笛曲,后被抓了起来,最终因为其才华横溢,才被放出。而我们的女主人公却允许闲人偷偷学习新翻的乐曲,恐怕这个闲人并非等闲之人吧。

　　词的下阕则顺势写她和他的交往,两人相识已非一朝一夕。两人通过书信、诗笺传情达意。上一次他写给她一封书信,可是书信里充满了谜语,难以琢磨,不好作答。昨天夜晚他又写了一首押险韵的回文诗来,由于用韵太窄,她也无法奉和。从这一节的描写里,可以知道,这两个人以诗文来传递爱情的信息,但是两人的文化水准不太对等,虽然这位歌女颇有修养,音乐的技艺十分高超,但是要用诗文准确地表达心意,要熟练掌握高难度的回文险韵诗的写作,还是相当困难的。但她还是能够感知男方的殷切之意,于是她就悄悄地向他发出了邀约。待到笙歌都散去了,闲花野草都离开了,一定记住要留下一会儿。不需要高烧红烛,就在庭中花阑角那个老地方,月光下!这几句叮嘱的话真是惟妙惟肖,最能反映这个小女子的轻俏的口吻。

[汇评]

明沈际飞《草堂诗余别集》卷三:十韵都可矜许。隐跃。 (又)款密竭情。

清沈雄《古今词话·词辨》下卷:按《霓裳羽衣》,黄钟宫音,而《六么令》为仙吕宫曲。《清真集》中"快收风雨"是也。晏小山"绿阴春尽",辛稼轩"酒群花队",实与《霓裳羽衣》殊绝,然则并非六博之义可知。词有与《六么》调名无干者,如晏小山《六么令》词"绿阴春尽……月在庭花旧阑角"。

夏敬观《映庵词评》:此倒押韵之法,甚峭拔。"匝"、"掐"、"答"、"押"、"霎"、"蜡",皆开口音,系"合"韵与"觉"韵同叶。

六么令

雪残风信,悠扬春消息[①]。天涯倚楼新恨,杨柳几丝碧。还是南云雁少,锦字无端的[②]。宝钗瑶席。彩弦声里,拚作尊前未归客[③]。 遥想疏梅此际,月底香英白[④]。别后谁绕前溪,手拣繁枝摘。莫道伤高恨远，付与临风笛。尽堪愁寂。花时往事，更有多情个人忆⑤。

[注释]

①风信：即花信风。古人把开花的季节分作"二十四番花信"，用二十四种花卉分别依次占满自小寒至谷雨的四个月，且谓刮起哪种花信风，哪种相应的花卉就开放了。唐司空图《江行二首》之二："初程风信好，回望失津楼。"悠扬：飘忽不定貌。

②南云：晋陆机《思亲赋》："指南云以寄款。"后用作思亲或思乡之词。雁少：古代有雁足系书的故事传说，故以雁指代书信，雁少即表示杳无音信。锦字：织锦为回文诗，代指书信。无端的：无结果，此处表示没有书信寄回来。端的，准信。

③瑶席：酒宴上华美的坐席。彩弦：指代琵琶、筝等乐器。拚作：认定了，豁出去了。

④香英：芳香的花朵。唐罗隐《人日新安道中见梅花》："长途酒醒腊春寒，嫩蕊香英扑马鞍。"

⑤个人：这个人，那个人，具有特指的性质。

[赏析]

这首词被宋人所编《梅苑》收入，被看作一首咏梅的词。但当我们全面地去看待晏几道的词时，就会发现这不仅仅是一首简单的咏物词，其真正的内容是怀人，怀念一个名叫"疏梅"的歌女。在晏几道的词里，"疏梅"一词出现过数次，有的地方十分明显是指一位歌女的名字，如《浣溪沙》："小杏春声学浪仙，疏梅清唱替哀弦。"《虞美人》："疏梅月下歌金缕。忆共文君语。"有的地方则是暗示，如《洞仙歌》："月下疏梅似伊好。"这些都说明这位名叫"疏梅"的歌女在晏几道的心里有很重的分量。那么这首《六幺令》所表现的也同样是词人作客异乡怀念这位歌女的情怀。冬雪消残,东风里飘扬着春的消息。词人却远在他乡,倚楼望乡,几丝碧绿的柳条随风起舞,又勾起了他的新愁旧恨。仍然没有你确切的消息。我只能在宝钗翠袖之间,瑶席管弦声里,豁出去了喝个沉醉,甘愿做一个天涯未归客吧!遥想在这个时候,故乡一树疏梅,在月底下芳香的花瓣多么洁白。自打分别以后,有谁绕着前边的小溪,采摘那繁花盛开的花枝呢?再不要说什么登高望远,招愁惹恨了,这一切都付与那风中的笛声吧。一切都使人寂寞忧愁啊。鲜花开时追忆往事,更有个多情的人儿值得我久久追念。这首咏梅之词,对于梅花的描写比重并不大,更多的是异乡流离之悲,花时思念之苦。词作写得委婉缠绵,清空一气。

更漏子

柳丝长,桃叶小。深院断无人到①。红日淡,绿烟晴。流莺三两声。　雪香浓,檀晕少②。枕上卧枝花好③。春思重,晓妆迟。寻思残梦时。

[注释]

①断无:绝对没有。唐李商隐《无题》:"曾是寂寥金烬暗,断无消息石榴红。"

②檀晕:形容浅赭色。与妇女眉旁的晕色相似,故称。宋苏轼《次韵杨公济梅花诗》:"鲛绡剪碎玉响轻,檀晕妆成雪月明。"

③卧枝：横斜的花枝。花卉画法，有不画全株，只画连枝折下的部分，称折枝。此处以枕上刺绣的折枝花喻横躺在床上的女子。南唐冯延巳《相见欢》："晓窗梦到昭华。阿琼家。欹枕残妆，一朵卧枝花。"

[赏析]

俞陛云先生在《唐五代两宋词选释》中评论这首词说："前写景，后言情，景丽而情深，《金荃集》中绝妙词也。"这里所说的《金荃集》，是晚唐温庭筠的词集，也就是说，俞陛云先生认为晏几道这首词的风格和温庭筠的词风非常相似。温庭筠的代表性词作后被收入五代后蜀时期所编的《花间集》中，被誉为"花间鼻祖"，因此说晏几道这首词具有"花间体"的风味，也是同样的意思。

单就这一首而言，确实如此。这首描写闺情的词作和温庭筠的词风极其相似，特别是和他的名作《更漏子》（柳丝长）相比，几乎如出一辙。温词如下：

  柳丝长，春雨细，花外漏声迢递。惊塞雁，起城乌，画屏金鹧鸪。　香雾薄，透帘幕，惆怅谢家池阁。红烛背，绣帘垂，梦长君不知。

无论是立意还是词风，都十分相似，或许可以认为是晏几道的模拟之作。但已具有小山词自身的特点，仍是一首优秀的作品。

词的上阕写闺房之外的景物。柳丝袅袅，桃叶小小。已是桃花落尽的仲春时节，深深庭院，阒寂无人。红日淡淡，绿烟缭绕。时不时有三两声黄莺的鸣啭流过。从词作的描写看，这是个春日迟迟的好天气，然而"断无人到"的深深庭院，暗示了闺中女子的寂寞和无聊。而流莺的鸣叫则是打破寂静、唤醒女主人公残梦的媒介。

下阕将视线转入室内，工笔描摹女主人公的容貌。她雪白的玉肌透出了浓浓的香味，脸上的妆容渐渐褪去了赭褐色的妆晕，她坐起身来，露出枕头上绣着的美丽的卧枝花卉。她迟迟懒得梳妆，春思重重，她正在回忆咀嚼着昨晚的残梦。"春思重"是这首词中心的情绪，中间有着丰富的寓意，在这个良辰佳景的春日，春宵一刻值千金，她却独宿独眠，岂能不"悔教夫婿觅封侯"呢？

词人以美好的景物来烘托思妇寂寞的心情，情景相生，缠绵婉转，一往情深。

[汇评]

清陈廷焯《词则·闲情集》卷一：情余言外，不必用香泽字面。

俞陛云《唐五代两宋词选释》：前写景，后言情，景丽而情深，《金荃集》中绝妙词也。

愁倚阑令

凭江阁，看烟鸿①。恨春浓。还有当年闻笛泪，洒东风②。时候草绿花红。斜阳外、远水溶溶。浑似阿莲双枕畔③，画屏中。

[注释]

①烟鸿：在烟雾水汽中飞翔的鸿鸟。唐太宗《秋日即目》："散岫飘云叶，迷路飞烟鸿。"

②当年闻笛：用魏晋之际向秀《思旧赋》的典故。魏晋之间，向秀与嵇康、吕安友善。嵇、吕为司马昭所杀。向秀经过嵇康山阳旧居，闻邻

人笛声，感怀亡友，作《思旧赋》。唐司空曙《冬夜耿拾遗王秀才就宿因伤故人》："旧时闻笛泪，今夜重沾衣。"

③阿莲：歌女的名字，即"莲、鸿、蘋、云"中的"莲"。

[赏析]

《愁倚阑令》，唐教坊曲。原名"春光好"。因晏几道词里有"拚却一襟怀远泪，倚阑看"句，改名为"愁倚阑令"。双调，四十二字。上阕五句，三平韵，下阕四句，三平韵。该调音律要求很严，换头处须用拗句。

这首词乃悼念亡友兼怀意中人的。上阕悼念亡友，词人于江楼之上，凭栏远眺，只见薄烟微雾之中，游鸿翩翩，浓浓春意，带来深深的哀愁。当年闻听笛声洒下的怀念老友的泪水，又洒向东风。这里使用典故并化用唐人诗句，将对亡故好友的思念含蓄且语意丰富地表达出来。下阕则兼怀意中人。在好友亡故后，其家的歌女侍儿也随即流转人间。"莲、鸿、蘋、云"星散，也给词人带来了无尽的思念。词人看朱成碧，看到草绿花红的美好春色，看到斜阳外溶溶的江水，似乎又回到了当年阿莲的鸳鸯枕畔，她的枕屏上正画着这样一幅春景山水图。

这个词牌原名"春光好"，由晏词而改名"愁倚阑令"，这两个名字恰好传神地概括了本词的内容，在大好春光里，倚栏愁望！

御街行

街南绿树春饶絮。雪满游春路。树头花艳杂娇云①，树底人家朱户。北楼闲上，疏帘高卷，直见街南树。　　阑干倚尽犹慵去②。

几度黄昏雨。晚春盘马踏青苔③,曾傍绿阴深驻。落花犹在,香屏空掩,人面知何处④。

[注释]

①娇云:色彩娇美的彩云、朝霞。唐杜牧《茶山下作》:"娇云光占岫,健水鸣分溪。"

②倚尽:倚遍,长时间地倚靠着。

③盘马:骑马盘桓不进。

④"人面"句:用崔护"人面桃花"的典故。事见唐孟棨《本事诗》。言唐人崔护于清明独游长安城南,过一庄户人家,见一女子倚桃树而立,属意颇厚。次年再往寻之,则户扃人去,怅然题诗于扉。诗云:"去年今日此门中,人面桃花相映红。人面不知何处去,桃花依旧笑春风。"

[赏析]

这首词是回忆当年之冶游处,感慨人去楼空。整首词结构颇为奇特,大部分都是在写街南街北的环境,写故地重游的留恋,而真正写昔日冶游场面的却只有两句。而对于自己爱恋的对象则更是惜墨如金,如惊鸿一瞥,迅即消逝于云烟之中,给读者留下巨大的想象空间。本词分上、下阕,但正如刘逸生先生所云,在意义的段落上,则分为三个层次。从"街南"到"朱户"为第一层。这一层主要描写街南的风景。大街南面绿柳成荫,春来柳絮纷飞,如漫天大雪,覆盖了游春的道路。鲜花盛开枝头,如红云一般娇艳。绿树底下,掩映着朱门一角。这一层描写的重点是"朱户",由此可见后面写的"人面"或为大户人家的歌儿舞女吧。从"北楼"到"黄昏雨"为第二层,写街北登临。词人闲来登上大街路北的高楼，珠帘高卷，一眼就清晰地看到街南的绿树。久久地凭倚着栏杆，不忍离去。在这里度过了多少个烟雨黄昏！词人登楼是为了能够俯瞰街南的朱户，为了能够再看一眼那人面桃花，栏杆倚遍、几度黄昏，可见词人的执着。从"晚春"到结尾为第三层，回忆过去，回到现实。词人曾经在晚春时候，在绿荫朱户，盘马驻足，曾经得以亲近过那人面桃花。然而现在，朱门紧闭，落红遍地，香闺空掩，正是"人面不知何处去，桃花依旧笑春风"，历史在词人笔下重演，一幕幕，何其相似乃尔！词人的技法是十分高明的，一层层地晕染，一步步地推进，山重水复，却不见柳暗花明。词人明白，留白才是最美的色彩。

[汇评]

梁启勋《曼殊室词话》卷二《晏小山与柳耆卿》："晚春盘马踏青苔，曾傍绿阴深驻。落花犹在，香屏空掩，人面知何处。"此晏小山《御街行》也，颇似柳耆卿。"草色烟光残照里，无言谁会凭阑意。""衣带渐宽终不悔，为伊消得人憔悴。"此柳耆卿《蝶恋花》也，极似晏小山。若互入两人之本集，可以乱真。

破阵子

柳下笙歌庭院，花间姊妹秋千。记得春楼当日事，写向红窗夜月前。凭谁寄小莲①。　　绛蜡等闲陪泪，吴蚕到了缠绵②。绿鬓能供多少恨，未肯无情比断弦③。今年老去年。

[注释]

①小莲：晏几道好友家歌女的名字，即"莲、鸿、蘋、云"中的"莲"。

②"绛蜡"二句：化用唐李商隐《无题》诗中的名句"春蚕到死丝方尽，蜡炬成灰泪始干"。绛蜡：红烛。等闲：无端。吴蚕：古代吴地富蚕桑，故以吴蚕代指蚕。到了：到头，最终。缠绵：双关语，既指蚕吐丝作茧萦绕缠结，又指人的思绪郁结纠缠。

③绿鬓：年轻人的黑色鬓发。未肯：不肯。比：比拟。断弦：喻恩义断绝。

[赏析]

这首词怀念歌女小莲及她的花间姊妹们，感情深挚，颇为伤感，或许写于这些歌女们散去之后。词作只有开头两句是对往日美好生活的回忆，而大部分的篇幅则是词人自己的痛苦情感的抒发。碧柳绿荫丛中，深深庭院之内，笙歌叠奏。百花盛开，花团锦簇，秋千架下，笑语喧哗。这种景象，正如晏殊称赏的名句"笙歌归院落，灯火下楼台"（白居易《宴散》），这才是真正的歌舞升平，富贵气象。这种品讴赏花、歌酒赋诗的雅致，这些美艳娇嗔、多才多艺的小女儿们，当日春楼之中的这些往事，深深地刻印在词人的心中。事过境迁，烟消云散，词人方能静下心来，在明月之夜，在红绡窗前，一一写出。然而，此时，又能通过谁把它寄给小莲呢？根据本词下阕所表达的颇为感伤的情绪，这里所说的"凭谁寄小莲"，恐怕不是一般的离愁别绪，而是暗含着更为难堪的实情吧。下阕开头一联化用李商隐的名句"春蚕到死丝方尽，蜡炬成灰泪始干"来表达自己缠绵悱恻、连环难解的伤感郁结。变七字句为六字句，读来别具风味。接下来说虽然鬓边乌丝经不起几回忧愁暗恨的折磨，但自己却不肯像断弦那样无情。多情的词人，今年又老过去年了！词人甘心承受缠绵悲愁的折磨，也不肯成为无情之人，词人之忠诚，虽九死而未悔，其情感的深度、密度，也赋予了他的作品以长久的生命力，感动着古往今来的读者，不愧于"以情胜"的评语。

[汇评]

　　清陈廷焯《词则·闲情集》卷一：对法活泼，措辞亦婉媚。（"绿鬓"二句）凄咽芊绵。

点绛唇

花信来时，恨无人似花依旧。又成春瘦①。折断门前柳②。天与多情，不与长相守③。分飞后④。泪痕和酒。占了双罗袖。

[注释]

　　①春瘦：因伤春而瘦损。唐李商隐《赠歌妓二首》之二："只知解道春来瘦，不道春来独自多。"

　　②"折断"句：古有折柳送行人之风习，此处则谓折柳以盼行人归来。唐李贺《致酒行》："主父西游困不归，家人折断门前柳。"

　　③与：使。

　　④分飞：离别。《东飞伯劳歌》："东飞伯劳西飞燕，黄姑织女时相见。"

[赏析]

　　这是一首闺中思妇之词,其怀念远游的家人,抒发独守空闺的痛楚。春天到来,花儿依次开放,像一个守信的使者。可恨的是年年岁岁花相似,而自己却无人相伴,岁岁伤春,年年消瘦。盼望着家人归来,几乎折尽了门前的杨柳枝条。老天使人生来多情,却不使人长相厮守。自从分别以后,日日泪痕夹杂着酒痕,染遍了春衫罗袖。词中"天与多情,不与长相守",可谓名言,所寓道理正如"愿天下有情人终成眷属"一样,只是从反面追问上天之无情,期冀有情人能长相守。都是多情人的美好心愿,千古如斯。

[汇评]

　　明沈际飞《草堂诗余续集》卷上:句能铸新。

　　清陈廷焯《词则·闲情集》卷一:淋漓尽致。

　　俞陛云《唐五代两宋词选释》:前四句谓春色重归,乃花发而人已去,为伊消瘦,折尽长条,四句曲折而下,如清溪之宛转。下阕谓天畀以情而吝其福,畀以相逢而不使相守。既无力回天,但有酒国埋愁,泪潮湿镜,双袖飘零,酒晕与泪痕层层渍满,则年来心事可知矣。

点绛唇

　　妆席相逢,旋匀红泪歌金缕①。意中曾许。欲共吹花去②。

　　长爱荷香,柳色殷桥路③。留人住。淡烟微雨。好个双栖处。

[注释]

①"旋(xuàn)匀"句：立马擦匀了脸上的泪痕，并且唱起了《金缕曲》。旋：临时，立刻。红泪：悲伤泣血之泪。金缕：即《金缕曲》，亦名《金缕衣》，是唐、宋时流行的一首歌曲。杜牧《杜秋娘诗》："秋持白玉斝，与唱金缕衣。"《乐府诗集》有无名氏《金缕衣》一首云："劝君莫惜金缕衣，劝君须惜少年时。花开堪折直须折，莫待无花空折枝。"

②吹花："吹叶嚼蕊"之省，意为吹奏、演唱。唐李商隐《柳枝序》："柳枝，洛中里娘也。……吹叶嚼蕊，调丝拨管，作天海风涛之曲，幽忆怨断之音。"吹叶，即卷植物之叶以吹出声音。唐白居易《杨柳枝词》："剥条盘作银环样，卷叶吹为玉笛声。"嚼蕊，演唱歌曲。后人诗词中，为了使平仄声协调，常把"吹叶嚼蕊"改成"吹花嚼蕊"。如宋刘一止《梦横塘》："念谁伴、涂妆绾髻，嚼蕊吹花弄秋色。"清纳兰性德《浣溪沙》："十八年来堕世间，吹花嚼蕊弄冰弦，多情情寄阿谁边？"或单用"吹花"，如晏几道《满庭芳》："南苑吹花，西楼题叶，故园欢事重重。"

③殷桥：唐李贺《休洗红》："休洗红，洗多红色浅。卿卿骋少年，昨日殷桥见。封侯早归来，莫作弦上箭。"王琦注："殷桥，地名，未详所在。"

[赏析]

这首词写希望与一个歌女双宿双飞的美好愿望。他们在歌楼酒席上再次相逢，歌女旋即擦去泪水，重新匀脸，为我演唱了一曲《金缕曲》。她心里曾经允诺过，要和我一起唱着歌双双离去。长爱着那荷塘的清香，柳色殷殷的桥边小路。那里淡淡的轻烟，微微的雨丝，留下来，真是个双栖双宿的好地方啊。荷塘柳色，淡烟轻雨，词人希望在这样一个富有诗意的地方，和自己心上人过着美好生活，使她摆脱那调笑的生涯，可惜这样一种愿望在当时是多么难以实现啊。

[汇评]

清陈廷焯《词则·闲情集》卷一：情景兼写，景生于情。

两同心

楚乡春晚①，似入仙源②。拾翠处、闲随流水③，踏青路、暗惹香尘。心心在，柳外青帘，花下朱门④。　　对景且醉芳尊。莫话消魂。好意思、曾同明月，恶滋味、最是黄昏。相思处，一纸红笺，无限啼痕。

[注释]

①楚乡：楚地，战国时楚国地域广大，今安徽、河南部分地区都属于楚地。

②仙源：即桃花源，晋陶渊明《桃花源记》中所描写的一个理想世界。在古典诗词中，也经常和刘晨、阮肇采药误入天台山遇见仙女的桃源混用。

③拾翠：春游之际采拾花草。唐杜甫《秋兴八首》之八："佳人拾翠春相问，仙侣同舟晚更移。"

④心心：心中牵念。唐李商隐《壬申七夕》："已驾七香车，心心待晓霞。"青帘：旧时酒店前挂的青布幌子，即酒招、酒旗。唐郑谷《旅寓

洛阳村舍》："白鸟窥鱼网，青帘认酒家。"

[赏析]

  这首词写词人春日郊游遇到如意的人，分别后无限思念。上阕写踏青郊游，下阕写过后的思念。该词可能写于词人在颍昌府任官期间，所以说是"楚乡"，也切合桃花源的典故。在一个暮春的时节，词人郊游踏青，桃红柳绿，恍如进入了桃源仙界。捡拾翠羽、采摘鲜花，闲闲地随着曲曲的流水前进。踏青的路上，不经意间宝马香车留下的浓浓芳香惹起了自己的春心。心中牵念，都在柳荫外的酒家歌楼，花树下的朱门绣户。"佳人拾翠春相问，仙侣同舟晚更移。"踏青时节，是佳人们难得的可以到郊外自由游玩的时候，当然也是很多士子渴望得到艳遇的时候。词人所写，正是如此。大约词人在这个踏青的季节，遇到了一位心仪的歌女，两人心心相许，有过一段交往，但很快分别，这引起了词人无限的痛苦哀愁。下阕即写此种离愁。对着芳景，聊且借美酒以消忧，莫要说起那让词人销魂的离愁吧。美好的心意，我们曾共一轮明月；痛苦的滋味，最是那黄昏时分。相思的时候，只有那一封封信笺、满袖的泪痕。晏几道的这首小词，使用了一些口语化的词汇，更好地表现了儿女情长，恩怨尔汝。正如陈廷焯所言"清词丽句，为元曲滥觞"，像"好意思、曾同明月，恶滋味、最是黄昏"，在语言风格上确实和元曲的自然泼辣非常接近。

[汇评]

  清沈雄《古今词话·词品》下卷：张炎曰："词中句法，须要平妥精粹。"一曲之中，安能句句高妙，只要相搭衬付得去，于好发挥笔力处，极要用工，不轻放过，读之使人击节，所以时多警句。……如"恶滋味、最是黄昏"，晏小山《两同心》句。

明卓人月《古今词统》卷十：自家意味不同。

明沈际飞《草堂诗余别集》卷三：不是明月较可，还是自家儿意味不同。（又）藻拔。

清陈廷焯《词则·闲情集》卷一：清词丽句，为元曲滥觞。

少年游

离多最是，东西流水①，终解两相逢。浅情终似，行云无定，犹到梦魂中②。　　可怜人意③，薄于云水，佳会更难重。细想从来④，断肠多处，不与者番同⑤。

[注释]

①东西流水：汉卓文君《白头吟》："躞蹀御沟上，沟水东西流。"

②终：纵使，虽然。"行云"二句：用战国宋玉《高唐赋》楚襄王梦巫山神女朝为行云、暮为行雨的典故。

③可怜：可惜，可叹。

④从来：从前。唐贾岛《过京索先生坟》："从来有恨君多哭，今日何人更哭君。"

⑤者番：这番。

[赏析]

这首词是作者对于"浅情"人的人情凉薄发出的深沉的慨叹。晏几道以"痴绝"著称，他的好友黄庭坚总结为"四痴"，其中之一为"人百负之而不恨,己信人,终不疑其欺己",这首词可谓是典型的表现。正因为作者是一个"多情"、"痴情"的人,所以他对于"浅情"的人十分敏感,但他不是去斥责这些薄情寡义者,而更多的是为之感到痛心,增加了自己内心巨大的痛苦。"浅情"一词在晏几道词里多次出现,也说明他对此的切肤之痛。

这首词在表达上有着鲜明的特点,如夏敬观先生所言"云水意相对,上分述而又总之,作法变幻",采用了先分后总的手法,上片举出"流水"和"行云"两个比喻,下片则以"赋"的手法铺陈词人的感慨。上片说离别最多就像水沟里向东流、向西流的流水,虽然东西不同,但终究会有相逢的时候;浅情的人纵然像行云无定,也还会进入梦境之中。下片则综合云、水来说,可惜人的心思,比那行云流水更为寡淡薄情,如此而言,再也难有重逢会面的好时候。这是使用顿挫折进的方法,更显出人之无情。但词人并没有因此而对浅情的她大加挞伐,而只是深有感喟地说,仔细想想,以前也有很多伤心断肠的经历,但都比不上这回的痛心断肠!词人是多么温柔敦厚,心地是多么善良。宽容,这个带有现代意义的词语,在晏几道的词作里,在他的心灵里,早就存在,这种情怀是很值得现代读者珍惜的。

[汇评]

明卓人月《古今词统》卷六:前段两比,后段赋之。

夏敬观批语:云水意相对,上分述而又总之,作法变幻。

少年游

西楼别后,风高露冷,无奈月分明①。飞鸿影里,捣衣砧外,总是玉关情②。　　王孙此际③,山重水远,何处赋西征④。金闺魂梦枉丁宁⑤,寻尽短长亭⑥。

[注释]

①西楼:晏几道词里多处出现这个地名,当是京城里某处楼馆。分明:明亮。唐元稹《哭女樊》:"秋天净绿月分明,何事巴猿不剩鸣。"

②捣衣:古时衣服常由纨素一类织物制作,质地较为硬挺,须先置石上以杵反复舂捣,使之柔软,称为"捣衣"。砧(zhēn):捣衣石。玉关:玉门关,故址在今甘肃敦煌西北,通往西域的要塞。古代诗词中常常以之指代边关,泛称遥远的边塞地区。唐李白《子夜吴歌》:"长安一片月,万户捣衣声。秋风吹不尽,总是玉关情。"

③王孙:古代贵族子弟,通称王孙。

④赋西征:《文选》收有西晋潘岳《西征赋》,李善注:"晋惠元康二年,岳为长安令,因行役之感而作此赋。"

⑤金闺:闺阁之美称。唐王昌龄《从军行》:"更吹羌笛关山月,无那金闺万里愁。"丁宁:叮咛,嘱咐。

⑥短长亭:古时于官道旁筑亭,以供行人休息,每隔五里置一短亭,十里置一长亭。唐李白《菩萨蛮》:"何处是归程,长亭更短亭。"

[赏析]

这是一首征夫思妇之词。词作本身是从闺中思妇的角度进行描写的,但是所抒发的苍劲悲凉的感情则完全是作者自己的阅历。作者曾经有一段时间远赴长安为官,在北宋时期,长安已经不再是国家的中心区域,自从都城移至汴梁以后,洛阳便成为"西京",而长安却成了边远之地,特别是北宋时期的宋夏战争,长安几乎成了边防的重镇,这样的时空转换,也使前往长安的词人,陡然增添了一丝赴边的悲壮之感。词的上阕写别后的凄凉和思念。西楼一别之后,秋风渐紧,白露凉冷,最不可耐的是那一轮高挂天空的秋月,分外分明。南飞的鸿雁灭没于天际的身影,千家万户,阵阵捣衣的砧声,都饱含着闺中少妇思念远行人的深情!这一部分,在意境上化用李白《子夜吴歌》的诗意,使读者能够将更多的意蕴叠加在作品里,极大地丰富了词作的内涵。下阕写思妇的想象和梦境。远行之人,在这个时候,隔着千山万水,究竟在何处吟咏着西征的诗赋呢?闺中少妇,睡梦之中,枉自叮咛,她的梦魂寻遍了长亭短亭,也不见行人的踪影!这首征夫思妇的词作,带上了大西北的苍凉悲壮的风格,洗去了绮罗香泽之态、绸缪宛转之度,格高调响,笔力矫健。

虞美人

曲阑干外天如水。昨夜还曾倚。初将明月比佳期。长向月圆时候、望人归①。　　罗衣着破前香在。旧意谁教改②。一春离恨懒调弦。犹有两行闲泪、宝筝前。

[注释]

①向:在,于。宋苏轼《水调歌头》:"不应有恨,何事长向别时圆。"

②谁教:张相《诗词曲语辞汇释》:"晏几道《虞美人》词'罗衣着破前香在。旧意谁教改',此教字为能义。谁教,犹云那能也。"

[赏析]

　　这首词所写内容为怀人相思之情。词的上阕写望归，下阕写相思。主人公为一女子，自从男方远行之后，她就常常盼望他归来。词的首句说她凭栏眺望，曲曲的栏杆之外，长天碧蓝如水。下句说"昨夜还曾倚"，写得曲折巧妙，她昨夜也在倚栏眺望，她在眺望什么？除了登高望远，希望早早发现家人归来的踪影外，更实在的，她是在望月怀远。当一轮明月高悬碧空，缺了又圆，那不是意味着分离的人也该团圆吗？女主人公的想法正是如此。下文接着就说到她开始的时候把月圆之时看作团圆相见之期，于是她就常在月圆之夜，盼望着远人归来。说"初将"、说"长向"，我们分明可以觉察到她的初心、她的幼稚、她的执着，当然也有她的失望中的希望。上阕特意选择了"望月"这个细节来描写女子的盼望之殷切。下阕则写其日常生活中的思虑。身上的罗衣已经穿得旧了、破了，却舍不得换掉，只因为上面余香犹在。而旧日的恩意，是谁使它那么容易就改变了呢？这是女子的疑虑之词。"罗衣着破"，说明时间之久。虽然自己坚守着旧情，可男子却迟迟不归，闺中女子怎能不心生疑虑呢？这正如晏几道另一首词《阮郎归》里所说的"旧香残粉似当初。人情恨不如"一样。整个春天，这位思妇都心事重重，怏怏无生气，她懒得调弄琴弦。每当对着宝筝，睹物思人，不禁留下两行清泪。这首词，使用浅近而真挚的语言，将思妇的相思怀人的心意，写得深切而曲折，颇能够触动人的心弦。

[汇评]

　　唐圭璋《唐宋词简释》：此首写离恨。上片言望之切，下片言恨之深。起两句，是倚栏所见。"初将"两句，是倚栏所思。"罗衣着破"，别离之久可知。前香犹在，旧意未改，亦极见忠厚之忱。"一春"两句，写筝前落泪，尤为哀惋。

虞美人

　　疏梅月下歌金缕①。忆共文君语②。更谁情浅似春风。一夜满枝新绿、替残红。　　蘋香已有莲开信③。两桨佳期近④。采莲时节定来无⑤？醉后满身花影、倩人扶⑥。

[注释]

　　①金缕：即唐代流行的歌曲《金缕衣》。唐杜牧《杜秋娘诗》："秋持玉斝醉，与唱金缕衣。"自注云："劝君莫惜金缕衣，劝君惜取少年时。花开堪折直须折，莫待无花空折枝。李锜长唱此词。"

　　②文君：即卓文君，西汉蜀中富家女，新寡，后遇司马相如以琴心挑之，夜奔相如。

　　③蘋：一种水生植物。

　　④两桨：指代划船。乐府诗《石城乐》："莫愁在何处？莫愁石城西。艇子打两桨，催送莫愁来。"

　　⑤无：此处用作句尾疑问语气词。唐白居易《问刘十九》："晚来天欲雪，能饮一杯无。"

　　⑥"醉后"句：唐陆龟蒙《和袭美春夕酒醒》："觉后不知明月上，满身花影倩人扶。"倩（qìng）：请，恳求。

[赏析]

　　这首词怀念的是一个采莲的歌女，因地制宜，变惜春为迎夏。化用唐人诗意，情境都佳。上阕以《金缕衣》歌曲原意为演绎对象，表现一种珍惜美好花时、及时行乐之意。在疏影横斜的梅花下面听唱《金缕衣》，回忆起和那位歌女的喁喁私语。还有谁比那春风还薄情呢？你看一夜之间，满枝嫩绿的新叶已经代替了残留的红蕊。春去夏来，本只是季节流转而已。但在中国古典的诗歌传统里，惜春留春的势力远比迎夏的力量来得强大。上阕里，作者根据《金缕衣》歌曲里所唱的"劝君莫惜金缕衣，劝君惜取少年时。花开堪折直须折，莫待无花空折枝"来演绎，仍是传统的惜花、惜时、惜春的意思。但我们读到下阕时，就会发现，实则在这首词里，作者并不特别地挽留春天，而是颇有愿春早去、愿夏快来的心思。因为，到了夏天，莲花盛开的时候，他就可以再次与所爱的人相会了。这样的宛转关生的手法，实是高明。所以下阕写道，蘋草已铺满水面，蘋香预示着荷花也快要开放了。待到荷花盛开，驾着小船，在荷荡里约会的好时节就要来了。采莲的时候你定会来吧？到那时节，我们可以在皎洁的月光之下，喝得大醉，荷花的影子落了一身，央请着别人把我们扶回去。这个想象中的意境实在美极了，小晏化用前人诗句、诗意入词的技法，真可谓出神入化，炉火纯青。

[汇评]

明卓人月《古今词统》卷七："替"字妙。

俞陛云《唐五代两宋词选释》：集中多离索之感。此调"新绿"、"残红"，甫嗟易别，"蘋香"、"两桨"，旋盼相逢，"花影人扶"句预想归来。闹红一舸，风致嫣然，丽而有别。

满庭芳

南苑吹花①，西楼题叶②，故园欢事重重。凭阑秋思，闲记旧相逢。几处歌云梦雨,可怜便、流水西东③。别来久,浅情未有,锦字系征鸿④。　　年光还少味,开残槛菊,落尽溪桐。漫留得,尊前淡月西风。此恨谁堪共说,清愁付、绿酒杯中。佳期在,归时待把,香袖看啼红⑤。

[注释]

①南苑:指玉津园。《大清一统志》卷一百五十:"玉津园,在(开封)府城南门外……《东京梦华录》:都人出城探春,南则玉津园。"

②西楼:汴京的某座歌楼。南苑、西楼,在晏几道的词里经常出现,有时则是固定的组合,可能和某个歌女相关。如《西江月》:"南苑垂鞭路冷,西楼把袂人稀。"《鹧鸪天》:"西楼酒面垂垂雪,南苑春衫细细风。"题叶:红叶题诗。唐代笔记里记载的宫人题诗于红叶而与诗人结缘的故事。后代诗词常用的典故。

③歌云梦雨:指寻欢作乐。可怜:可惜。流水西东:汉卓文君《白头吟》:"蹀躞御沟上,沟水东西流。"

④锦字:锦书,书信的美称。征鸿:飞行的鸿雁,古有雁足系书的传说。

⑤"归时"句:意谓持着她的衣袖,看衣袖上的泪痕。把:持。啼红:红泪,血泪。

[赏析]

这是一首怀念故人之词。词的上阕是追忆过往的欢事,下阕写作者的现状和期望。南苑、西楼是一组寄寓着作者许多欢乐往事的地方,在晏几道的词里多次出现。大约晏几道在汴京的西楼结识了一个歌女,两人情好甚欢,经常"梦草闲眠,流觞浅醉","吹花题叶","歌云梦雨",但后来晏几道远赴长安，两人便劳燕分飞，词人写了很多忆念之词。这首词就是在这样的背景下写成的。他们曾在南苑吹花嬉游，曾在西楼红叶题诗，故乡家园里留下了重重的欢娱的回忆。如今凭栏遥望，秋意沉沉，闲来又想起了过去相逢的场景。晏几道词里曾写过"西楼月下当时见，泪粉偷匀。歌罢还颦。恨隔炉烟看未真"的句子，所写就是他们初逢的情景。他们在很多地方留下欢踪，清歌才罢，绮梦又生，可惜便如流水，各奔西东。分别了这么长时间，你这个浅情的人啊，还没有寄来音信。正如词人在《踏莎行》里所说："别来双燕又西飞，无端不寄相思字。"下阕写别后词人的孤寂生活和殷殷思念。因为索居独处，词人觉得光阴过得味同嚼蜡，栏杆边的菊花已经开残，溪边梧桐的叶子也已落尽。酒杯前徒剩下淡淡月色、冷冷西风。这样的幽愁暗恨能向谁诉说？自己的幽恨只能付与绿酒杯中。幸好佳期尚在，待到我回去的时候，定会持着她的芬芳的衣袖，细看上面点点的红泪。在这首词里，词人仍然使用了"浅情"一词，但和其他作品里的意思稍有不同，这里不是真正地说对方薄情，而是正话反说，表达一种亲昵之意。正因为词人对这位歌女爱之甚深，所以才会想象她会为离别而啼尽红泪！

晏几道词作里长调不多，李清照《词论》里也说他的词"苦无铺叙"，认为他不善于写作长调。但我们看小山词里的这些长调之作，都能做到中规中矩，悠悠道来，层层推进，能够将词人的感情表现得淋漓尽致，能够引人入胜，说明晏几道偶作长调，也是本色当行的。

[汇评]

清陈廷焯《词则·闲情集》卷一：（"香袖"句）柔情蜜意。

留春令

画屏天畔①,梦回依约,十洲云水②。手捻红笺寄人书,写无限、伤春事。　　别浦高楼曾漫倚③。对江南千里。楼下分流水声中,有当日、凭高泪④。

[注释]

①画屏:饰以绘画的屏风,唐宋时期这种小屏风一般放在床头,起挡风和装饰的作用。天畔:天边,天涯。此句和第三句连读,屏上所绘,当是平远山水,画面上显示出遥远的天边景象。

②十洲:道教称大海中神仙居住的十处名山胜境。亦泛指仙境。《海内十洲记》:"汉武帝既闻王母说八方巨海之中有祖洲、瀛洲、玄洲、炎洲、长洲、元洲、流洲、生洲、凤麟洲、聚窟洲。有此十洲,乃人迹所稀绝处。"唐卢照邻《赠李荣道士》:"风摇十洲影,日乱九江文。"晏几道《清平乐》:"正在十洲残梦,水心宫殿斜阳。"云水:指代景象、风景。

③别浦:水边乘船离别的口岸。《楚辞·九歌·河伯》:"子交手兮东行,送美人兮南浦。"

④凭高泪:宋吴开《优古堂诗话》之《水从楼前来中有美人泪》:"晁元忠《西归》诗:'安得龙山潮,驾回安河水。水从楼前来,中有美人泪。'"

[赏析]

这首词写伤离相思之情,主题很常见,但写法上有自己的特点。上阕写伤春心事,所谓伤春,实则是伤别。前三句写得十分含蓄委婉,堪称妙笔。画屏天畔是实写的景物,十洲云水是虚写的仙境,其联系点则是梦回依约。梦醒时分,看到枕屏上画的平远山水,好像延展到天际;依稀仿佛,似梦境中所寻觅的情人所在的十洲仙境,云水苍苍。似梦似幻,亦假亦真,词人十分巧妙地将梦醒时的迷离恍惚表现出来,也可见词中的主人公用情之深。醒来之后,手捻着红笺,那是要寄给情人的书信,里面写着无休止的伤春又伤别的心绪。下阕写过往的伤别之情。两人分别之后,词人还曾经徒然地登上分手处的高楼,倚栏眺望,面对着千里江南苍茫的云天。楼下东西分流的水声中,似乎还有当日分手时,两人凭高远眺,执手凝噎,流下的热泪。作品最后一层,设想颇为奇特,虽然从冯延巳的"流水,流水,中有伤心双泪"及晁元忠的"水从楼前来,中有美人泪"化来,但更契合作品本身的意境,做到了融合无间。

[汇评]

明杨慎《词品》:晁元忠诗:"安得龙湖潮,驾回安河水。水从楼前来,中有美人泪。人生高唐观,有情何能已。"晏小山《留春令》全用其语。

明卓人月《古今词统》卷六:于人如此认取,何必红绡裹来。

清郑文焯《评小山词》:晏小山《留春令》"楼下分流水声中,有当日、凭高泪"二语,亦袭冯延巳《三台令》"流水,流水,中有伤心双泪"。宋人所承如是,但乏质茂气耳。

清商怨

庭花香信尚浅①。最玉楼先暖②。梦觉春衾,江南依旧远。

回文锦字暗剪③。漫寄与、也应归晚。要问相思,天涯犹自短④。

[注释]

①香信:即花信、花期,花开的信息。尚浅:为时尚早。

②最:正,恰。玉楼:华美的楼阁,指女子所居之处。先暖:先得暖意,先得春之气息。

③回文锦字:指书信,用苏若兰典故。《晋书·窦滔妻苏氏传》:"窦滔妻苏氏,始平人也,名蕙,字若兰,善属文。滔,苻坚时为秦州刺史,被徙流沙。苏氏思之,织锦为回文旋图诗以赠滔,宛转循环以读之,词甚凄婉。凡八百四十字。"暗剪:暗中剪裁,指编排文字,写成书信。

④"要问"二句:可参晏几道《碧牡丹》:"静忆天涯,路比此情犹短。"二句意谓:如果要问我的相思有多长的话,那么与之相比,天涯路也得算短的。

[赏析]

这是一首思妇之词。词作对于思妇的感受、心理有着精准的把握和表达。这首词都在表现思妇的思念之殷切,用一层层的形象将之艺术化地表现出来。第一层讲思妇最先感觉到春天的气息。庭院里的花儿,离开放还早着呢,而住在玉楼里的闺妇已感觉到了春天的暖意。俗话说"春江水暖鸭先知",而作为孤独的思妇,她对于季候的变迁十分敏感,春秋的交替变化,都会在她敏锐的感触上留下印痕,当春天要来的时候,她的躁动、她的渴望可能会变得更为急切吧。盼望家人归来、盼望共度良宵的愿望也更加急迫了。所以此处这个"最玉楼先暖"的细节的描写可谓体会真切,恰当至极。第二层写春梦一觉。希望在梦中能与夫君欢会。然而春梦短暂,薄寒袭人,梦中的道路是如此遥远,梦醒之时,则江南依旧是遥隔千里。岑参诗里说"枕上片时春梦中,行尽江南数千里",晏几道词里接着说"行尽江南,不与离人遇",或者梦里不识路,或者梦里不相遇,总之,即使在梦境之中,想要实现梦想,也是如此艰辛,而梦醒之后,现实依旧冰冷,片刻的安慰也难以寻觅。正如陈廷焯的评语所示"'依旧'二字中,一波三折"。第三层写编织回文锦书,希望寄给夫君,打动他,使他早日归来。这里自然是用了苏蕙织回文璇图诗寄给丈夫的著名典故。"暗剪",表示暗中剪裁,展示自己的才华,以期感动丈夫。然而,这样的努力也是徒然,所以下面说"漫寄与",寄去也是徒然,丈夫也不可能按期归来了。所有的努力,所有的可能,都被否定。只有那"相思"二字,密不透风地缠绕着女主人公。所以至最后一层,归结到自己的无穷无尽的相思,和自己的相思相比,那到天涯的道路也是短促的。是啊,在词人的心里,离愁相思,真的是无穷无尽。他说"静忆天涯,路比此情犹短",又说"无穷无尽是离愁,天涯地角寻思遍",这既是他对思念者心理的巧妙描述,更是这位纯情词人的夫子自道。

[汇评]

　　清陈廷焯《词则·闲情集》卷一:梦生于情,"依旧"二字中,一波三折。艳词至小山,全以情胜,后人好作淫亵语,又小山之罪人也。

思远人

　　红叶黄花秋意晚①,千里念行客。飞云过尽,归鸿无信,何处寄书得②。　　泪弹不尽临窗滴③。就砚旋研墨。渐写到别来,此情深处，红笺为无色。

[注释]

①红叶黄花：指代秋季。宋张先《少年游》："红叶黄花秋又老，疏雨更西风。"

②归鸿：鸿，雁。雁为候鸟，春季由南方飞至北方，秋季返回，由北方飞至南方。此处是秋雁，故称归鸿。寄书得：即寄得书，能够把书信寄去。

③泪弹（tán）：即弹泪，以指揾泪而弹去。

[赏析]

这首词算是咏调名的作品，所咏内容即是"思远人"——念行客。这首作品用意婉曲，以无理之妙语写极度之痴情，可谓妙绝之作。词的上阕主要是铺垫和点题，在枫叶红遍、菊花黄灿的深秋时节，居人更为思念远行千里的家人。然而过尽飞云，不见归鸿带来音信。欲寄书去，亦不知寄向何处。这里，一方面点出了时间节点——深秋；一方面点出了重点所在——寄书无地。词的下阕由此折进，虽然寄书无由达，但书信不能不写，于是以泪研墨，以血书字，痴情到处，使红笺为之无色。词作的重心在下阕，妙绝之处也在下阕，陈匪石先生的分析至为精密，读者自可参悟。痴绝之人，写出痴绝之语，方能成就文学世界的奇作。

[汇评]

明卓人月《古今词统》卷六：笺则一时无色，字则三岁不灭。

清陈廷焯《词则·闲情集》卷一：就"泪"、"墨"二字，渲染成词，何等姿态。

夏敬观批语：凡倒押韵处，皆峭绝。

陈匪石《宋词举》：首句写景以起兴。因感"秋意"，遂"念行客"，此属于闺体，乃代闺中人立言者。"飞云"缥缈无凭，况已"过尽"，而云边归雁又杳无音信，是虽寄书而不知其处矣。然书虽无从寄，而又不肯不写，故后遍说写书时情事。因无处寄书，于是弹泪。"泪弹不尽"，而临窗滴下，有砚承之，乃"就砚""研墨"，仍以写书，即墨即泪，幽闺动作，幽闺心事，极旖旎，极凄断，看其只从"和泪濡墨"四字化出，而深婉如许，已令人叫绝矣。下文再进一层说，"渐"字极宛转，却激切。"写到别来，此情深处"，墨中纸上，情与泪粘合为一，不辨何者为泪，何者为情，故不谓笺色之红因泪而淡，却谓红笺之色因情深而无，语似无理，而实则有此想法，体会入微，神妙达秋毫颠矣。至此词纯用直笔朴语，不事藻饰，在小山为另一机杼。实则《花间》亦有质朴一派，特易涉浅露，小山则出以蕴藉，故终不堕恶趣也。欲入此法门，当求诸《古诗十九首》。

唐圭璋《唐宋词简释》：此首调与题合。起韵谓对景怀人。次韵谓书不得寄，怀念愈切。换头承上，申言无处寄书而弹泪，虽弹泪而仍作书，用意极厚。滴泪研墨，真痴人痴事。末二句，不说己之悲哀，而言红笺都为无色，亦慧心妙语也。

陈永正《晏殊晏几道词选》：小山多至情语，旖旎缠绵，深婉有味。此词就"寄书"二字发挥，写以泪研墨，红笺竟为无色，语似极无理，然将闺人心事，扑入毫端，无理中自有至理存焉。陈匪石云："此词纯用直笔朴语，不事藻饰，在小山为另一机杼。"其实此词笔甚曲，语甚丽，宛转入微，未能以"朴直"概之也。

碧牡丹

翠袖疏纨扇①。凉叶催归燕。一夜西风,几处伤高怀远②。细菊枝头,开嫩香还遍③。月痕依旧庭院。　　事何限④。怅望秋意晚。离人鬓华将换⑤。静忆天涯,路比此情犹短。试约鸾笺,传素期良愿⑥。南云应有新雁⑦。

[注释]

①翠袖:翠绿色的衣袖,指佳人。唐杜甫《佳人》:"天寒翠袖薄,日暮倚修竹。"

②几处:到处,处处。伤高怀远:登高望远,怀念远方的离别之人。宋张先《一丛花令》:"伤高怀远几时穷,无物似情浓。"

③细菊:野菊花,开小黄花,味苦。唐杜甫《九日寄严大夫》:"小驿香醪嫩,重户细菊斑。"嫩香:微香,淡香。

④何限:无限。

⑤鬓华将换:黑发将变成白发。鬓华,鬓发。

⑥约:准备。鸾笺:印有鸾凤花纹的精美信笺。素期:心期,素约,平素的心愿。唐韦应物《与幼遐君贶兄弟同游白家竹潭》:"清赏非素期,偶游方自得。"

⑦南云:南飞之云。常用以寄托思亲、怀乡之情。晋陆机《思亲赋》:"指南云以寄款,望归风而效诚。"

[赏析]

　　这首词写离人秋天的思念。上阕写景，下阕言情。景物高朗，情感深沉，笔力遒举，或为词人历尽悲欢后的作品。

　　天气转寒，翠袖佳人收起了纨扇。秋叶凉风，催促着燕子归去。一夜西风吹起，有多少地方的离人在登高远眺，伤怀感慨。细瘦的野菊枝头，已经开满了新鲜的小小黄花。一痕新月依旧照着庭院。词作着意渲染秋天的凄清冷落，引起离人的满怀愁绪。下阕由景及情，抒发对佳人的思念。情事无限，惆怅中，秋光渐浓。远离家乡的人啊，乌黑的鬓发也将变换。静静地想着天涯归路，和我的离情相比，天涯路还是稍短一些。试着铺开印着鸾凤图案的信笺，传写我素来的美好心愿。那飘向南方的白云中，应该还有新飞来的大雁吧！

　　这首词的中心是表达作为离人的作者，在深秋时节，思念家乡、思念家人的情怀。词中写自己的思乡之情，比那天涯归路还要悠长。这种写法，在他的《清商怨》里也表达过："要问相思，天涯犹自短。"这种写法，可以称之为反向夸张的方法，能够出人意表，使人耳目一新。李白《金陵酒肆留别》："请君试问东流水，别意与之谁短长。"写法上，庶几相似。

长相思

　　长相思。长相思。若问相思甚了期①。除非相见时。　　长相思。长相思。欲把相思说似谁②。浅情人不知③。

[注释]

①甚了期：什么时候是个终了。

②说似：说与。

③浅情人：浅于用情之人，不重感情之人。

[赏析]

《长相思》，唐教坊曲，双调，三十六字。前后段各四句，三平韵，一叠韵。它是中唐时期较早出现的小令词牌之一，拍节短小，反复咏叹，还保留着相当明显的民间歌曲的特色。早期作品有白居易的《长相思》二首。

晏几道的这首《长相思》语言质直，利用这个词牌复沓的特色，采用口语和民歌的风格特点，在他的作品里可谓别具一格。作品直截了当，提问和回答都斩钉截铁，表现出词人用情专一的品格。同时，在朴直中还有婉曲之致。相思本来不是可以一锤定音、一劳永逸解决的，其实质上涉及双方的事情。所以，词人也指出相思不被理解，相思无处诉说的苦恼，提出世上总是有一些浅情之人，不但薄情寡义，而且也不相信有人会为相思所苦。"浅情"是晏几道作品里多次出现的词语，和"深情"相对立，是"长相思"最大的敌人。如《菩萨蛮》"相逢欲话相思苦，浅情肯信相思否。还恐漫相思，浅情人不知"、《留春令》"懊恼寒花暂时香，与情浅人相似"、《满庭芳》"别来久，浅情未有，锦字系征鸿"，等等。而晏几道正是通过反复申述，塑造了自己重情、多情的鲜明的个人形象。

[汇评]

清陈廷焯《白雨斋词话》卷七：此亦《小山集》中别调，与其年

（陈维崧）赠别杨枝之作，笔墨相近。

清陈廷焯《词则·闲情集》卷一：此为《小山集》中别调，而缠绵往复，姿态有余。

附 录

晏几道传记资料

宋赵令畤《侯鲭录》卷四《晏叔原与郑侠诗》：熙宁中，郑侠上书事作，下狱，悉治平时所往还厚善者，晏几道叔原皆在数中。侠家搜得叔原与侠诗云："小白长红又满枝，筑毬场外独支颐。春风自是人间客，张主繁华得几时。"裕陵称之，即令释出。

宋邵博《邵氏闻见后录》卷十九：叔原监颍昌府许田镇，手写自作长短句，上府帅韩少师，少师报书："得新词盈卷，盖才有余而德不足者，愿郎君捐有余之才，补不足之德，不胜门下老吏之望云。"一镇监官，敢以杯酒间自作长短句示本道，以大帅之严，犹尽门生忠于郎君之意；在叔原为甚豪，在韩公为甚德也。

宋张邦基《墨庄漫录》卷三《晏叔原乞儿搬漆碗》：晏叔原聚书甚多，每有迁徙，其妻厌之，谓叔原有类乞儿搬漆碗。叔原戏作诗，云（见下《戏作示内》）。

晏几道诗选

《与郑介夫》：小白长红又满枝，筑毬场外独支颐。春风自是人间客，张主繁华得几时。

《戏作示内》：生计唯兹碗，般擎岂惮劳。造虽从假合，成不自埏陶。阮杓非同调，颜瓢庶共操。朝盛负余米，暮贮借残糟。幸免墦间乞，终甘泽畔逃。挑宜筇作杖，捧称葛为袍。傥受桑间饷，何堪井上蟧。绰然真自许，呼尔未应饕。世久轻原宪，人方逐子敖。愿君同此器，珍重到霜毛。

《晚春》：一春无事又成空，拥鼻微吟半醉中。夹道桃花新过雨，马蹄无处避残红。

黄庭坚唱和诗作

《次韵答叔原会寂照房呈稚川》：客愁非一种，历乱如蜜房。食甘念慈母，衣绽怀孟光。我家犹北门，王子渺湖湘。寄书无雁来，衰草漫寒塘。故人哀王孙，交味耐久长。置酒相暖热，愜于冬饮汤。吾侪痴绝处，不减顾长康。得闲枯木坐，冷日下牛羊。坐有稻田衲，颜熏知见香。胜谈初亹亹，修绠汲银床。声名九鼎重，冠盖万夫望。老禅不挂眼，看蜗书屋梁。韵与境俱胜，意将言两忘。出门事衮衮，斗柄莫昂昂。月色丽双阙，雪云浮建章。苦寒无处避，唯欲酒中藏。

《同王稚川晏叔原饭寂照房》：高人住宝坊，重客款斋房。市声犹在耳，虚静生白光。幽子遗淡墨，窗间见潇湘。蒹葭落凫雁，秋色媚横塘。博山沉水烟，淡与人意长。自携鹰爪芽，来试鱼眼汤。寒浴得温湢，体净心凯康。盘飧取近市，餍饫谢膻羊。裂饼羞豚脍，包鱼芰荷香。平生所怀人，忽言共榻床。常恐风雨散，千里郁相望。斯游岂易得，渊对妙濠梁。雅雅王稚川，易亲复难忘。晏子与人交，风义盛激昂。两公盛才力，宫锦丽文章。鄙夫得秀句，成诵更怀藏。

《次韵叔原会寂照房》：风雨思齐诗，草木怨楚调。本无心击排，胜日用歌啸。僧窗茶烟底，清绝对二妙。俱含万里情，雪梅开岭徼。我惭风味浅，砌莎慕松筼。中朝盛人物，谁与开颜笑。二公老谙事，似解寂寞钓。对之空叹嗟，楼阁重晚照。

《自咸平至太康，鞍马间得十小诗，寄怀晏叔原，并问王稚川行李，鹅儿黄似酒，对酒爱新鹅，此他日醉时与叔原所咏，因以为韵》：

（其一）诗入鸡林市，书邀道士鹅。云间晏公子，风月兴如何。

（其二）春风马上梦，樽酒故人持。犹作狂时语，邻家乞侍儿。

（其三）忆同嵇阮辈，醉卧酒家床。今日垆边客，初无人姓黄。

（其四）对酒诚独难，论诗良不易。人生如草木，臭味要相似。

（其五）春色挟曙来，恼人似官酒。酬春无好语，怀我文章友。

（其六）红梅定自开，有酒无人对。归时应好在，常恐风雨晦。

（其七）东南万里江，绿净一杯酒。王孙江南去，更得消息否。

（其八）献笑果不情，貌亲初不爱。谁言百年交，投分一倾盖。

（其九）四十垂垂老，文章岂更新。鼻端如可斫，犹拟为挥斤。

（其十）土气昏风日，人嚣极雁鹅。寻河著绳墨，诗思略无多。

晏几道词集序跋著录

晏几道《小山词自序》：《补亡》一编，补乐府之亡也。叔原往者浮沉酒中，病世之歌词不足以析酲解愠，试续南部诸贤绪余，作五七字语，期以自娱，不独叙其所怀，兼写一时杯酒间闻见，所同游者意中事。尝思感物之情，古今不易，窃以为篇中之意，昔人所不遗，第于今无传尔。故今所制，通以《补亡》名之。始时沈十二廉叔、陈十君龙家有莲、鸿、蘋、云，品清讴娱客。每得一解，即以草授诸儿，吾三人持酒听之，为一笑乐而。已而君龙疾废卧家，廉叔下世，昔之狂篇醉句，遂与两家歌儿酒使俱流转于人间。自尔邮传滋多，积有窜易。七月己巳，为高平公缀辑成编。追惟往昔过从饮酒之人，或垄木已长，或病不偶。考其篇中所记悲欢离合之事，如幻如电，如昨梦前尘，但能掩卷怃然，感光阴之易迁，叹境缘之无实也。

宋黄庭坚《小山词序》：晏叔原，临淄公之暮子也。磊隗权奇，疏于顾忌。文章翰墨，自立规模，常欲轩轾人而不受世人之轻重。诸公虽称爱之而又以小谨望之，遂陆沉于下位。平生潜心六艺，玩思百家，持论甚高，未尝以沽世。余尝怪而问焉，曰："我盘跚勃窣，犹获罪于诸公，愤而吐之，是唾人面也。"乃独嬉弄于乐府之余，而寓以诗人之句法。清壮顿挫，能动摇人心。士大夫传之，以为有临淄之风耳，罕能味其言也。余尝论叔原固人英也，其痴亦自绝人。爱叔原者皆愠而问其目。曰：仕宦连蹇，而不能一傍贵人之门，是一痴也。论文自有体，不肯一作新进士语，此又一痴也。费资千百万，家人寒饥而面有孺子之色，此又一痴也。人百负之而不恨，己信人终不疑其欺己，此又一痴也。乃共以为然。虽若此，至其乐府，可谓狎邪之大雅，豪士之鼓吹，其合者《高唐》、《洛神》之流，其下者岂减《桃叶》、《团扇》哉。余少时间作乐府，以使酒玩世。道人法秀独罪余以笔墨劝淫，于我法中当下犁舌之狱。特未见叔原之作耶？虽然，彼富贵得意，室有倩盼慧女，而主人好文，必当市致千金，家求善本，曰独不得与叔原同时耶！若乃妙年美士，近知酒色之娱；苦节臞儒，晚悟裙裾之乐，鼓之舞之，使宴安鸩毒而不悔，是则叔原之罪也哉！山谷道人序。

宋西山老人《小山集跋》：元祐年间，东坡因鲁直欲见之，则谢曰："今政事堂中，半是吾家旧客。"示未暇见也。或谓其"梦魂惯得无拘检，又踏杨花过谢桥"，程伊川为鬼中嘉话。独韩少师曰："愿郎君损有余之才，崇未至之德，门下老吏之望"云。上言予得之崔德符、晁以道、程叔微。有刻叔原《小山集》者，并书其下，以广鲁直之说。（《东南晏氏重

修宗谱》）

宋陈振孙《直斋书录解题》卷二十一：《小山集》一卷，晏几道叔原撰。其为人虽纵弛不羁，而不苟求进，尚气磊落，未可贬也。词在诸名胜中，独可追逼《花间》，高处或过之。

明毛晋《小山词跋》：诸名胜词集，删选相半。独《小山集》直逼《花间》，字字娉娉袅袅，如揽嫱、施之袂，恨不能其起莲、鸿、蘋、云，按红牙拍板唱和一过。晏氏父子，具足追配李氏父子云。古虞毛晋记。

《四库全书总目》：《小山词》一卷，宋晏几道撰。几道字叔原，号小山，殊之幼子。监颍昌许田镇，熙宁中，郑侠上书下狱，悉治平时所往还厚善者，几道亦在其中。从侠家搜得其诗，裕陵称之，始得释。事见《侯鲭录》。黄庭坚《小山集序》曰："其乐府可谓狭邪之大雅，豪士之鼓吹，其合者《高唐》、《洛神》之流，其下者岂减《桃叶》、《团扇》哉。"又《古今词话》载程叔微之言曰："伊川闻人诵叔原词'梦魂惯得无拘检，又踏杨花过谢桥'，曰：'鬼语也。'意颇赏之。"然则几道之词，固甚为当时推挹矣。马端临《文献通考》载《小山词》一卷，并录黄庭坚全序。此本佚去，惟存无名氏跋后一篇。据其所云，似几道词本名《补亡》，以为补乐府之亡。单文孤证，未敢遽改。故仍旧本题之。至旧本字句，往往讹异。如《泛清波摘遍》一阕，"暗惜光阴恨多少"句，此于"光"字上，误增"花"字，衍作八字句。《词汇》遂改"阴"作"饮"，再误为"暗惜花光，饮恨多少"。如斯之类，殊失其真，今并订正焉。

清郑文焯《跋》：比于《文献通考》得黄山谷所制《小山集序》，论叔原痴绝，有之。称其乐府"寓以诗人句法。清壮顿挫，能动摇人心。士大夫传之，以为有临淄之风尔，罕能味其言也"。又谓"其合者《高唐》、《洛神》之流，其下者岂减《桃叶》、《团扇》"，诚足当小山知音雅旧。已别录一卷，即以兹叙弁首，更为斠订词中踳驳，以小字密行，精刊墨板。名曰《小山乐府补亡》，从其自序义例也。

夏承焘《四库全书词籍提要校议》：案此云无名氏跋后，实几道自叙也。其文有云："始时沈十二廉叔、陈十君龙家有莲、鸿、蘋、云，品清讴娱客。每得一解，即以草授诸儿，吾三人持酒听之，为一笑乐。"云"吾三人"，则非他人作跋可知。又云"七月己巳，为高平公缀辑成编"，盖几道辑此以献范姓者。又云："《补亡》一编，补乐府之亡也。尝思感物之情，古今不易，窃以为篇中之意，昔人所不遗，第于今无传尔。故今所制，通以《补亡》名之。"是此编本名《乐府补亡》无疑。《直斋书录解题》、《文献通考》作《小山词》，殆后人以其字题之。亦犹贺铸词本名《东山寓声乐府》，后人改称《贺方回词》也。

晏几道词总评

宋吴曾《能改斋漫录》卷十六：晁无咎评本朝乐章……晏元献（应为晏叔原）不蹈袭人语，而风调闲雅。如"舞低杨柳楼心月，歌尽桃花扇底风"，知此人不住三家村也。

宋王铚《默记》卷下：贺方回遍读唐人遗集，取其意以为诗词。然所得在善取唐人遗意。不如晏叔原，尽见升平气象，所得者人情物态。叔原妙在得于妇人，方回妙在得词人遗意。

宋李清照《词论》：乃知别是一家，知之者少，后晏叔原、贺方回、秦少游、黄鲁直出，始能知之。又晏苦无铺叙，贺苦少典重，秦则专主情致，而少故实，譬如贫家美女，虽极妍丽丰逸，而终乏富贵态；黄即尚故实，而多疵病，譬如良玉有瑕，价自减半矣。

宋王灼《碧鸡漫志》卷二：叔原如金陵王谢子弟，秀气胜韵，得之天然，将不可学。仲殊次之，殊之赡，晏反不逮也。（又）晏叔原歌词，初号《乐府补亡》。自序曰："往与二三忘名之士，浮沉酒中，病世之歌词，不足以析酲解愠，试续南部诸贤，作五七字语，期以自娱。不皆叙所怀，亦兼写一时杯酒间闻见，及同游者意中事。尝思感物之情，古今不异。窃谓篇中之意，昔人定已不遗，第今无传耳。故今所制，通以《补亡》名之。始时，沈十二廉叔、陈十君龙家，有莲、鸿、蘋、云，工以清讴娱客，每得一解，即以草授诸儿，吾三人听之，为一笑乐。"其大旨如此。叔原于悲欢合离，写众作之所不能，而嫌于夸，故云，昔人定已不遗，第今无传。莲、鸿、蘋、云，皆篇中数见，而世多不知为两家歌儿也。其后目为《小山集》，黄鲁直序之云："嬉弄于乐府之余，寓以诗人句法，清壮顿挫，能动摇人心。"又云："狭邪之大雅，豪士之鼓吹，其合者《高唐》、《洛神》之流，其下者不减《桃叶》、《团扇》。""若乃妙年美士，近知酒色之娱。苦节癯儒，晚悟裙裾之乐。鼓之舞之，使宴安鸩毒而不悔，则叔原之罪也哉。"叔原年未至乞身，退居京城赐第，不践诸贵之门。

宋陈鹄《西塘集耆旧续闻》卷八：前辈谓伊川尝见秦少游词"天还知道，和天也瘦"之句，乃曰："高高在上，岂可以此渎上帝。"又见晏叔原词"梦魂惯得无拘检，又踏杨花过谢桥"，乃曰："此鬼语也。"盖少游本李长吉"天若有情天亦老"之意，过于媟渎，少游竟死于贬所。叔原寿亦不永，虽曰有数，亦口舌劝淫之过。

清王又华《古今词论》：王元美曰：李氏晏氏父子、耆卿、子野、美成、少游、易安至矣，词之正宗也。温、韦艳而促，黄九精而刻，长公丽而壮，幼安辩而奇，又其次也。词之变体也。

清郭麐《灵芬馆词话》卷二：叔原自许续南部余绪，故所作足闯《花间》之室。以视《珠玉集》无愧也。

清周济《介存斋论词杂著》：晏氏父子，仍步温、韦，小晏精力尤胜。

清杜文澜《憩园词话》：（周稚珪）所选《心日斋十六家词》，专取唐宋，而以元之张蜕岩殿焉。其论曰：词之有令，唐五代尚矣。宋惟晏叔原最擅胜场，贺方回差堪接武。其余间有一二名作流传，然皆非专门之学。自兹以降，专工慢词，不复措意令曲。其作令曲，仍与慢词声响无异。

清陈廷焯《词坛丛话》：晏小山词风流绮丽，独冠一时。（又）北宋之晏叔原，南宋之刘改之，一以韵胜，一以气胜。别于清真、白石外，自成大家。

清陈廷焯《白雨斋词话》卷一：《诗》三百篇，大旨归于无邪。北宋晏小山工于言情，出元献、文忠之右，然不免思涉于邪，有失风人之旨；而措词婉妙，则一时独步。

清陈廷焯《白雨斋词话》卷一：小山词，如"去年春恨却来时。落花人独立，微雨燕双飞"，又"当时明月在，曾照彩云归"，既闲婉，又沉着，当时更无敌手。又"明年应赋送君诗。细从今夜数，相会几多时"，浅处皆深。又"晓霜红叶舞归程。客情今古道，秋梦短长亭"，又"少陵诗思旧才名。云鸿相约处，烟雾九重城"，亦复情词兼胜。又"从别后，忆相逢。几回魂梦与君同。今宵剩把银釭照，犹恐相逢是梦中"，曲折深婉，自有艳词，更不得不让伊独步。视永叔之"笑问双鸳鸯字、怎生书"、"倚阑无绪更兜鞋"等句，雅俗判然矣。

清陈廷焯《白雨斋词话》卷七：晏元献、欧阳文忠皆工词，而皆出小山下。专精之诣，固应让渠独步。然小山虽工词，而卒不能比肩温、韦，方驾正中者，以情溢词外，未能意蕴言中也。故悦人易而复古则不足。

清陈廷焯《白雨斋词话》卷七：李后主、晏叔原皆非词中正声，而其词则无人不爱，以其情胜也。情不深而为词，虽雅不韵，何足感人。

清刘熙载《艺概》：叔原贵异，方回赡逸，耆卿细贴，少游清远，四家词趣各别,惟尚婉则同耳。

清冯煦《蒿盦论词》:淮海、小山,真古之伤心人也。其淡语皆有味,浅语皆有致。求之两宋词人,实罕其匹。子晋欲以晏氏父子追配李氏父子,诚为知言。彼丹阳、归愚之相承,固琐琐不足数尔。

清况周颐《蕙风词话》:《小山词》从《珠玉》出,而成就不同,体貌各具。《珠玉》比花中之牡丹,《小山》其文杏乎?

夏敬观《映庵词评》:晏氏父子,嗣响南唐二主,才力相敌,盖不特词胜,尤有过人之情。叔原以贵人暮子,落拓一生,华屋山邱,身亲经历,哀丝豪竹,寓其微痛纤悲,宜其造诣又过于父。山谷谓为"狎邪之大雅,豪士之鼓吹",未足以尽之也。(又)殊父子词,语浅意深,有回肠荡气之妙;几道殆过其父。

王国维《人间词话》卷上:冯梦华《宋六十一家词选序例》谓:"淮海、小山,古之伤心人也。其淡语皆有味,浅语皆有致。"余谓此唯淮海足以当之。小山矜贵有余,但可方驾子野、方回,未足抗衡淮海也。

吴梅《词学通论》第七章《概论》二:余谓艳词自以小山为最,以曲折深婉,浅处皆深也。

陈匪石《声执》卷下:至于北宋小令,近承五季。慢词蕃衍,其风始微。晏殊、欧阳修、张先固雅负盛名,而砥柱中流,断非几道莫属。

汪东《梦秋词·唐宋词选识语》:叔原为西昆体诗,浸渍于义山者,功力甚至。故其词亦沉思往复,按之逾深,若游丝袅空,若螺纹望匣。彼与义山诗境,盖所谓以神遇者也。观其自记篇后,感光阴之易迁,叹境缘之无实,深情苦语,千载弥新。冯煦以为古之伤心人,知味哉!

郑骞《成府谈词》:小山词境,清新凄婉,高华绮丽之外表,不能掩其苍凉寂寞之内心,伤感文学,此为上品。《人间词话》云小山矜贵有余,但可方驾子野、方回,未足抗衡淮海。是犹以寻常贵公子目小山矣。

（又）小山词伤感中见豪迈，凄凉中有温暖，与少游之凄厉幽远异趣，小山多写高堂华烛、酒阑人散之空虚，淮海则多写登山临水、栖迟零落之苦闷。二人性情家世环境遭遇不同，故词境亦异，其为自写伤心则一也。

参考文献

张草纫. 二晏词笺注 [M]. 上海：上海古籍出版社，2008.

晏殊. 珠玉词 [M]. 吴林抒，校笺. 南昌：江西人民出版社，1985.

晏几道. 小山词 [M]. 吴林抒，校笺. 南昌：江西人民出版社，1987.

李明娜. 小山词校笺注 [M]. 台北：文津出版社，1987.

刘扬忠. 晏殊词新释辑评 [M]. 北京：中国书店，2003.

王双启. 晏几道词新释辑评 [M]. 北京：中国书店，2003.

陈永正. 晏殊晏几道词选 [M]. 香港：三联书店，1984.

柏寒. 二晏词选 [M]. 济南：齐鲁书社，1985.

陈寂. 二晏词选 [M]. 广州：广东高等教育出版社，1988.

宛敏灏. 二晏及其词 [M]. 上海：商务印书馆，1935.

吴林抒，万斌生. 二晏研究论集 [M]. 上海：学林出版社，1991.

唐红卫. 二晏研究 [M]. 天津：南开大学出版社，2010.

唐圭璋. 全宋词 [M]. 王仲闻，校订. 北京：中华书局，1965.

唐圭璋. 词话丛编 [M]. 北京：中华书局，1986.

唐圭璋. 唐宋词简释 [M]. 上海：上海古籍出版社，1981.

夏承焘. 唐宋词人年谱 [M]. 北京：商务印书馆，2013.

俞陛云. 唐五代两宋词选释 [M]. 上海：上海古籍出版社，1985.

赵尊岳. 《珠玉词》选评 [M] //词学：第七辑. 上海：华东师范大学出版社，1989.

叶嘉莹. 大晏词的欣赏 [M] //叶嘉莹. 迦陵论词丛稿. 上海：上海古籍出版社，1980.

图书在版编目(CIP)数据

晏殊 晏几道词选/(宋)晏殊,(宋)晏几道著;何新所,贾倩注析. —郑州:中州古籍出版社,2015.5(2017.5重印)
(家藏文库)
ISBN 978-7-5348-5288-6

Ⅰ.①晏… Ⅱ.①晏… ②晏… ③何… ④贾… Ⅲ.①宋词-选集 Ⅳ.①I222.844

中国版本图书馆 CIP 数据核字(2015)第 074228 号

家藏文库:晏殊 晏几道词选

选题策划	卢欣欣 赵发杰
约稿统筹	卢欣欣
责任编辑	卢欣欣 高林如
责任校对	岳秀霞
封面设计	王 歌
版式设计	曾晶晶

出 版	中州古籍出版社
	地址:河南省郑州市经五路66号
	邮编:450002
	电话:0371-65788693
经 销	新华书店
印 刷	郑州市毛庄印刷厂
版 次	2015年5月第1版
印 次	2017年5月第2次印刷
开 本	640毫米×960毫米 1/16
印 张	19.75印张
字 数	240千字
定 价	35.00元